U0815725

韩愈柳宗元文学评价

黄云眉　著

商务印书馆
创于1897 The Commercial Press
2018年·北京

图书在版编目（CIP）数据

韩愈柳宗元文学评价 / 黄云眉著. — 北京：商务印书馆，2018
ISBN 978-7-100-15899-2

Ⅰ. ①韩… Ⅱ. ①黄… Ⅲ. ①韩愈（768—824）—文学评论②柳宗元（773—819）—文学评论 Ⅳ. ①I206.2

中国版本图书馆CIP数据核字（2018）第042216号

韩愈柳宗元文学评价
黄云眉 著

商 务 印 书 馆 出 版
（北京王府井大街36号 邮政编码 100710）
商 务 印 书 馆 发 行
三河市尚艺印装有限公司印刷
ISBN 978-7-100-15899-2

2018年7月第1版　　开本 640×960 1/16
2018年7月第1次印刷　　印张 12

定价：48.00元

目　录

引　言

山东大学《文史哲》编辑委员会要我给唐宋散文作家写一些评价的文章，因为今日介绍唐宋以来诗歌小说之类的文章很多，尤其是对那些杰出的作家或作品，如杜甫、白居易、《红楼梦》等的讨论，真是一时铃铎齐鸣；而于散文作家或作品的介绍，则异常寂寞，这就中国文学遗产的整理和研究来说，确是一种偏枯的现象。虽然我是一个治历史学的人，对文学是外行，但《文史哲》的这个意见是正确的，于是我便尝试性地写了一篇《柳宗元文学的评价》给《文史哲》发表。侥幸得很！这篇文章的发表，居然引起了国内外不少读者对柳宗元的深厚的同情。他们认为：像柳宗元这样一个具有高度的政治斗争性的杰出的文学家，就因为他的政治斗争的失败，使他的始终玉洁的人格，蒙受了千载的诬蔑，从而使他的寒芒熠熠的文学内容，也不可能获得正确的认识，这在今日是完全有替他洗刷的必要的。我的文章虽然远远不能满足读者的要求，也总算替他尽了一点洗刷的责任。自然，我希望我的文章：仅仅是介绍柳宗元文学的开端。可是，当《文史哲》要我写韩愈文学的评价时，我却认为：韩愈、柳宗元名字的不可分离，只是因为他们同是唐代最杰出的散文作家，同是唐代散文和骈文斗争运动的领导者；而他们在政治上的表现则恰恰相反，韩愈依然站在旧的落后的势力一边，而柳宗元是站在新的进步的势力一边的。韩愈、柳宗元在政治上表现的进步与落后，无疑会影响到韩愈、柳宗元文学内容的进步与落后，那么我们介绍了内容进步的柳宗元文学，也就没有必要再介绍内容落后的韩愈文学了。并且介绍柳宗元的文学时，也不可能不联系到韩愈的文学。秉此理由，我便不准备替《文史哲》写出第二篇文章——《韩愈文学的评价》。又我的不准备写这篇文章的另一理由，是《历史研究》早就发表过陈寅恪先生的《论韩愈》，我想陈先生的论韩愈，不可能不论到韩愈的文学，我们只就陈先生所提出的问题，加以补充或讨论也就够了。可是，当我仔细读了陈先生的文章时，觉得陈先生所提出的关于韩愈文学的问题：如唐代古文运动的中心思想是尊王攘夷思想的问题，韩愈的古文是通过韩愈先以这种文体写作小说的尝试而后才获得成功的问题，乃至韩愈的以文为诗是佛家偈颂的进步形式的问题，虽然都是陈先生的一种新颖的见解；而我对这些问题，却都有不敢苟同的意见。并且陈先生的文章，归根结蒂，还是传统地证明韩愈的儒学在唐代文化史上的特殊贡献；而我则坚决认为韩愈在唐代文化史上的特殊贡献，是文学不是儒学。不管我的意见和陈先生的意见，孰为正确，要之从这里可以证明，我们对韩愈文学的认识，还是不一致的。不一致而求其一致，则介绍韩愈的文学而加以往复的讨论，就有其必要了。同时我又考虑到，韩愈的政治表现不及柳宗元，从而使韩愈的文学内容也不及柳宗元，这是事实；但韩愈散文的高度熟练的技巧，跟他的领导散文和骈文斗争运动走向胜利的坚决的精神，柳宗元却不及韩愈，这也是事实。只介绍柳宗元的文学，而不介绍韩愈的文学，片面地低昂历史人物，是不符合今日对待历史人物的忠实的态度的。并且单从洗刷柳宗元的诬蔑的这一角度来看，我们介绍柳宗元，同时又介绍韩愈，以韩愈在政治上的落后的表现，来对比柳宗元在政治上的进步的表现，不是可以替柳宗元洗刷得更全面更有力吗？秉此理由，我除写了一篇《读陈寅恪先生〈论韩愈〉》，和陈先生在文学问题上乃至在儒学问题上作必要的讨论外，我终于改变我原来挟着成见的片面的看法，替《文史哲》写出了早就要我写出的《韩愈文学的评价》。

以上是我考虑写出《韩愈柳宗元文学评价》的一个较长期的过程。

我原来没有给韩愈柳宗元的文学写成册子作系统的介绍的计划，

这三篇文章，恰恰都是倒过头来写的。但因为每篇属稿之际，还能相当地扣紧本题，不让它拉扯到枝叶上去，所以这里把它们顺序排列，也还看不出上者为裳而下者为衣的毛病。同时，每篇之中，虽然同样提到某些问题，而叙述的详略，也尽可能压缩在一定的用以互证的范围内，不致成为可厌的重复。至于评价文学的作品，原不是公式化地都得联系到当时的社会背景和作家的阶级成分；但我们肯定韩愈柳宗元的文学，主要是肯定他们领导唐代文体改革运动走向胜利的业绩，而这个著名的唐代文化运动文体改革运动的产生和发展，不能不是唐代社会经济的再度繁荣，和当时新兴中小地主的一般要求，为其主要的因素，不分析这些主要因素，而把这个辉煌的文化运动的成功，完全归结为一二领导者个人努力的成功，谁也不能承认这种话是正确的。所以我在韩愈篇，依然把这些主要因素，作了较详的分析；尽管我的分析的水平还不可能没有较大的甚至是原则上的错误。

本册子的内容，除了正文二篇，附文一篇外，另录《新唐书》韩柳传及韩柳碑志共五篇，又选了韩柳作品四十八篇。我所以这样做，是接受了一位同事给我提出的意见：因为我的文章，很少引到韩柳作品的大段原文，我没有也不准备像过去评点家那样，把韩柳作品的某篇某段的组织和所谓“笔法”介绍给读者；我的文章，大部分只是围绕着韩柳文学在中国文学史上的进步意义这一中心问题加以发挥而已。同时，因为韩柳都是读者所熟悉的文学家，我没有也不准备在我的文章里，把他们的历史再作系统的介绍。这些对广泛的读者来说，都是不符合实际的要求的。选录一些史传碑志，跟一些未必具有代表性的韩柳作品附在后面，既可以弥补我的文章的缺陷，也可以节省读者一部分翻检之劳，我想，这种实事求是的宝贵的意见，我和读者应该同样欢迎吧。

恳切地希望读者多多指教！

黄云眉

一九五七年一月

韩愈文学的评价

韩愈是中国八世纪末九世纪初的杰出的古典散文学家，这是过去早就毫无异议地肯定的了。现在是不是还可以这样肯定呢？我们以为是可以而且是应该的。只是这里先得说明：现在肯定的意义和过去肯定的意义，已有本质上的区别。过去肯定韩愈的文学，往往和肯定韩愈的儒学联系在一起，似乎韩愈文学的成就，应该归结为韩愈儒学的成就，换句话说，没有韩愈儒学的成就，也就没有韩愈文学的成就。所以他们认为韩愈文学的作品里，虽然还有若干篇未免“盭孔孟之旨”[①]，但大部分可以说是能做到皇甫湜所谓“扶经之心，执圣之权”[②]的了。这种空洞地含混地把韩愈的儒学和韩愈的文学联系在一起的肯定，实际上是受了韩愈师弟的文学与儒学合一的启示，而以韩愈所自许者韩愈而已。到底韩愈可以被肯定的，是儒学或是文学，他们还没有搞个清楚。可是这种肯定，却是过去最有力量的一种肯定，原因是由于这种肯定，最为宋以来效法韩愈的古文家、散文学家所乐于支持；而这种古文家，一般是不爱钻研理学，而只爱和理学家争取羽翼斯道的牌额者。现在我们对韩愈的肯定，主要是韩愈的文学，不是韩愈的儒学。韩愈的文学，是有卓越的成就的，而他的儒学，则仅仅跨在文学的背上腾踔虚誉而已，它的本身谈不到有什么独立的成就。不

① 见《旧唐书·韩愈传》。

② 见《皇甫持正集》六《韩文公墓铭》。

但没有独立的成就，严格地说，韩愈还不是过去所谓真正的“守道君子”[①]，韩愈的崇尚儒学，是言有余而行不足的。因此，我们唯有以韩愈的儒学还儒学，以韩愈的文学还文学，然后才能看到韩愈文学真正的精神面貌。其次，我们肯定韩愈的文学，主要是肯定他的文学在中国古典文学的发展上，即在文体改革及其领导文体改革的运动上有很大的贡献；而不是肯定他的文学的形式内容，都已进入在当时历史条件下可以认为毫无遗恨的境界。因此，我们必须揭出韩愈文学光辉的一面，同时也必须揭出韩愈文学阴暗的一面。

以上是现在和过去肯定韩愈文学本质上的区别的一个大概。

以下分三节述之：一、韩愈文学产生的主要因素；二、韩愈文学的成就及其领导古文运动的胜利；三、韩愈在文学中所反映的思想及其政治、生活。

一 韩愈文学产生的主要因素

韩愈生于唐代宗大历三年（公元七六八），卒于穆宗长庆四年（八二四），这一个杰出的古典散文学家所处的时代，可以说是唐帝国在安史之乱结束以后逐渐由中衰转向中兴的时代，因而它又是唐代文化再度发展特别是小说散文发展最盛的时代。为了说明这个时代文化发展的经济基础的实际情况，有把过去对代、德、宪三朝中央和藩镇问题的错误看法澄清一下的必要。

过去以为代宗、德宗对那些安史余孽——藩镇的跋扈，采用了“觐聘不来，几杖扶之，逆息虏胤，皇子嫔之”[②]的姑息政策，只会使藩镇的“地益广，兵益强，僭拟益甚，侈心益昌”，因而招致了“赵

① 见《昌黎先生集》一八《与孟尚书书》。

② 见《新唐书·藩镇传》。

魏燕齐，同日而起，梁蔡吴蜀，蹑而和之”[①]的藩镇对中央进一步的威胁。至宪宗即位以后，凭着他的“睿谋英断”[②]，自元和元年（八〇六）起至十四年（八一九）止，进行了一系列的武装镇压（元和元年平夏州；二年平蜀，斩刘辟；三年平江东，斩李锜；五年擒卢从史，得泽潞邢；十二年平淮西，斩吴元济；十四年平淄青，斩李师道[③]），这才使“五十载已终之土，复入提封，百万户受弊之甿，重苏景化”[④]，所以说“唐室中兴，章武而已”[⑤]，应该是一个毫无异议的肯定。我们以为这种看法，是不符合当时经济发展的实际情况的。固然唐代藩镇割据势力的形成，和中央的让步政策不能无关系；但让步政策的决定，主要是决定于安史之乱，中央区域的经济遭到严重的破坏，而藩镇区域比它差得多，不让步，可能会使中央区域的经济破坏得更严重。这样，我们难道不可以说，正由于这种让步政策使代宗、德宗朝中央区域的经济没有大量的战争消耗，它才能在某些条件的配合下，逐渐由稳定走向发展，而为宪宗朝的大张挞伐打下了一定的基础吗？

所谓某些条件，我们指的主要是，刘晏的对漕运法，和刘晏、杨炎的对财赋制度的若干重要的改革。有了刘晏漕运法的改革，才使那条在安史之乱以后一部分航线遭到梗阻[⑥]的运河，又能经常地灵活地发挥了它的输送当时中央所最仰仗的江淮财赋的作用；（唯德宗初年，曾有若干次被割据势力侵害）有了刘晏榷盐法、杨炎两税法等财赋制度的改革，才使当时中央能实际地有效地掌握了江淮财赋，保证

---

① 见《新唐书·藩镇传》。

② 《旧唐书·宪宗纪》引史臣蒋系语。

③ 见李翱《李文公集》一〇《百官行状奏》，参《旧唐书·宪宗纪》。唯李奏元和二年（八〇七），平蜀斩刘辟，韩愈平淮西碑亦同，而韩愈《元和圣德诗序》，又有元年十月辟伏诛的话，则与纪同，今姑从二年。又李德裕《会昌一品集》一〇《请尊宪宗章武孝皇帝为不迁庙状》，元年僇惠琳暨辟锜，季年枭元济及师道，锜被僇于三年无问题，此元年当作初年。又奏五年擒史宪承，则非奏原文，据纪及韩愈《论捕贼行赏表》改卢从史。

④ 见《旧唐书·穆宗纪》。

⑤ 《旧唐书·宪宗纪》引史臣蒋系语。

⑥ 《通鉴》二二三：“自丧乱以来，汴水湮废，漕运者自江汉抵梁洋，迂险劳费。”

了代宗、德宗朝岁入的不断增加（代宗朝从四百万缗的岁入，至大历末年增加到一千二百万缗。其中推行刘晏榷盐法所得的江淮盐利，从四十万缗增加到六百万缗，超过了总岁入的半数[①]），特别是能和当时已发展为土地占有的主要形态庄园制相适应的两税法的作用发挥得更大。刘晏漕运法和刘晏、杨炎财赋制度的改革，对代宗、德宗朝中央区域经济的发展是有帮助的。但反过来说，这些制度的改革必须有一定的生产水平为其基础，而没有大量的战争消耗，应该是代宗、德宗朝所以能有一定的生产水平的重要因素。

唐代后期的农业生产，自代宗朝开始，便不断在恢复着，发展着；而当时的手工业和商业，可能发展得更迅速。虽然安史之乱的破坏是严重的，但可以设想，没有遭到破坏或者破坏较差的区域的经济，依然有它的雄厚基础可以继承；而当时的地方财赋不向中央上贡，也不等于说地方和中央的经济完全断绝了联系。因此，唐代后期手工业和商业的发展，是有它们的优越条件的，特别是那些没有遭到梗阻的国内外交通线，以及没有遭到破坏的交通建置，能给予商业发展以更大的帮助。就手工业的发展说，固然那个定州的私营的大型手工业作坊，即置有五百张绫机的何明远的手工业作坊[②]出现不会太早；但它必然在代宗以来官私营手工业发展的基础上才能出现，是可以断言的。就商业的发展说，除了宪宗朝飞钱的盛行，可以证明德宗朝乃至代宗朝的商业已有一定的发展外，曾经在肃宗朝被田神功一度破坏并杀死了大食、波斯等国外商千余人的扬州[③]，显然在代宗朝已是一个繁荣的都市了，这只需看大历十四年（七七九）禁止王公百官及地方长吏列置邸肆与人（民）争利的命令[④]可以知道。而扬州至唐代末年，

---

① 《旧唐书·刘晏传》："大历末，通计一岁征赋所入，总一千二百万缗，而盐利且过半。"《唐会要》七八同。《通鉴》二二六："其初财赋岁入，不过四百万缗，季年乃千余万缗，晏专用榷盐法充军国之用。……其始江淮盐利不过四十万缗，季年乃六百余万缗。"

② 见《太平广记》二四三引《朝野佥载》。

③ 见新旧《唐书·邓景山传》。

④ 见《唐会要》八六。

还是“刀布金玉积如阜”[①]，还是可以称“富甲天下”[②]，显然又是代宗以来扬州商业能不断发展的结果。我们这样说，不是仅仅在说明扬州商业的发展，同时在说明扬州是筦钤南北的商业都市，扬州的商业发展，也就是南北都市商业发展的反映。若唐代后期的海上贸易，则德宗朝的广州，已有官僚资本制造海船，在那里循环不绝地进行着[③]，可见比唐代前期更发展了。因此，我们断言唐代后期经济的发展，是开始于没有大量的战争消耗的代宗、德宗朝，而不是开始于号为中兴的宪宗朝。

我们为什么在这里对韩愈所处的时代的经济作这样的分析呢？理由是：第一，在说明唐代后期城市人民和在政治上已获得地位的新兴地主阶层所喜爱的多样多种的文化，正和它的经济基础一样，应该从纵的继承和横的联系方面去看它的发展。第二，在说明唐代后期文化发展的过程，也正和它的经济基础发展的过程一样，代宗朝是中兴开始时期，德宗朝是向前发展时期，而韩愈的文学和他领导的文学运动，则恰恰和唐代后期文化向前发展时期的要求相符合的。第三，在说明唐代后期文化的发展，主要是文学和艺术，特别是文学发展得更迅速；就文学说，主要是小说和散文，特别是散文有了韩愈的领导，能成为唐代后期文化中一个最辉煌的运动，而这一个最辉煌的文化运动，不消说正是它的经济基础最突出的体现。那么，我们为了评价韩愈文学，而对韩愈文学产生的社会经济作较详的分析，似乎是必要的。

其次，我们再说一说和韩愈的文学有密切关系的韩愈的阶级成分。韩愈自己说他“幸生天下无事时，承先人之遗业，不识干戈耒耜攻守耕获之勤”[④]，又说他“名不著于农工商贾之版，其业则读书著文，

---

① 见《新唐书·田𫖮传》。

② 见《旧唐书·高骈传》。

③ 见《旧唐书·王锷传》。

④ 见《昌黎集》一《感二鸟赋》。

歌颂尧舜之道”[1]，可见韩愈的地主阶级成分是没有问题的。但其属于中小地主，即新兴地主阶层，或者属于大地主，主要是世族地主阶层，还是一个应该加以分析的问题。

《旧唐书》本传说韩愈“昌黎人，父仲卿，无名位。愈生三岁而孤，养于从父兄”。《新唐书》本传则说韩愈“邓州南阳人。……父仲卿，为武昌令，有美政，既去，县人刻石颂德。终秘书郎。愈生三岁而孤，随伯兄会贬官岭表，会卒，嫂郑鞠之”。在短短数行内，新书的叙述和旧书不同者凡三点：其一，改旧书昌黎为邓州南阳，李白《武昌宰韩君去思颂碑》[2]，本作南阳，新书改南阳是对的，而于南阳上加“邓州”字，仍不能没有问题。其二，新书根据李碑，说韩愈的父亲仲卿做过武昌令，而且有可以“刻石颂德”的美政；根据李翱《韩吏部行状》[3]、皇甫湜《韩文公墓铭》，又说他官终秘书郎。虽然名位不大，到底不应该像旧书武断地说他“无名位”。其三，改旧书从父兄为伯兄，这是旧书显然的错误。韩愈文中说到兄嫂的地方，不一而足，而文中称韩会为宗兄[4]，为元兄[5]，为伯氏[6]，其为韩愈的长兄，可以断言。旧书作者似乎都没有看到，未免近于荒唐。为了确切地说明韩愈的阶级成分，这些新书纠正旧书的话，我们觉得有加以引申的必要：

韩愈文中自称昌黎韩愈者凡九次[7]，李翱行状，皇甫湜墓铭，并作昌黎。韩愈子昶自撰墓志，也称昌黎韩昶[8]，则旧史以韩愈为昌黎人，

---

① 见《昌黎集》一六《上宰相书》。

② 见明郭云鹏刊本《李太白集》三〇。

③ 见《李文公集》一六。

④ 见《昌黎集》二四《考功员外卢君墓铭》。

⑤ 见同集二三《祭郑夫人文》。

⑥ 见同集一《复志赋》，一〇《过始兴江口感怀诗》。

⑦ 见同集《汴州东西水门记》、《送陆歙州诗序》、《送窦从事序》、《上巳日燕太学听弹琴诗序》、《送李愿归盘谷序》、《施先生墓铭》、《河南府法曹参军卢君夫人苗氏墓志铭》、《瘗砚铭》、《题李先生壁》等文。

⑧ 见孙星衍《续古文苑》一九。

不能说是错误；可是依照朱熹的意见，韩愈的自称出昌黎，可能和“言刘悉出彭城，言李悉出陇西”一样。《汉书·地理志》既有两南阳，《元和姓纂》、《唐书·世系表》又有两韩氏（并出汉弓高侯颓当之后），朱熹以为韩愈的世系，是属于河内南阳韩氏的一支，而不是属于原居唐属邓州的南阳其后徙于昌黎的一支，这问题，他在新书本传的考异中曾作了详细的辨正。我们知道韩愈的先人坟墓，都在河内的河阳，即南阳地。兄会葬于此①，嫂郑葬于此②，女挐葬于此③，韩愈自己也葬于此④，则朱熹说韩愈属于河内南阳韩氏的一支，可以凭信。新书改昌黎为南阳，而于南阳上又加“邓州”字，还是和徙于昌黎的一支混淆在一起，没有给予旧书以应有的纠正。不过实际上，无论韩愈属于韩氏的哪一支，反正自后魏以来，这两支韩氏的累世名位，都不够称为阀阅；换句话说，这两支韩氏的地望，都不够作为韩愈是高门子弟，是世族地主的子弟的证明。那么，新书第一点的纠正，即韩愈籍贯的纠正是否有问题，也就失去它的重要性了。我们可以断言，韩愈的阶级成分，是属于中小地主阶层，而不是属于大地主阶层，可是我们应该承认韩愈的阶级意识，不完全属于中小地主的范畴，而有时接近于大地主的范畴，这就不能不联系到韩愈的家庭成员给予韩愈思想上的一定的影响。新书纠正旧书的后两点是确当的，只是说得太简单，不能作为分析韩愈的阶级成分和阶级意识的根据，现在姑就这两点引申之如下：

韩愈的祖父叡素，李白《武昌宰韩君去思颂碑》说他做过桂州都督府长史的官，事迹无考，只在韩愈《虢州司户韩府君墓志铭》⑤中，笼统地说他“化行南方”，其后皇甫湜撰《韩文公神道碑》⑥，也就

① 见《昌黎集》二三《祭郑夫人文》及《祭十二郎文》。
② 见《祭十二郎文》。
③ 见同卷《祭女挐文》。
④ 见皇甫湜《韩文公墓铭》。
⑤ 《昌黎集》三五。
⑥ 《皇甫持正文集》六。

跟着说了一句“善化行于江岭之间”的话。叡素有子四人，长子即韩愈的父亲仲卿，次少卿，次云卿，次绅卿，并见李碑。有孙八人[①]，除韩会、韩愈外，可考者四人，韩介、韩弇、韩俞、韩岌，见韩愈及李翱文。韩愈的父亲仲卿，李碑说他“自潞州铜鞮尉调补武昌令，……奸吏束手，豪宗侧目，……居未二载，户口三倍”。（韩愈的叔父少卿，官当涂县丞，李碑说他感慨重诺，死节于义，但事迹无考。）韩愈最小的叔父绅卿，韩愈也在《虢州司户韩府君墓志铭》中，说他先官扬州录事参军，为崔圆所重视，迁泾阳令，“破豪家水碾利民田顷凡百万”。可见他们都能以卑官站在人民的利益上，摧抑制止地方豪宗豪家的剥削和压迫，充分表现了当时新兴势力斗争的精神。然而这种精神，没有被三岁而孤的韩愈继承下来；韩愈所继承的，只是韩愈叔父韩云卿的文学。李碑说韩云卿“文章冠世，拜监察御史，朝廷呼为子房”，李翱《韩书记夫人京兆韦氏墓志铭》[②]说韩云卿官礼部郎中，“好立节义，有大功于昭陵，其文章出于时，而官不甚高”，韩愈《科斗书后记》[③]，则独夸示韩云卿的文学说：“愈叔父，当大历世，文辞独行中朝，天下之欲铭述其先人功行取信来世者，咸归韩氏。于时李监阳冰独能篆书，而同姓叔父择木善八分[④]，不问可知其人，不如是者，不称三服，故三家传子弟往来。”（《唐文粹》五九又六〇及《全唐文》四四一有韩云卿文。）可见韩云卿的文学在当时实负重名，而更盛传于大历之世，则于文学有特别爱好的韩愈的童年脑筋中，把这个叔父作为自己文学上的学习对象，是极其自然的。再说到韩介、韩弇、韩俞、韩岌四人，虽然年龄比韩愈大，但他们的历史都很简单。韩介也是韩愈的同父兄，只一命率府军佐便死了。[⑤]韩弇，云卿子，

① 《昌黎集》二三《祭十二兄文》：“呜呼！维我皇祖，有孙八人。”

② 《李文公集》一五。

③ 《昌黎集》一三。

④ 杜甫《李潮八分小篆歌》：“尚书韩择木，骑曹蔡有邻，开元已来数八分。”

⑤ 见《昌黎集》三五《韩滂墓志铭》。

官殿中侍御史。贞元三年（七八七）五月，以与吐蕃盟遇害。[①]韩俞也是云卿子，官开封尉。他是一个“不治资业，喜酒色狗马”[②]的人。韩岌，绅卿子，官虢州司户。虽然年龄比他们长些，而表现更是平平。[③]从这些简单的历史来看，无疑地在他们那里，韩愈是不会得到一点什么东西的。然而恰恰是这个旧书错误地认为韩愈的从父兄，而新书纠正为伯兄的韩会，他的思想及他的政治、生活、文学，独和童年的韩愈乃至后来的韩愈发生了密切关系。韩会官起居舍人，韩愈一则说“故起居舍人君以道德文学伏一世”[④]，再则说“起居有德行言词，为世轨式”[⑤]，不但把韩会的文学抬得很高，而且把韩会的品德也抬得很高，可见韩愈的童年脑筋中又把这个亲身教养的长兄，作为自己在文学上同时在品德上的学习对象了。这里，我们可以理解，韩愈的两个仰止的对象，他的叔父韩云卿和长兄韩会，由于韩愈的耳目涵濡的深度不同，他们给予韩愈的思想及其政治、生活、文学上的影响，后者必然超过前者。那么韩会究竟是怎样的一个人呢？韩愈为考功员外郎卢东美撰墓铭，说韩会、卢东美等四人，“皆在江淮间，天下大夫士，谓之曰四夔，其义以为道可与古之夔皋者侔，故云尔。或曰，夔尝为相，世谓相夔，四人者，虽处而未仕，天下许以为相，故云”。韩愈文所谓“四夔”，其两人为崔造、张正则，韩愈文没有提到。《旧唐书·崔造传》，说崔造“永泰中，与韩会卢东美张正则为友，皆侨居上元，好谈经济之略，尝以王佐自许，时人号为四夔”。（《新唐书·崔造传》同）是“四夔”之说，虽然颇费解释，其为当时所盛传，可以无疑。但“四夔”之中，唯崔造两唐书有传，而崔造的经济之略，自德宗把他不次登用于贞元二年（七八六），以给事中同中书

---

① 见李翱《韩书记夫人京兆章氏墓志铭》。《唐文粹》三三下李观《吊韩弇没胡中文》作贞元元年，非。

② 见《昌黎集》三五《四门博士周况妻韩氏墓志铭》。

③ 见《祭十二兄文》及《虢州司户府君墓志铭》。

④ 见《考功员外卢君墓铭》。

⑤ 见《韩滂墓志铭》。

门下平章事后，便立刻被证明是“不能权济大事”的。[①] 卢东美官终工部员外郎，韩愈撰他的墓志，虽然把“四夔”之说，加了不少渲染，而实际给予他的赞语，却只是一句“在官举其职”，而不是什么经济之略。张正则事迹无考。关于韩会的记载也不多。则所谓“四夔”者，可以想见，他们只是一些自吹自擂名不副实的文人罢了。不过这些出身于中小地主即新兴地主阶层的文人，我们还不应该把他们的自吹自擂，光看作一般文人的通病，从崔造的那些据旧典以抗新制[②] 的条奏来看，他们无疑地又都是当时大地主的追随者。而韩会在“四夔”之中，不但不能例外，甚至可以说他是较热衷的一个。（按：李肇《国史补》，以善歌者四人，号为“四夔”，韩会为夔头，对“四夔”又作了另一种解释，但可以证明当时盛传的“四夔”，是以韩会为首的。）我们知道出身寒微为世族地主瞧不起的元载，除了个别的如李揆之类（李揆曾讥元载为獐头鼠目之子[③]），曾对他们借故修怨外，他不但不能像王叔文的坚决进行和大地主、世族地主的斗争，相反地，他凭着他的“纳受赃私，贸鬻官秩”的卑鄙手段，及对人民的高度剥削，竟占有了和大地主、世族地主一样甚至超过他们的“连疆接畛”的“膏腴别墅”，及不可胜计的“资货”“珍异”。[④] 这样一个贪婪无厌、臭名昭彰的权臣，韩会却会和他建立了相当密切的关系，即元载赐死，韩会便不能不跟着贬官[⑤] 的那样密切的关系，则我们说，韩会在“四夔”之中，是当时大地主的较热衷的追随者，不应该算作我们的苛论，如果我们还不能举出韩愈“兄罹谗口”[⑥] 的这句话的事实证明。因此，我们以为把韩

---

① 《新唐书·崔造传》：“识者谓造举不适时，方用之乏，不熊权济大事，虽据旧典，奚能抗一切之制云。”

② 《新唐书·崔造传》：“识者谓造举不适时，方用之乏，不熊权济大事，虽据旧典，奚抗一切之制云。”

③ 见《旧唐书·李揆传》。

④ 并见《旧唐书·元载传》。

⑤ 见《旧唐书·代宗纪》。

⑥ 见《祭郑夫人文》。

会和元载柳宗元和王叔文的关系之间，加以一定的区别，在分析韩愈的阶级意识上是有帮助的。区别韩会和元载、柳宗元和王叔文的关系，实际就是区别韩愈和柳宗元的阶级意识在政治上不同的表现。虽然关于韩会的记载不多，我们不可能把他和柳宗元参加政治的历史作具体的分析；但就他们和元载、王叔文两人的关系来看，则前者所参加的，是代表腐朽势力的政治活动，而后者所参加的，是代表新兴势力的政治活动，基本上已不成问题。柳宗元的《先友记》，关于韩会有这样的几句话“韩会善清言，有文章，名最高，然以故多谤。至起居郎，贬官卒”①。似乎韩会的贬官，是为了名高多谤，不是为了坐元载的党，我们以为这是一种回护，这是柳宗元在《先友记》中仅有的回护。柳宗元是一个始终坚持他的政治方向者，他不为自己的贬官回护，而为韩会的贬官回护，显然不是借别人的酒杯浇自己的块垒；而是由于这位先友和元载的关系，在柳宗元看来，是十分可耻的，不管他是一个帮凶，或者只是一个“善清言，有文章”的权门的帮闲。

可能有人问，我们说韩会在“四夔”之中，是当时大地主的较热衷的追随者，除了和元载的关系外，是不是在他的土地占有上也可以举出一些根据呢？我们的答复是，和他的事迹一样，是不多的，然而是可靠的。韩氏在宣城有一所庄园，韩愈《示爽诗》：“宣城去京国，里数逾三千，……临分不汝诳，有路即归田。”②就是指这所庄园。韩愈的父亲仲卿，是一个能使“奸吏束手，豪宗侧目”的武昌县令，他不会也不可能建置这所庄园，这所庄园的建造者，必然是著名于江淮间的韩会。韩愈的《复志赋》③、《欧阳生哀辞》④、《祭十二郎文》，并有就食江南的话，而《祭郑夫人文》，更有“百口偕行，避地江渍”的话，所谓江南江渍，都是指这所庄园的所在地宣城而言。韩愈自韩会死于

① 见《柳先生集》一二。
② 《昌黎集》六。
③ 同集一。
④ 同集二二。

韶州，跟着嫂郑归葬韩会于原籍河阳后，便带着百口，在宣城的庄园上，过着他不劳而获的剥削生活。他的能专心“讲习”、“古训”，[①]即在这时候开始，直到十九岁去京城[②]为止。（韩愈自去京城后，文中屡言贫乏情况，大概宣城庄园的生产以韩愈不善管理之故，收入逐渐减少了。）这里，我们虽然还看不出宣城庄园范围的大小，但可以看出，韩会在贬官前所过的剥削生活，已不同于一般地主的水平。韩愈《祭十二郎文》说“承先人后者，在孙惟汝，在子惟吾”，则韩愈就食这所庄园的时候，韩氏亲丁，只有两口，所谓偕行的“百口”，必然是他们剥削的对象——奴婢无疑。可是有人以为《祭郑夫人文》中的“百口”的“口”字是讹刻，某些刻本作“日”字，这是后人的妄改。无论“百日”的话不可通，而韩愈此日足可惜一首赠张籍诗既有“谁云经艰难，百口无夭殇”[③]的话，其《过始兴江口感怀诗》也明明说“忆昨儿童随伯氏，南来今只一身存，目前百口还相逐，旧事无人可共论”[④]。前后互证，“百口”之为奴婢，不待多辩。奴婢是地主剥削的对象，地主不在极其颠沛的情况下决不肯轻易遣散奴婢，韩会贬官后，还带着这么多的奴婢，是不足怪的。比韩会更颠沛的李揆，不是带着大部分是奴婢的“孀孤百口”，“萍寄诸州”至十五六年之久吗？[⑤]这种现象，一般只能发生在大地主主要是世族地主的阶层内，其发生在新兴地主的阶层内，应该算是例外。因此，我们撇开韩会和元载的关系不论，单从韩会的奴婢的占有，来估计他的土地的占有我们说韩会在“四夔”之中，是当时大地主的较热衷的追随者，更不应该算作我们的苛论。

就上所述，韩会是怎样一个人，可以得到一个较清楚的轮廓了。

---

① 《复志赋》：“值中原之有事兮，将就食于江之南，始专专于讲习兮，非古训而无所用其心。”

② 《祭十二郎文》：“吾年十九，始来京城。”

③ 《昌黎集》二。

④ 同集一〇。

⑤ 见《旧唐书·李揆传》。

由于韩愈是一个三岁而孤便被韩会教养长大的人，很可能，他是韩会的思想及其政治、生活、文学各方面的继承者，虽然只是部分的继承，而不可能是全部的继承。韩会的文学造诣，我们虽然没法介绍，但很可能，它在韩云卿和韩愈之间，有形无形地建立了前后授受关系。这种文学的授受关系，应该是韩愈文学的奠基过程中的一种主要帮助。唯就韩愈文学整个的成就来说，韩会给予韩愈文学的危害成分，更多于帮助成分。文学不能不反映作者的思想及作者在政治、生活上各方面表现的内在本质。韩愈既是韩会的思想及其政治、生活的部分的继承者，尽管他不能不结合自己在政治、生活上的特殊情况，而就大体来说，则他在政治方向上，表现为一贯维护大地主利益，反对以王叔文为首的新势力集团的政治改革；在生活作风上，表现为和旧官僚沆瀣一气，都可以列举事实来证明的。这些表现的内在本质，反映到他的文学里，不能不使他的部分作品，在形式内容的统一上受到一定的危害。那么，我们为了评价韩愈文学，而对韩愈的阶级成分作较详的分析，似乎也是必要的。

韩愈时代的社会经济，和韩愈的阶级成分是一致的；但由于韩愈虽然出身于中小地主阶层，而他的阶级意识却接近于大地主阶层，所以在一致之中，又是不一致的。它们的一致，和它们的不一致的错综关系，应该是韩愈文学成就及其成就限度的主要因素。当然，我们还得承认，这仅仅是主要因素，不包括韩愈文学构成它的光辉面和阴暗面的所有一切因素。简单的理由，是尽管具有和韩愈时代同样的社会经济，及和韩愈同样的阶级成分，不可能孳生两个韩愈乃至孳生两个别的文学家一模一样的文学的精神面貌。

二　韩愈文学的成就及其领导古文运动的胜利

韩愈文学——主要是散文的成就，及其所领导的唐代散文和骈文的斗争——古文运动的胜利，首先是和韩愈时代的社会经济的发展情况，及韩愈时代的中小地主即新兴地主对文体改革的一般要求分不开的。这从韩愈时代的散文，已不和六朝以前的散文一样。而具有它的进步的时代标志，可以很清楚地看到。时代产生了韩愈文学，并产生了唐代的古文运动，我们决不能也不会说有了韩愈的文学，然后才有唐代的古文运动；但如果说唐代的古文运动的胜利，可以无待于韩愈的领导，也是不对的。不论何种运动，不论参加运动的群众，仅仅是自发的或者是自觉的，总不能没有若干先进者，提供自己的亲切的经验，为群众指示出一定的符合群众要求的运动方向，并不断地鼓舞他们，支持他们，使群众都有信心，为运动而努力到底，然后运动才能获得最后的胜利。这是一般运动的常例，唐代古文运动的胜利，当然不能例外。而韩愈在这个文体改革运动中，正是一个最有经验的先进者，也就是一个最有力量的领导者。尽管我们可以说，由于韩愈领导的动机不纯粹，使运动的发展不能不受到一定的限制；但我们毕竟应该承认，有了韩愈的领导，这个运动才能成为唐代后期文化中一个最辉煌的运动。

韩愈为什么能绰有余裕地负起唐代古文运动的领导责任呢？自然，首先应该说明的，是韩愈文学——主要是散文本身的成就。韩愈文学的成就，和过去一般文人学者一样，也有它的家学渊源及其和前辈的师承关系。

我们在前节文中，说到韩会的文学，很可能在韩云卿和韩愈之间，有形无形地建立了前后授受关系，这种文学的授受关系，应该是韩愈文学的奠基过程中的主要帮助。我们这些话，虽然在前人，甚至在韩愈自己的记载中都没有看到，但我们认为，像特别爱好文学的韩愈，在他童年乃至童年以后的脑筋中，不能不或多或少地受到同样负重名的叔父和长兄的文学的影响，是可以理会的。这是韩愈文学的家学渊源。《旧书·韩愈本传》："大历贞元之间，文学多尚古学，效扬雄、董仲舒之述作，而独孤及梁肃最称渊奥，儒林推重。愈从其徒游，锐意钻仰，欲自振于一代。"可见韩愈文学，除了家学渊源外，韩愈的前辈独孤及和梁肃的文学，也曾给予了韩愈文学以一定的帮助。韩愈于独孤及，我们认为晁公武《郡斋读书志》[①]引《唐实录》“韩愈师其为文”的话是可靠的。虽然韩愈撰独孤及子独孤郁墓志，只说“宪公（独孤及）躬孝，践行笃实而辨于文，劝饬指诲，以进后生”[②]，独孤及卒于代宗大历十二年（七七七）[③]，韩愈还只十岁，当然不可能在他的直接“劝饬指诲”的“后生”之列；但这不等于说，不是亲炙者，便没有“师其为文”的可能。韩愈于梁肃又是怎样呢？梁肃是亲举韩愈的人。韩愈《与祠部陆员外书》说：

> 往者陆相公司贡士，考文章甚详，愈时亦幸在得中，而未知陆之得人也。其后一二年，所与及第者，皆赫然有声。原其所以，亦由梁补阙肃王郎中础佐之。梁举八人，无有失者，其余则王皆与谋焉。[④]

而《新书·文艺·欧阳詹传》，也说欧阳詹“举进士，与韩愈李观李绛崔群王涯冯宿庾承宣联第，皆天下选，时称龙虎榜”。韩愈在书中特别提出的梁肃所举的八人，可能就是《文艺传》中所提出的韩愈等八人。韩愈登进士第，在德宗贞元八年，当时他还是一个二十五岁的年青作家，不消说，他的文学的成就还在较低的阶段，而梁肃当时正是一个“誉塞天下”[⑤]的文学前辈，韩愈既为梁肃所举，则被举以前的若干时期内，我们认为韩愈跟梁肃建立他们文学上的师承关系，即本传所谓“从其徒游”的关系（参阅王定保《摭言》[⑥]）是很可能的。梁

① 见《郡斋读书志》四上。

② 见《昌黎集》二九《唐故秘书少监独孤府君墓志铭》。

③ 见《唐文粹》五八《崔祐甫独孤及神道碑》。

④ 《昌黎集》一七。

⑤ 见《李文公集》一《感知己赋》。

⑥ 王定保《摭言》七，说李观、韩愈、李绛、崔群“共游梁补阙之门，居三年，肃未之见，而四贤造肃多矣，靡不偕行，肃异之，一日，延接观等，俱以文学为肃所称，复奖以交游之道”。

肃所举的八人，既“皆天下选”，而他又能使一个倔强的李翱，许他为唯一知己[①]，可见他原是一个善于以文学奖掖后进的人。后进以文学请益，尤其是被他联类汲引像韩愈等那些最优秀的年青作家们，他们把他作为他们共同的文学的“钻仰”对象，应该是易于理会的事。因此，我们这里也不妨作这样的肯定，独孤及、梁肃并给予了韩愈文学以一定的帮助，而后者给予的帮助，至少不会差于前者。这是韩愈文学和前辈的师承关系。

唐代的散文，到了韩愈时代，才出现了唐代最典型的散文形式。这种最典型的散文形式，是由一种过渡的散文形式发展而来。韩愈以前的散文，不论韩云卿、韩会作的也好，独孤及、梁肃作的也好，它们或多或少地却还保留着一些六朝文学的残余架格。这种六朝文学的残余架格，在韩愈领导的古文运动中是被扬弃了。但不容否认，他们的这种散文形式，正是一种过渡的散文形式。为了说明韩愈散文的成就，不能撇开韩愈的家学渊源及其和前辈的师承关系，原因就在于此。可惜的是，由于这个自恃太高，公然敢说“若世无孔子，不当在弟子之列”[②]的韩愈，他没有或者不肯把这些渊源和关系，明白地作自我的介绍，从而使我们的介绍不能不感到既费力，又不够劲。

自然，这些渊源和关系，对韩愈文学成就的进修过程来说，只能在一定的阶段内起着一定的帮助作用；其在整个进修过程中始终起着决定作用的，应该是韩愈自己为文学支出的数十年长期的高度劳动。这便和过去一般文人学者的始终和家学渊源或前辈的师承关系分不开的那些没有创造性的成就，是大有区别的了。现在让我们举韩愈自己的话，即被前人一直传诵的《答李翊书》中的一段话，来说明韩愈文学成就的艰苦的进修过程吧。书中的话是这样说的：

---

① 见《感知己赋》。

② 见《昌黎集》一八《答吕医山人书》。

……愈之所为，不自知其至犹未也。虽然，学之二十余年矣：始者非三代两汉之书不敢观，非圣人之志不敢存，处若忘，行若遗，俨乎其若思，茫乎其若迷。当其取于心而注于手也，惟陈言之务去，戛戛乎其难哉！其观于人，不知其非笑之为非笑也。如是者亦有年，犹不改，然后识古书之正伪，与虽正而不至焉者，昭昭然白黑分矣，而务去之，乃徐有得也。当其取于心而注于手也，汩汩然来矣！其观于人也，笑之则以为喜，誉之则以为忧，以其犹有人之说者存也。如是者亦有年，然后浩乎其沛然矣！吾又惧其杂也，迎而距之，平心而察之，其皆醇也，然后肆焉。虽然，不可以不养也。行之乎仁义之途，游之乎诗书之源，无迷其途，无绝其源，终吾身而已矣。①

韩愈论文的话，虽然不一而足，而韩愈文学整个的进修过程，唯此书说得最具体，最有系统。此书总结了韩愈文学修养的先进经验，指出了韩愈散文写作的卓越成就，是经历着三个阶段，即初则“戛戛乎其难哉”，继则“汩汩然来矣”，终乃“浩乎其沛然矣”的三个阶段而获得的，也就是说积累了二十余年的大量劳动而才获得的。自然，此书所总结的三个阶段的发展过程，在韩愈本人的意图上，主要是说明韩愈文学内容充实的过程；而在我们看来，却只是，至少主要是，反映了韩愈文学技巧提高的过程。文学的技巧，它也和其他的专业绝艺一样，没有大量劳动的积累，决不可能达到那个得心应手的极其熟练的最后阶段。这仍可以举韩愈自己的话来说明它的。韩愈《送高闲上人序》说：

尧舜禹汤治天下，养叔治射，庖丁治牛，师旷治音声，扁鹊治病，僚之于丸，秋之于奕，伯伦之于酒，乐之终身不厌，奚暇

① 见《昌黎集》一六。

外慕！夫外慕徙业者，皆不造其堂，不哜其胾者也。[①]

这里，举例虽然不多，但已足够说明，不论怎样惊人的包括文学技巧在内的专业绝艺，都只是与之相应的长期积累的劳动量所产生的硕果，而不是天才的恩赐。所以唯有“乐之终身不厌”，才有可能“造其堂”而“胾其肉”。韩愈散文写作的技巧，在韩愈时代的历史条件下，可以说是“造其堂”而“胾其肉”的了，则韩愈必须为它支出长期的大量劳动，原是不足怪的事。（韩愈的散文，不管题目大小，差不多都可以看出它们高度的技巧。李塨把韩愈《原道》，选入他的《评乙古文》中，说是孟子而后，唯此一篇，章法如登山涉海云云，其言甚多，此不具录。我们虽然不同意他的选文的标准，但像这类所谓载道的作品中，还能看出它的高度的艺术性，则其他作品的艺术性，可以想见。）这种提高散文技巧的先进经验的介绍，对韩愈领导当时的文学改革运动来说，它的作用是很大的。它可以鼓舞并支持当时参加运动的作家们的信心，使他们不致因畏难或者因“外慕”而退出斗争。不但如此，我们从苏洵《上欧阳修书》，说他初读古人文，感到“惶然以怍，凄然以惊”，久之，才“豁然以明”，又久之，则自己写作，也能“浑浑然觉其来之易矣”[②]等一些写作学习过程中的甘苦语，显然是韩愈《答李翊书》的一页再版的这个例子来看，可以证明，在散文学的道路上，照耀着韩愈的先进经验的这盏红灯，还会使后代作家们，对散文写作的信心，也得到它的鼓舞和支持。

然而我们必须注意这个问题，即韩愈文学和儒学的关系问题。我们知道韩愈论文，是往往和道这个名词结合在一起的。他说：“愈之所志于古者，不惟其辞之好，好其道焉耳。”[③]又说：“思古人而不得

① 见《昌黎集》二一。

② 《嘉佑集》一一《上欧阳修内翰第一书》。

③ 见《昌黎集》一六《答李秀才书》。

见，学古道则欲兼通其辞，通其辞者，本志乎古道者也。”① 而韩愈的所谓道，又只是指儒家孔孟之道。他说：“其所读皆圣人之书，杨墨释老之学，无所入于其心，其所著皆约六经之旨以成文。”② 又说：“学者必慎其所道，道于杨墨老庄佛之学，而欲之圣人之道，犹航断港绝潢，以望至于海也。”③ 这些不一而足的所谓圣人之道，和《答李翊书》中“行之乎仁义之途，游之乎诗书之源”的话，是前后一贯的。似乎道就是韩愈文学唯一的内容。韩愈的文学，只是弘扬孔孟之道的工具而已。那么，我们可不可以把反映在韩愈《答李翊书》中的从“戛戛乎其难哉”到“浩乎其沛然矣”的韩愈文学成就的过程，便当作韩愈从“望道未见”到“从容中道”的儒学成就的过程呢？是不可以的。我们必须指出：韩愈终身乐之的，是文学，不是儒学，而终身争取的，是儒学，不是文学。他的所以使文学隶属于儒学，使文学不能独立于儒学之外而密切地结合在一起，目的正在借他的文学的成就，为儒学的成就。自然，也借他的领导文学运动的胜利，为领导儒学运动的胜利。归根结蒂，无非指望做一个孟子以后继承儒家道统的人物。④韩愈这种非分的愿望，和对待学问不老实的态度，过去也有不少的人表示不满。而最表示不满的，厥为朱熹。朱熹准对着韩愈文道统一的号召，偏说他“裂道与文为两物”⑤；偏说他“用了许多岁月，费了许多精神”，“只是要作好文章，令人欣赏而已，究竟何与己事”⑥；偏说他“平生用力深处，终不离乎文字言语之工”⑦。甚至看到韩愈《答李秀才书》，有“将复有深于是者，与吾子乐之”的话，竟在策问诸生的时候，干脆地揭出“今韩子之书具在，所谓深于是者，果何所指而

① 见《昌黎集》二二《题欧阳生哀辞后》。
② 见同集二二《上宰相书》。
③ 见同集二〇《送王秀才序》。
④ 详本篇附文及第二篇。
⑤ 见《朱文公集》七〇《读唐志》。
⑥ 见同集七四《沧州精舍论学者》。
⑦ 见《昌黎集》一八《与孟尚书书朱熹考异》。

言邪！”[①] 换句话说，找遍韩愈的书，除了文字言语之工以外，到底有什么东西可以与人们共乐呢！朱熹的断断然不肯以知道许韩愈，不管他动机何在，而对韩愈来说，这意见是正确的。它不但和一般认为韩愈文学的成就，应该归结为儒学的成就的意见截然不同；就是比顾炎武的仅仅表示不满于韩愈的不能谢绝一切铭状之类的意见[②]，也全面得多。所以我们认为朱熹对韩愈的批判，可以代表我们的批判，我们也确实感到韩愈支出的大量劳动，只是为文学技巧，他的“口不绝吟于六艺之文，手不停披于百家之编”[③]，只是为文学技巧找窍门，道的成分，在韩愈的作品中实在太稀薄了。可是朱熹对韩愈的要求，却不能代表我们的要求。我们要求韩愈文学的内容，是韩愈的思想、政治、生活各方面所反映的人民性和现实意义，而不是书本上或者实践上的孔孟之道，因而我们并不可惜，相反地，还是要求韩愈为文学技巧支出大量的劳动。有了高度的文学技巧，才能把人民性和现实意义，反映得更正确，更有劲。

在中国过去作家们的大部分作品中，可以说，或多或少地都能找到它的人民性和现实意义。只要这种作品，不是可以离开时代的作品，它就不能不主动地或被动地，正面地或反面地，暴露一些现实的丑恶，传达一些人民的创痛声音；同时也会跟着不同的环境，塑造一些不同的人物形象。自然，我们不应该例外地来看韩愈的作品中所包含的这些成分。姑举他的《张中丞传后叙》[④] 为例吧：此文虽然只是批判李翰所撰的张巡传的缺点，而我们看到其中关于南霁云张巡的一些补充事迹，便会像看到几幅色彩鲜明的生动的插图一样。那么，如果让韩愈把那些捍卫睢阳至流尽最后一滴血的张巡、雷万春、南霁云

---

① 见《朱文公集》七四《策问》。

② 《亭林文集》四《与人书》一八：“韩文公文起八代之衰，若但作原道原毁争臣论平淮西碑张中丞传后序诸篇，而一切铭状，概为谢绝，则诚近代之泰山北斗矣，今犹未敢许也。”

③ 见《昌黎集》一二《进学解》。

④ 见同集一三。

等英雄人物的性格，及其所表现的一连串的可歌可泣的事迹，运用他的高度的文学技巧，系统而又集中地刻画出来，不消说，韩愈的这种艺术的感染力量，是会比李翰所撰的传超过百倍的。这种塑造人物形象的技巧，韩愈也曾运用在一些同时代的优越的人物的铭状中，顾炎武把韩愈的铭状，一概抹杀，未免惩噎而废食。可是我们不能不承认这一事实，即韩愈作品中的人民性和现实意义，确是比柳宗元差得多，甚至还比其他作家们为差。原因是：第一，韩愈既以文道统一为号召，自然不很容易接触到现实；而韩愈的所谓道，又往往只是道的门面语，则和现实会距离得更远。第二，韩愈是一个大地主利益的维护者，他对大地主残酷剥削人民的现实，可能会熟视无睹，也可能有意地把它隐蔽起来。所以我们今日评价韩愈的文学，主要是肯定韩愈文学的技巧，不是韩愈文学的内容。而我们肯定韩愈文学的技巧，目的又在肯定韩愈文学的形式。这从表面看来，似乎都是轻重倒转的事：谁都知道血肉不存，皮毛焉附？文学的肯定，应该先内容而后形式；又技巧是个别的，形式是一般的，与其肯定形式，也毋宁肯定技巧。这些话，我们以为适用于一般作家的文学的评价，而不适用于韩愈文学的评价。韩愈文学的成就，主要是在他能创造散文的进步形式，和一般固定了的形式不同，它对韩愈文学技巧的提高来说，是带有根本性决定性的作用的。陆贽在骈文形式下所表现的熟练技巧，谁都知道赶不上韩愈在散文形式下所表现的技巧的那么熟练，这不是陆贽和韩愈之间的文学技巧有什么距离，而是借以表现文学技巧的文学形式，陆贽和韩愈之间，有着较远的距离。如果包括散文的过渡形式在内，则陆贽的骈文形式，比起韩愈的散文的进步形式来，简直是以“下驷”当“上驷”了。由此可见，我们肯定了韩愈文学的高度技巧，也就等于肯定了韩愈所创造的文学形式对它所起的根本性决定性的作用。其次，我们仅仅肯定韩愈的文学技巧，而抛开韩愈的文学形式不谈，这就会使人们对韩愈文学的成就感到空洞，感到没有重大的意义。相反，唯有当我们郑重地把韩愈的文学形式，提高到韩愈领导文体改革的运动上，也就是把它提高到中国古典文学发展的道路上的贡献来估计它的时候，才会被人们认识，它不能仅仅当作一般的文学形式，而是应该当作韩愈文学的主要成就，当作韩愈领导文学运动的主要方向。虽然韩愈个人受了自己的思想、政治、生活各方面的支配，不能使他的文学内容赶上他的文学形式；但由于这个文体改革运动，是符合于新兴地主要求的文化运动，在参加这个运动的新兴地主们，即不同于或不全同于韩愈的思想、政治、生活的作家们的自觉的努力下，基本上是可以由局部的胜利，即形式的胜利，走向全面的胜利，即内容形式统一的胜利的。由此可见，我们肯定了韩愈文学的进步形式，也就等于基本上肯定了韩愈领导唐代古文运动的胜利。

现在请略论韩愈文学的进步形式。

我们所谓韩愈文学的进步形式，当然不是对它的斗争对象骈文形式而言，而是对它以前的表达力较差的旧散文形式而言。韩愈这种散文形式的创造，是以韩愈时代的群众要求为根据的。它是旧散文的发展者，不是旧散文的继承者。严格地说来，不能名之曰古文。名之曰古文，只是韩愈向骈文作者表示自己的散文为先进的文体而已。当然，他还可以表示，古之文和古之道是一个东西。

韩愈散文的进步形式，简单地分析，只有两句话，那就是：一面要求“唯陈言之务去”[①]，自己创造自己适用的辞汇；一面又要求讲究正确的流畅的语法，做到“文从字顺各识职”[②]。实际上，这两句话，还可并为一句，那就是，以自己创造的辞汇，正确的流畅的语法，来表达它的内容而已。韩愈《答刘正夫书》说：

或问：“为文宜何师？”必谨对曰：“宜师古圣贤人。”曰：“古圣贤人所为书具存，辞皆不同，宜何师？”必谨对曰：“师其

① 见《答李翊书》。

② 见《昌黎集》三四《南阳樊绍述墓志铭》。

意，不师其辞。”又问曰：“文宜易宜难？”必谨对曰：“无难易，唯其是尔。”[①]

这一段话，正是上述两个要求的说明：说师古圣贤人文，只“师其意，不师其辞”（按：李翱曾说六经屈庄之文，“创意造言，皆不相师，故其读春秋也，如未尝有诗也，其读诗也，如未尝有易也，其读易也，如未尝有书也，其读屈原庄周也，如未尝有六经也”[②]。这是因为李翱就古圣贤人本身说，所以说创意造言，皆不相师；而韩愈则就后人对古圣贤人说，所以说师其意，不师其辞。他们的话是一致的），不管韩愈的所谓师其辞，是模拟其辞，或者是袭用其辞[③]，总之，辞必须自己创造。古圣贤人的辞，还可以不师，何况非古圣贤人的辞？说“文无难易，唯其是尔”，表面是韩愈对当时散文形式的一个争持问题，即难易问题的调停语，实际是在说，只要做到“是”，当然没有舍易而取难的必要。所谓难易，据李翱说：“其爱难者，则曰文章宜深，不当易；其爱易者，则曰文章宜通，不当难。”[④]据孙樵说：“其习于易者，则斥涩艰之辞；攻于难者，则鄙平淡之言。”[⑤]可见李翱的所谓深，就是孙樵的所谓涩艰，孙樵的所谓平淡，也就是李翱的所谓通。文能做到通，做到不涩艰，不就是“文从字顺各识职”吗？固然，李翱、孙樵的话，还是根据韩愈的话，来折中难易；而我们从韩愈集中十之八九是文从字顺的作品来看，韩愈散文形式的是否舍难而取易，也就可以晓然了。

可是由于后人读到韩愈少数作品如《曹成王碑》[⑥]、《卫中立墓志

① 见《昌黎集》一八。

② 见《李文公集》六《答朱载言书》。

③ 《樊绍述墓志铭》：“惟古于辞必己出，降而不能乃剽贼，后皆指前公相袭，从汉迄今用一律。”

④ 见《答朱载言书》。

⑤ 见《孙樵集》二《与友人论文书》。

⑥ 《昌黎集》二八。

铭》[1]之类，其中有着不常见的词汇和不流畅的语法，便惊奇指目为韩愈的务去陈言；把韩愈的务去陈言，和文从字顺的两个要求对立起来，以致模糊了一般对韩愈散文的进步形式的认识，这是必须加以纠正的。朱熹《韩文考异序》说："韩子之为文，虽以力去陈言为务，而又必以文从字顺各识其职为贵，读者或未得此权度，则其文理意义，正自有未易言者。"[2]似乎已看到了两者之间的联系，但还是抱着矜慎的态度，不敢偏有所废；至黄宗羲《答张尔公论茅鹿门批评八家书》，则说"曹成王碑，以其穿凿生割，为昌黎之务去陈言，岂昌黎之文从字顺者，犹有陈言之未去乎？"[3]这才有力地反证了韩愈的务去陈言和文从字顺，是统一的不是矛盾的要求。那就是说，你如果承认了曹成王碑的穿凿生割为务去陈言，难道你也承认韩愈文从字顺的作品中还保留着不少陈言吗？怕信口雌黄的茅坤，也不敢这样设想吧。唯韩愈的所谓陈言，固然可以包括黄宗羲所说的"庸俗之议论"[4]，但主要应该是指不适用于表达新事物的那些旧词汇。这些不适用的旧词汇，我们也未尝不可以部分地像黄庭坚所说把它们来"点铁成金"[5]，但主要则在不断地创造适用的新词汇。（李翱《与朱载言书》，以笑哂之状为例，来说明陈言的应该务去。王若虚文辩驳他说："予谓文贵不袭陈言，亦其大体耳，何至字字求异如翱之说？且天下安得如许新语邪？"字字求异，固然无此必要，而且无此可能，但也不能说，除"莞尔"、"哑哑"、"粲然"、"逌尔"、"辗然"以外，便不可能再有描写笑哂之状的新语。）创造词汇和讲究语法，都是跟着时代的条件而发展的，新词汇决不会和新语法相矛盾。相反，词汇的愈丰富多彩，

---

① 指《昌黎集》三〇《唐故监察御史卫府君墓铭》"若既克自敬勤"至"可饵以不死"一段文。

② 《朱文公集》七六。

③ 《南雷文案》四。

④ 见《答张尔公论茅鹿门批评八家书》。

⑤ 《豫章黄先生集》一九《答洪驹父书》："古之能为文章者，其能陶冶万物，虽取古人之陈言，入于翰墨，如灵丹一粒，点铁成金也。"

会使语法显得愈正确，愈流畅。

以上是我们对韩愈散文的进步形式的分析，也就是我们对韩愈散文的进步形式的肯定。（过去如刘禹锡、李翱、皇甫湜、李汉及苏氏父子等的推崇韩愈文学[①]，其言具存，可以参阅。后来歌颂纷纷，无非人云亦云，本文概勿阑入。）

最后，我们还必须指出后人对韩愈散文的进步形式的认识不清，主要应该归咎于韩愈自己对散文形式的两个要求的态度表示得不够严肃，这可就他对扬雄、樊宗师两人著作尤其是后者的著作的推崇可以证明：

我们知道刘歆、颜之推，早就说过扬雄的《太玄》是会复酱瓿的[②]。苏氏父子又把扬雄的《太玄》、《法言》，作了较全面的批判：苏洵以“辩乎其不足问也，问乎其不足疑也”，斥扬雄的《法言》，以“自附于夫子而无得于心”，斥扬雄的《太玄》[③]；苏轼则更痛快地斥扬雄的《太玄》、《法言》，为变相的雕虫篆刻。他说：“扬雄好为艰深之辞，文浅易之言，若正言之，则人人知之矣，此正所谓雕虫篆刻者。其《太玄》、《法言》，皆是类也，而独悔于赋何哉？终身雕篆而独变其音节，便谓之经可乎！”[④]可见扬雄的《太玄》、《法言》，只是以雕虫篆刻的另一形式，来掩饰它们的“浅易”的“无得于心”的内容而已。（唐顺之论文，也以扬雄的“欲说不说，不说又说”的闪闪缩缩的表现形式，为文之“最下者”。[⑤]）显然，扬雄的雕虫篆刻的另一形式，和韩愈所主张的文从字顺的散文形式，是毫无相同之点的。然而韩愈论文的时候，偏喜欢把扬雄著作，当作杰出的典型来提出，甚至叹息着说，扬雄死近千载，竟不能看到第二个扬雄[⑥]，可谓推崇已极！

① 参阅各集及洪迈《容斋随笔》八。

② 见《汉书·扬雄传》及《颜氏家训·文章篇》九。

③ 并见《嘉祐集·太玄论上》。

④ 见《答谢民师书》。

⑤ 见《荆川先生文集》七《与洪方洲第二书》。

⑥ 见《昌黎集》一七《与冯宿论文书》。

韩愈为什么这样推崇扬雄呢？原来韩愈的文，“过扬雄远甚”，柳宗元早就替我们指出了[①]。韩愈抬高不如自己的扬雄的文，正是为了可以把自己的文抬得更高；而韩愈又是主张文道统一的，则文高即道高，抬高扬雄的文，正是为了抬高扬雄的道[②]，也正是为了把自己的道抬得更高。由于韩愈这种道统观念的作祟，使他不能不在文体改革运动的过程中，造成一面主张讲究“文从字顺”的语法，一面又推崇变相的雕虫篆刻的领导方法的矛盾。而这种领导方法的矛盾，无疑会使文体改革运动的进行和贯彻受到一定的影响。但也有人认为，不管韩愈对扬雄的思想、学术的认识怎样，他的推崇扬雄的著作，主要是扬雄的道，不是扬雄的文，作为一个文体改革运动的领导者来说，怕不会有这样不一致的态度吧。那么我们姑舍是而谈谈韩愈对樊宗师的著作的推崇。

樊宗师的著作，韩愈撰他的墓志，一开始便郑重地总计了他的著作卷数之后，接着说：“多矣哉！古未尝有也。然而必出于己，不袭蹈前人一言一句，又何其难也！”而韩愈《与袁相公书》，又说他“善为文章，词句刻深，独追古作者为徒，不顾世俗轻重”[③]。可见在韩愈的眼中，樊宗师是一个勇于创造而又能大量创造的杰出的作家是肯定的。而我们结合着樊宗师的现存的作品来看樊宗师，却只是一个企图表现个人特殊的严重的个人英雄主义者。他也和扬雄一样，不能特殊他的作品的内容，而只能比扬雄更拙劣地来特殊他的作品的形式。这种特殊形式，干脆地说，无非像一个患严重的口吃病者，期期艾艾地说得连一句话也不让你听懂而已。欧阳修《跋樊宗师绛守居园池记》[④]说：“呜呼，元和之际，文章之盛极矣！其怪奇至于如此！”[⑤]樊宗师作品比扬雄更拙劣的特殊形式，欧阳修目之为怪奇，已不很相

① 见柳集三四《答韦珩示韩愈相推以文墨事书》。

② 见《昌黎集》一一《读荀子》。

③ 见《昌黎集》一九。

④ 按：此记有赵仁举笺注本，已无。今见陶宗仪《辍耕录》一二，白珽《湛渊静语》一，及孙星衍《续古文苑》一〇。

⑤ 见欧阳修《集古录跋尾》九。

称；而又当作元和之际文章之盛的典型来提出，显然是更错误了。我们必须指出樊宗师的文学，它没有反映元和文学进步的一面，相反，它恰恰反映了元和文学落后的一面。（他的《蜀绵州越王楼诗序》[1]，也是这样。）不过欧阳修也没有承认樊宗师的怪奇就是创造，他的《绛守居园池诗》说，“孰云已出不剽袭，句断欲学盘庚誉”[2]，这虽然是欧阳修的戏言，却正是对韩愈推崇樊宗师著作的“不袭蹈前人一言一句”的有力的抗议。然而韩愈在樊宗师的墓铭里，不但更突出地肯定了樊宗师这种特殊的散文形式，为从汉以来剽袭相沿的腐朽文学“既极乃通”的创造形式，同时还肯定了这种形式并不和文从字顺的语法有什么矛盾，因而郑重地下了结语，“有欲求之此其躅”，来号召当时散文作者们向它学习。这样，我们是不是可以理解为韩愈的这些铭辞，是韩愈在概括地说明樊宗师的这种散文形式，就是韩愈自己所主张又为当时群众所喜爱的标准的散文形式，也就是可以取骈文而代之的韩愈在文体改革运动中所领导的散文形式？不！我们不能这样理解樊宗师的散文形式。我们实在找不到它比骈文有什么优越之点；不但没有，我们还感到学习骈文，不过走的是不必走的崎岖曲折的道路，而学习樊宗师的散文，简直是投向走不通的深谷绝涧去了。如果以这种散文形式来领导当时的文体改革运动，无论韩愈的领导地位会很快地打垮，而为他所领导的运动也是会很快地完蛋的。那么，我们是不是还可以这样理解？韩愈《科斗书后记》曾说，“凡为文词，宜略识字”。所谓识字即识古字（识字，一本作识古字，非[3]），樊宗师墓铭的“文从字顺”的“字”字，如果也是指古字或字的古义而言，则能识古字或字的古义，便会感到樊宗师的文，同样是文从字顺，而不是

① 见计有功《唐诗纪事》三四。

② 见《欧阳文忠公集》二。

③ 按：不必有“古”字。《昌黎集》二《赠张秘书诗》“阿买不识字，颇知书八分”，不识字即不识古字。朱翌《猗觉寮杂记》一，说“不能文而能书者多矣，未有不识字而能书者”，这怀疑是错误的。

什么难以理解者。不！我们也不能这样理解。韩愈《科斗书后记》，说他识古字的目的，只是为了应付一些“荐道功德”的铭文，所以只要求略识，不要求精通。《科斗书后记》作于元和十一年（八一六），韩愈已四十九岁，《曹成王碑》正是这年的作品[①]，可见在韩愈一生所有的散文中，用古字或字的古义，是极其偶然的。他实在没有为樊宗师的文，说明它堆砌了一些不常见的甚至未经训诂的字[②]，并不和他所讲究的语法有什么矛盾，因而号召作者们向它学习的必要。然则韩愈为什么偏要把樊宗师的似是而非的所谓“辞必己出”，以及恰恰相反的所谓文从字顺的散文形式，当作他所领导的散文形式来提出呢？我们以为这是可以从韩愈和“生而其家贵富”[③]的樊宗师的思想有没有相同之点的角度上来分析它的。樊宗师是一个企图表现个人特殊的严重的个人英雄主义者，韩愈受了伯兄韩会的思想的影响，他的个人英雄主义，可能比樊宗师更严重。虽然由于韩愈出身于新兴地主阶层，而韩会死后的韩愈，生活又逐渐陷于贫乏，因而他知道当时新兴地主阶层对文化的要求，他知道怎样来领导和这个要求符合的文化运动走向胜利；可是他对樊宗师的表现个人特殊的文学的特殊形式，不但不表示唾弃，而且还表示莫逆于心。所不同者，他把这种特殊形式，只表现之于诗，不表现之于文而已[④]。韩愈文学形式的矛盾，主要应该是韩愈阶级意识的矛盾的表现。因此，我们既不能作如上的理解，我们也不能像过去的人，看作是韩愈的“有心违俗之言”[⑤]；或者说是“其意已寓抑扬”[⑥]；甚至说是韩愈企图增进散文阵营的力量，因而连樊宗师

---

① 参阅《曹成王碑》及同集三二《李道古墓志铭》。

② 欧阳修《绛守居园池诗》，一本有“方言尔雅不训诂，几欲舌译从象胥”两句。

③ 见《樊绍述墓志铭》。

④ 详本篇附文。

⑤ 宋翔凤《过庭录》一六：“如攀绍述之险怪无理，昌黎称为文从字顺，亦有心违俗之言。”

⑥ 见刘埙《隐居通议》一五。

这样难以句读的文，也不惜强为之说，“以劝学者”[①]。韩愈的喜爱樊宗师的文，正和他喜爱自己的诗和孟郊的诗一样；他的称樊宗师难以句读的文为“文从字顺”，也正和他的既以孟郊诗为“横空盘硬语”，而又称之为“妥帖力排奡”[②]一样。尽管韩愈文学的技巧，超过樊宗师、孟郊不啻倍蓰，而他的喜爱这种文学的特殊形式是出于衷诚的，因而他的推崇樊宗师的文，自然也是出于忠诚的。也许有人还会这样说，韩愈《樊绍述墓志铭》的话，可能是韩愈对樊宗师这种特殊的散文形式，偶然开一个玩笑。不是有人认为这篇墓志铭，正是韩愈在效樊宗师的文体吗？效其文体，便含有滑稽意味。黄庭坚说：“子赡诗句妙一世，乃云效庭坚体，盖退之戏效孟郊、樊宗师之比，以文滑稽耳。”[③]则文从字顺的话，不称他人的文，而偏称恰恰相反的樊宗师的文，不是开玩笑又是什么呢？我们的回答是：无论韩愈在墓志铭中和死友开玩笑，是太不近人情的事；即就韩愈令儿子韩昶拜樊宗师为师的事来看[④]，也可以证明他的推崇樊宗师的文，是出于忠诚的喜爱，而不是开玩笑。我们知道不能继承韩愈文学甚至有着极可嗤的改金根车为金银车[⑤]的传说的韩昶，当他童年的时候，张籍称他为“万金产”[⑥]，孟郊称他为始生尾的“海鲸”[⑦]，而他自己也夸示“其文中字，或出于经史之外”，连樊宗师也“读不能通”[⑧]，这些话固然都得大打折扣，但可以证明韩昶到底不是不可教的儿子。如果韩愈自己瞧不起樊宗师，而依然让韩昶受教于樊宗师，那不是对樊宗师开玩笑，而是对自己的

---

① 王禹偁《小畜集》一八《答张扶书》：“吾观吏部之文，未始句之难道也，未始义之难晓也。其间称樊宗师之文，必出于己，不袭蹈前人一言一句，又称薛逢为文，以不同俗为主……此盖吏部诲人不倦，进二子以劝学者。”

② 《昌黎集》二《荐士诗》。

③ 见《豫章黄先生集》二。

④ 见韩昶《自为墓志铭》。

⑤ 见李绰《尚书故实》。

⑥ 《昌黎集》五《赠张籍诗》：“指渠相贺言，此是万金产。”

⑦ 《孟东野集》九《喜符郎诗有天纵诗》：“海鲸始生尾，试摆蓬壶涡。”

⑧ 见韩昶《自为墓志铭》。

儿子开玩笑了。现在我们读韩昶自撰的墓志铭，虽然没有用一个什么经史之外的字，而语法的拙劣，显然受之于樊宗师，不是受之于号为一代文学宗匠的自己的父亲。其文中也找不到他的家学渊源的一点迹象。可见韩昶受樊宗师文学形式的影响的严重，决不是一朝一夕之故。因此，我们固然不相信那种元和以后，为文奇诡则学于韩愈，苦涩则学于樊宗师[①]的把樊宗师在当时文学领域中的势力，提高到可以和韩愈分庭抗礼的说法；但也不能不相信在当时散文作者的队伍中，会有极小部分如韩昶喜爱的樊宗师的文，终身大惑而不能解者。而这显然是和韩愈推崇樊宗师的文分不开的。

我们搞清了韩愈对扬雄、樊宗师的著作的推重，和韩愈对当时文体改革的主张，即以自己创造的词汇，结合着正确的流畅的语法，来表达它的内容的散文形式的主张，是韩愈阶级意识的进步和落后的矛盾的表现，然后可以更正确地肯定韩愈文学的成就，及其领导唐代古文运动的胜利。

以下我们再说一说韩愈领导唐代古文运动的胜利。

我们在上节探索韩愈文学产生的主要因素，而本节对韩愈文学的进步形式的阐发，实际也就是对韩愈领导唐代古文运动所以能获得胜利的说明。换句话说，我们肯定韩愈文学的成就，正是为了肯定韩愈领导唐代古文运动的胜利。抛开唐代古文运动的胜利不谈，而仅仅肯定韩愈个人的内容赶不上形式，也就是思想性赶不上艺术性的文学成就，是没有重大的意义的。但我们所谓唐代的古文运动，当然不像今日的运动，有什么一定的领导方式，因而我们也不可能把这个运动的胜利作出具体的总结。

我们以为：韩愈根据当时群众的要求，提出文体改革的主张，在若干作者的共同认识上，建立了便于传授和宣传的师弟子关系[②]，何

---

① 见李肇《国史补》。

② 详第二篇。

尝不是他的领导古文运动的一种方式？通过这种方式，直接间接地影响了群众，鼓舞了群众，使他的文体改革的主张，能逐渐贯彻到当时的群众乃至后来的群众中去，那就是他的领导古文运动的胜利的总结了。固然这种总结不够具体，可是我们由此可以得到一个明确的概念，即散文和骈文的斗争，虽然不是韩愈开始，而韩愈领导的斗争，开始为后来散文的发展，打下了雄厚的群众基础，则是无可否认的事实。如果离开群众基础，而企图单从李翱、皇甫湜等，或后来少数散文名家的写作技巧的传授关系上，来总结唐代古文运动的胜利，不但不能具体，而且把这个运动在古典文学发展的道路上的贡献大大地缩小了。（苏轼《上欧阳内翰书》："盖唐之古文自韩愈始，其后学韩而不至者为皇甫湜，学皇甫湜而不至者为孙樵，自樵以降，无足观矣。"这就是单从少数名家的写作技巧的传授关系上，来论唐代古文，所以说一个不如一个。实际，我们如果从这种散文形式，浸淫在群众的信心上来说，则其面是愈后愈广的。）

其次，我们可以联系到唐代古文运动的胜利来说的，是唐文和唐以后文的风格问题。黄宗羲说："古文自唐以后为一大变：唐以前字华，唐以后字质；唐以前句短，唐以后句长；唐以前如高山深谷，唐以后如平原旷野，盖划然如界限矣。"[①] 袁枚也说："大抵唐文峭，宋文平；唐文曲，宋文直；唐文瘦，宋文肥；唐人修词与立诚并用，而宋人或能立诚，不甚修词。"[②] 他们这些对唐及唐以后散文形式所表现的一般风格，即群众所喜爱的一般风格的分析，是否正确姑勿论；但综合起来说，不过是唐文精炼，唐以后文则渐近自然而已。这两种风格虽然不同，实际还是发展的两个阶段。唐文精炼，是它和骈文的浮泛堆砌作斗争的必然结果，韩愈的作品，就是唐文最出色的精炼的典型。但韩愈舍难取易的文学形式的主张，又使他的作品和一般的唐

① 见《南雷文案》一《南雷庚戌集自序》。

② 见《小仓山房续文集》三五《与孙俌之秀才书》。

文，在精炼中都或多或少地包含了自然的因素。这样，我们固然可以说古文自唐以后为一大变，同时，我们也可以说唐以后文的渐近自然，实际是精炼的唐文中所包含的自然因素的发展。当然，这和唐代及唐代以后的经济政治生活的发展情况还是分不开的。

唐代古文运动的胜利，贯彻到唐代以后的散文及其风格的发展，已如上述，那么这个运动的产生，是否也是在它以前的运动或其因素上的发展呢？我们以为可以这样说，不过，不能和这个在古典文学发展史上最辉煌最突出的文学运动相提并论而已。请申述之如下：

唐代以前，确实有过一次散文和骈文的斗争运动，即西魏文帝时代宇文泰与苏绰等所倡导的文体改革运动。《周书·苏绰传》：

> 自有晋之季，文章竞为浮华，遂成风俗。太祖（宇文泰）欲革其弊，因魏帝（文帝）祭庙，群臣毕至，乃命绰为大诰。其词曰："惟中兴十有一年仲夏，庶邦百辟，咸会于王庭，柱国讳洎群公列将，罔不来朝。时乃大稽百宪，敷于庶邦，用绥我王度……"云云，自是之后，文笔皆依此体。

但先此一年，即文帝大统十年（五四四），柳庆上北雍州献白鹿的贺表，已不用骈文形式，则运动的开始不能以苏绰的大诰为断。《柳庆传》：

> 时北雍州献白鹿，群臣欲草表陈贺，尚书苏绰谓庆曰："近代以来，文章华靡，逮于江左，弥复轻薄，洛阳后进，祖述不已。相公（宇文泰）柄民轨物，君职典文房，宜制此表，以革前弊！"庆操笔立成，辞兼文质。绰读而笑曰："枳橘犹自可移，况才子也？"

柳庆的贺表未见。苏绰所撰的大诰，全载本传，读过《尚书·诰命》的，无再读它的必要。这种以过古的文体——《尚书》文体代替当时骈文的主张，虽然也有不少的拥护者，但到了北周建国，世宗（宇文毓）高祖（宇文邕）对他们的父亲与苏绰的这种主张，都没有给予重视和支持；相反，他们所喜爱的，正是那些华靡轻薄的齐梁作品，因而来自江左的骈文名家王褒、庾信，“特蒙恩礼”[①]。骈文的势力，衰而复盛，以致和北周一代运命相终始。所以《周书·王褒庾信传赞》说：

> 周时创叶，运属凌夷。纂遗文于既丧，聘奇士如弗及。是以苏亮苏绰卢柔唐瑾元伟李昶之流，咸奋鳞翼，自致青紫。然绰建言务存质朴，遂糠粃魏晋，宪章虞夏，虽属词有师古之美，矫枉非适时之用，故莫能常行焉。……唯王褒庾信，奇才秀出，牢笼于一代。

传赞的话，是有些偏袒骈文的；而“矫枉非适时之用”一语，却揭出了《尚书》文体和骈文斗争所以失败的主要原因。打个譬喻：骈文的刀刃，虽然不铦利，但比之埋在地下的生了锈的古刀，总会铦利些吧。

至于隋代所倡导的文体改革，不能算是散文和骈文的斗争，而应该算是骈文和骈文的斗争。《隋书·文学传序》：

> 梁自大同之后，雅道沦缺，渐乖典则，争驰新巧。简文湘东，启其淫放，徐陵庾信，分路扬镳。其意浅而繁，其文匿而彩，词尚轻险，情多哀思，格以延陵之听，亦亡国之音乎！周氏吞并梁荆，此风扇于关右，狂简斐然成俗，流宕忘反，无所取裁。高祖初统万机，每念斩雕为朴，发号施令，咸去浮华；然时俗词藻，犹多淫丽，故宪台执法，屡飞霜简。

《李谔传》也载：“开皇四年（五八四），普诏天下，公私文翰，并宜

① 见《周书·庾信传》。

实录。其年九月，泗州刺史司马幼之文表华艳，付所司治罪。”为了文表华艳而竟被治罪，似乎斗争的情况是严重的。但斗争的目标，似乎又只限于徐陵、庾信父子所倡导的徐庾体，而不是一般的骈文形式。即就李谔为例吧：李谔上书高祖，尽管对齐梁以来的那种“连篇累牍，不出月露之形，积案盈箱，唯是风云之状”[①]的骈文，说了许多反对的话，而他自己的这封书，却依然没有离开骈文形式，可见一般的骈文形式，并不在斗争之列。但骈文离开了风云月露的描绘，离开了淫丽浮华的词藻，它的一些整齐的形式，也就自然地会失去它的存在的意义。所以在表面上，这次文体的改革，似乎对唐代的文体改革没有多大的影响，实际上它已为唐代的文体改革打下了一定的基础。《新唐书·文艺传序》：

> 唐有天下三百年，文章无虑三变：高祖太宗，大难始夷，沿江左遗风，绨句绘章，揣合低昂，故王杨为之伯；玄宗好经术，群臣稍厌雕琢，索理致，崇雅黜浮，气益雄浑，则燕许擅其宗[②]；是时唐兴已百年，诸儒争自名家，大历贞元之间，美才辈出，擩哜道真，涵泳圣涯，于是韩愈倡之，柳宗元李翱皇甫湜等和之，排逐百家，法度森严，抵轹晋魏，上轧汉周，唐之文完然为一王法，此其极也。

唐代文学，至韩愈已三变，而唐代以前的文学，由西魏而北周，由北周而隋代，也是三变。变就是发展。虽然北周和唐初，表面上是骈文势力的复燃，但唐初王杨的骈文形式，到底比之北周王庾的骈文形式，已大有区别。骈文形式减一分，即散文形式增一分。从总的方向

---

① 见《隋书·李谔传》。

② 按苏辙说：“自汉以来，更魏晋，历南北，文弊极矣！虽唐贞观开元之盛，而文气衰弱，燕许之流，倔强其间，卒不能振。”见《栾城集后集》二三《欧阳文忠公神道碑》，与此文可参证。

来看，散文在发展，骈文在衰退。北周和唐初的骈文的复燃，不过说明散文的发展，不是直线的发展而已。

那么，西魏和隋代的两次文学运动的不能直线发展，是否可以单归咎于运动的倡导者的斗争手段不够高明呢？我们认为还应该从骈文和世族地主势力消长的一定联系上加以分析：我们说过韩愈领导的唐代古文运动的胜利，是由于这个运动符合了当时新兴地主的要求而获得的。而宇文泰与苏绰等倡导的文学运动，是自上而下的运动，我们不应该也不可能说成它也是代表新兴地主的要求的运动。但我们认为把这个依《尚书·诰命》改革文体的文学运动，和他们的依周礼六官改革官制的政治运动①联系着来看，他们确是为了巩固关中集权政治的基础，开始在打击世族地主的势力，这可以从代表宇文泰愿望的运动核心人物苏绰的话，得到有力的证明。他说：

> 自昔以来，州郡大吏，但取门资，多不择贤良，末曹小吏，唯试刀笔，并不问志行。夫门资者，乃先世之爵禄，无妨子孙之愚瞽，刀笔者乃身外之末材，不废性行之浇伪。……今之选举者，当不限资荫，唯在得人。苟得其人，自可起厮养而为卿相，伊尹传说是也，而况州郡之职乎？苟非其人，则丹朱商均，虽帝王之胤，不能守百里之封，而况于公卿之胄乎？②

代表宇文泰愿望的苏绰的这些在政治上轻视世族地主门资的论调，和他在文学上“糠粃魏晋，宪章虞夏”的主张是一致的。因而我们认为西魏的复古运动——政治运动和文学运动，一则企图推翻世族地主的政治堡垒——门资所从出的汉魏官制，一则企图压低汉魏以来为世俗地主所建立的愈后愈形式主义的骈文的地位，从打击世族地主的

① 《周书·卢辩传》：“初太祖欲行周官，命苏绰专掌其事，未几而绰卒，乃令辩成之。”
② 见《周书·苏绰传》。

势力的总的目标来看，也是有它的一致性的。而且宇文泰打击世俗地主的势力，还可以得到另一种有力的证明。“江陵既平，农冠仕伍，并没为仆隶”[①]，数量大得惊人[②]；而魏代初年，有国三十六，有大姓九十九，这时候绝灭的已不少，宇文泰便以诸将功高者后绝灭的国，次高者后绝灭的大姓，所统军人也改从其姓[③]，使大姓和大姓之间，名实混淆，则所谓大姓者，也就不成其为门资的标志了。然而我们知道，有了悠久历史的顽强的世族地主的势力，是通过隋唐两代，一方面积极地培养中小地主参加政治（如隋代开始建立科举制），一方面消极地压低世族地主的社会闻望（如唐太宗命高俭等修氏族志，以当时冠冕为等级高下，抑第一姓崔干为第三姓，高宗时又禁七姓十家不得自为昏。[④]）等一系列的斗争策略，然后才被迫走向下坡的。而这两个地主阶层代表在政治上此起彼伏的斗争，还绵延到唐代运命的结束而才告结束。从这样长期的斗争情况，来衡量宇文泰和世族地主势力的斗争，可以知道这种斗争，还不可能发生多大的影响，它只是打击的开始而已。那么为世族地主所建立的文学形式——骈文，依然能抵瑕蹈隙，跟着世族地主势力的复燃而复燃，也就不足怪了。隋代对西魏复古运动距离现实过远的纠正，也是隋代当凡百草创之际不能不对世族地主的妥协和让步。但由于隋代开始培养的新兴地主，还不可能成为隋代文化运动的支持者，隋代文学运动的发展，也就受了一定的限制。自然，比之西魏文学运动已进了一步。总之西魏和隋代两次的文学运动，所以不能获得像韩愈领导的唐代文学运动的胜利，主要是为了前者没有一定的群众基础，而后者则有广泛的群众基础。

最后，我们还应该考虑到文学本身，也有它的不以人们意志为

---

① 见《周书·唐瑾传》。

② 《周书·文帝纪下》：“擒梁元帝杀之，并虏其百官及士民以归。没为奴婢者十余万，其免者二百余家。”

③ 见同上。

④ 见《新唐书·高俭传》。

转移的发展规律。苏绰倡导的尚书文体，固然复得太古，“矫枉非适时之用”；但在浓厚的骈文气氛笼罩中，一下子便出现像韩愈那样散文的进步形式是不可能的。不但西魏不可能，李谔和徐庾体的骈文斗争，也只能使用骈文的旧武器，而不能使用散文的新武器；不但隋代不可能，萧颖士、李华、独孤及梁肃、韩云卿等的作品，俨然以散文的袍笏登场了，但比之韩愈的散文，还只能算是过渡形式。散文到了韩愈，才可称为高度的发展。但这不等于说，只有韩愈的文学才能“起八代之衰”，而恰恰是说韩愈文学的成就及其领导文学运动——古文运动的胜利，还是和苏绰到韩云卿等作家们的文学的成就及西魏以来的文学运动分不开的。（欧阳修领导的宋代古文运动和韩愈领导的唐代古文运动，不消说，条件迥然不同了。但散文发展走上了唐末五代宋初的迂回道路后，也同样通过柳开、张景、穆修、尹洙等的过渡形式，然后才成为欧阳修的进步形式的。[①]）当然我们不能忘记韩愈个人为文学支出的长期劳动及其领导运动的不折不挠的斗争精神。

三 韩愈在文学中所反映的思想及其政治、生活

一般说文学的内容和形式是一致的。但也不可能完全一致，其间会有着或多或少的差别。而韩愈文学的这种差别，则尤为显著。这里姑就韩愈作品中所反映的思想及其政治、生活等情况，介绍一下，作为韩愈文学内容所以赶不上文学形式的说明。

我们在第一节说过，韩愈虽然出身于中小地主阶层，而他的阶级意识却接近于大地主阶层。确实，在韩愈的作品中，是充满着中小地主向上爬的急躁情绪的。他一方面高自期许，一方面见了有权势的王

① 沈括《梦溪笔谈》一四，载穆修、张景各记奔马践死一犬事，以为文体新变，二人之语皆拙涩，当时已谓之工，传之至今。说明了穆、张的散文只是欧阳修散文的过渡形式。张景是柳开弟子，尹洙是穆修弟子。

公大人，则又乐于为佞，恭惟无所不至，虽然他也说过“欲学为佞，则患言讷词直”[①]的话。他的这样做，是不是企图尽快地变中小地主为大地主？我们不敢说。但至少可以说，他的思想和大地主的思想之间，已没有什么矛盾；即有，也是极微末的了。

我们知道韩愈自德宗贞元二年（七八六），离开宣城庄园，居京城应举求官；八年（七九二）才登进士第，而又两举博学宏辞不成[②]，十一年（七九五），以前进士三上宰相书不报（当时宰相为赵憬、贾耽、卢迈等），郁郁东归，“自潼关出息于河之阴”，见了进献的二鸟，感而作赋[③]。十年之间，自冠而壮，这一个地主出身的作家，可以说没有一天，不在戚戚于贫贱，汲汲于富贵。可是他认为：他的所以戚戚和汲汲，是为了“有忧天下之心”，不安于山林做一个“独善自养”之士[④]，是为了“其小得，盖欲以具裘葛，养穷孤，其大得，盖欲以同吾之所乐于人耳”[⑤]。可是，他又认为他的愿望，并不为王公大人所了解，没有得到他们的鼓励和支持。因而他曾以僵困在“天池之滨，大江之濆”的“怪物”[⑥]自比；以不遇伯乐的千里马[⑦]自比；甚至以不待圣人而出的不祥之麟[⑧]自比，来控诉他的怀才被弃。高自期许，本来是一般文人的通病，韩愈的这些不平的控诉，从表面来看，似乎还不能和一般文人的通病同日而论；然而不幸得很，韩愈的高自期许，却有它的另一意义，那就是结合着韩愈对王公大人的那些恭惟的话，即

① 见《昌黎集外集》二《上考功崔虞部书》。

② 见同集一六《答崔立之书》。

③ 见同集一《感二鸟赋序》。

④ 见同集一六《上宰相第三书》。

⑤ 见《答崔立之书》。又集一七《与卫中行书》：“其所不忘于仕进者，亦将小行乎其志耳。”

⑥ 见《昌黎集》一八《应科目时与人书》。

⑦ 见同集一一《杂说》。同集二《驽骥诗》，也和《杂说》所说同。

⑧ 见同集一二《获麟解》。按：《获麟解》未能确定作于何时，李翱曾写此文赠陆修，见李集七《与陆修书》，修死于贞元十八年（八〇二），则至迟在十八年以前作；以为在元和七年（八一二）龙州武安县获所谓麟以后才作是错误的。

他的乐于为佞的话来看，显然，韩愈是把它同样作为一种手段来达到他的向上爬的目的的。我们说韩愈乐于为佞，决不是我们的厚诬贤者。我们既然可以看到那些《猫相乳》[①]（为司徒北平王马燧作。韩愈说他是哥哥的朋友[②]。）河中府《连理木颂》[③]（为司空咸宁王浑瑊作）之类显著的谀词，我们还可以看到他把他的谀词硬说成为在文学使用上是必要的，合理的，而实际却是玷污韩愈本人的所谓风操和降低他的作品的素质的谬论。下面就是一些例证。韩愈《与凤翔邢部尚书（君牙）书》说：

> 布衣之士，身居穷约，不借势于王公大人，则无以成其志；王公大人，功叶显著，不借誉于布衣之士，则无以广其名。是故布衣之士，虽甚贱而不谄，王公大人，虽甚贵而不骄，其事势相须，其先后相资也。[④]

又《与于襄阳（頔）书》说：

> 士之能享大名显当世者，莫不有先达之士，负天下之望者为之前焉；士之能垂休光照后世者，亦莫不有后进之士，负天下之望者为之后焉。莫为之前，虽美而不彰，莫为之后，虽盛而不传，是二人者，未始不相须也。然而千百载乃一相遇焉，岂上之人无可援，下之人无可推欤？何其相须之殷而相遇之疏也！其故在下之人，负其能不肯谄其上，上之人，负其位不肯顾其下，故高材多戚戚之穷，盛位无赫赫之光，是二人者之所为皆过也。[⑤]

---

① 《昌黎集》十四。
② 同集三三《殿中少监马君墓志》：“在京师穷不自存，以故人稚弟拜北平王于马前。”
③ 同集一三。
④ 同集一八。
⑤ 同集一七。

两书内容相同，大致都企图在先达和后进“相须”的情况下，来说明后进以文学歌颂先达的必要性和合理性。这是一般高自期许的文人所不敢公言者，而韩愈却敢于公言之。他《送许郢州（志雍）序》，开头便说：

> 余尝以书自通于公（頔），累数百言，其大要，言先达之士，得人而托之，则道德彰而名问流；后进之士，得人而托之，则事叶显而爵位通。下有矜乎能，上有矜乎位，虽恒相求而不相遇。于公不以其言为不可，复书曰：“足下之言是也。”于公身居方伯之尊，蓄不世之才，而能与卑鄙庸陋，相应答如影响，是非忠乎君而乐乎善，以国家之务为己任者乎？愈虽不敢私其大恩，抑不可不谓之知己，恒矜而诵之。[①]

从这些话来看，上下“相须”的说法，韩愈不惮一而再再而三地重复申论，似乎他已认为一种得意的发明了。实际上，邢君并没有复他的书；于頔则以当时的韩愈，文名已高，过去也曾捧过他，[②] 所以复了他一书，而韩愈便觉得“宠踰华衮之赠”，便认于頔是他的知己。可见纸上的献谀，能不能为一般王公大人所欢迎，韩愈是心中有数的。然而韩愈并不以此自惩，始终恭惟人，而且不择人而恭惟。下面就是一些例证：当董晋任宣武军节度使的时候，俱文珍监军，韩愈任观察推官。俱文珍回京城，韩愈作序送他，说他“遇变出奇，先事独运，偃息谈笑，危疑以平，天子无东顾之忧，方伯有和同之美”[③] 云云，把一个后来和王叔文为敌的监军的宦官说得那么好，这不是不择人而恭惟吗？韩愈撰顺宗实录，说李实是“聚敛”、“强愎”[④] 的小人，而他

---

① 《昌黎集》一九。

② 同集一五有《至邓州北寄上襄阳于相公书》。

③ 见《昌黎集外集》三《送汴州监军俱文珍序》。

④ 见《顺宗实录》一。

过去上李实书，是把他说成为最能“赤心事上，忧国如家”[①]的君子的。这不是不择人而恭惟吗？李愿是李晟的儿子，以父功历诸镇，声色之外，全不介怀，又以威刑驭下，召乱坐贬[②]，而韩愈《送李愿归盘谷序》[③]，却把他写成“霁鹤冥鸿，千古高致”[④]，和后来的李愿为人，全不相涉，这不是不择人而恭惟吗？但韩愈的这些恭惟，在韩愈来说，决不是无所为而为，则韩愈的不择人而恭惟，实际还是择人而恭惟，只是择人的标准不同而已。也许有人会提出韩愈的《平淮西碑》[⑤]，自李商隐《韩碑》[⑥]一诗极口揄扬后，一般是把它抬得很高的，《新唐书·吴元济传》也全载其文[⑦]，因为裴度是贤者，平淮西是一件大功，韩愈郑重地用尚书体敷陈这一个贤者的大功，不正是后进以文学歌颂先达的必要性和合理性的证明吗？是的，韩愈《平淮西碑》的歌颂，是比其他满架虚辞的歌颂好得多了；但碑文的真实成分怎样还是问题。除碑文以文体关系，在史法上犯了不少错误[⑧]外，就碑文的内容说，确实比段文昌的改作[⑨]不公允得多。把雪夜入蔡州擒吴元济的李愬和碌碌的诸将写成一样，而独归功于裴度，怕见而恚之者，不止一个石孝忠吧[⑩]！这是韩愈自认为裴度的知己之感的反映，也是韩愈的一种“门户之见”[⑪]的反映；虽然裴度并不满于韩愈的文学[⑫]，甚至不

① 见《昌黎集》一五《上李尚书书》。

② 见《旧唐书·李晟传》。

③ 《昌黎集》一九。

④ 见祁骏佳《遯翁随笔》下。

⑤ 《昌黎集》三〇。

⑥ 《李义山诗集》二。

⑦ 按：王鸣盛《十七史商榷》九〇，说新书藩镇吴元济传全载平淮西碑，尊韩如此，恐欧所改，要非史体。

⑧ 钱大昕《潜研堂文集》一三《答问十》：“退之斯文，工则工矣，绳以史法，殊未尽善。”

⑨ 《唐文粹》五九有段文昌平淮西碑。

⑩ 见罗隐《谗书》五《说石烈士》。

⑪ 见钱大昕《答问十》。

⑫ 《唐文粹》八四《斐度寄李翺书》：“昌黎韩愈，仆识之旧矣。……近或闻诸侪类云，恃其绝足，往往奔放，不以文立制，而以文为戏，可矣乎！可矣乎！”

满于韩愈的为人，因而始终没有引韩愈“共天下事”。（按：平淮西在宪宗元和十二年，韩愈年已五十，而王恽以为这时韩愈年始踰壮，未免有轩昂莫降之志，所以裴度抑之，使为晚成之器云云[①]，是错误的。洪迈说裴度出征淮西时，和韩愈相知已深，非复前比[②]，也不一定对。）总之韩愈对王公大人的恭惟，大部分是韩愈向上爬的急躁情绪的反映。平淮西碑的恭惟裴度，虽然不是满架虚辞，但作为代表富于真实成分的歌颂文来提出，还是不够的。

也许有人更会提出谀生者为了向上爬，谀死者也是为了向上爬吗？说韩愈乐于为佞，难道不可以说韩愈乐道人之善吗？是的，我们没有说韩愈所有加于人的称誉，都是为己而不是为人，但我们可以断言，韩愈大部分加于人的称誉，是傅益的，是夸张的，是有所为而为的。他对生者如此，对死者也如此。李商隐记刘义闻韩愈善接天下士，步行归之，后以争语不能下诸公，持韩愈金数斤去，说：“此谀墓中人所得耳，不若与刘君为寿！”[③]这一事，我们固然不能证明韩愈所有志墓的文都是谀辞，某些志文，是在哀诚地道人之善，而某些志文，甚至还不掩其所短，见黄宗羲《金石要例·铭法例》；但大部分则不免如此。因为谀死者，除了物质报酬外，还可以借此谀生者，或者谀死者就是谀生者，或者借此和生者在政治上建立一定的关系。

为了分析韩愈的阶级意识，我们已把他对大地主的态度，作了如上的说明。那么他对中小地主的态度又是怎样呢？韩愈曾教育他的儿子韩昶说：“不见公与相，起身自犁锄？不见三公后，寒饥出无驴？”[④]韩愈是看到当时世俗地主的势力没落，他们的子孙，有的已穷到寒饥出无驴了；而起身自犁锄的中小地主，有的已上升为公与相

① 见《秋涧先生大全集》四四。

② 见《容斋随笔》六。

③ 《李义山文集》四《齐鲁二生》。

④ 见《昌黎集》六《符读书城南诗》。

了。这种深刻的阶级变化的现象，推动了韩愈自己向上爬，也推动了韩愈教育他的儿子向上爬，（杜牧《冬至日寄小侄阿宜诗》："朝廷用文治，大开官职场，愿尔出门去，取官如驱羊"[①]，正和韩愈教育儿子的意义一样）同时也推动了他帮助某些和自己关系密切的出身于中小地主阶层的文人向上爬。例如：贞元十一年（七九五），韩愈作《荐士诗》[②]，荐孟郊于河南尹郑余庆；十八年（八〇二），荐侯喜、侯云长、韦群玉等十人于陆傪[③]（其中只韦群玉是世族子弟为例外）；又尝荐侯喜于卢虔[④]，荐樊宗师于袁滋[⑤]；又尝荐樊宗师及张籍于朝[⑥]之类。但这里我们必须指出：韩愈的向上爬，既然不是代表本阶层和世俗地主大地主阶层作政治上的斗争，那么，他帮助的这些出身于中小地主阶层的文人向上爬，目的是别有所在了。虽然韩愈《与崔群书》，对他的交朋友仅仅是这样说：

> 仆自少至今，从事于往还朋友间一十七年矣，日月不为不久，所与交往相识者千百人，非不多，其相与如骨肉兄弟者，亦且不少。或以事同；或以艺取；或慕其一善；或以其久故；或初不甚知，而与之已密，其后无大恶，因不复决舍；或其人虽不皆入于善，而于己已厚，虽欲悔之不可。凡诸浅者固不足道，深者止如此。[⑦]

似乎韩愈的交朋友，没有一定的目的，不过既与之交，也就不轻易与之绝而已。《新唐书》本传，说韩愈"与人交，终始不少变"，其主

---

① 《樊川文集》一。
② 《昌黎集》二。
③ 见同集一七《与祠部陆员外书》。
④ 同集三七《与汝州卢郎中论荐侯喜状》。
⑤ 同集一九《与袁相公书》。
⑥ 同集三八有《荐樊宗师状》，三九有《举荐张籍状》。
⑦ 同集一七。

要根据可能在此[①]。实际上，韩愈的交朋友，尤其是后一阶段的交朋友，不是没有条件的。第一，必须具有相当深度的文学；第二，必须附己。这两个条件，曾为李翱所指出，而且给予了较尖锐的批评。他《答韩愈书》说：

> 如兄者颇亦好贤，必须甚有文辞，兼能附己，顺我之欲，则汲汲孜孜，无所忧惜，引拔之矣，如或力不足，则分食以食之，无不至矣。若有一贤人或不能然，则将乞丐不暇，安肯孜孜汲汲为之先后！此秦汉间尚侠行义之一豪隽耳，与鄙人似同，而其实不同也。[②]

韩愈的交朋友，必须具有相当深度的文学，不待李翱的指出，我们都可以知道。其是否必须附己，必须顺我之欲，核之韩愈答冯宿书所说："与己合者，则从之游，不合者，虽造吾庐，未尝与之坐"[③]的话，确实也不是李翱对韩愈缺点的有意扩大。韩愈所以这样做，我们认为和他的领导文体改革运动分不开的。他为了要求这些朋友们能成为文体改革运动的力量，除了文学的水平外，他们还必须"顺我之欲"，换句话说，就是必须服从他的领导，就是把他们看成他的弟子。韩愈的朋友和弟子，本来没有什么清楚的界线。李翱答韩愈书及祭韩愈文，并以兄称韩愈[④]，与陆傪书，称我友韩愈[⑤]，答皇甫湜书，直

---

① 按：王定保《摭言》四："案实录，愈与人交，其有沦谢，皆能恤其孤，复为毕婚嫁，如孟东野张籍之类是也"云云，非是。孟郊死后的经纪出郑余庆、樊宗师及与孟郊旧往还者数人之力，见《昌黎集》一九《与郑相公书》，张籍则死于韩愈后，新书本传的话，可能以韩愈与崔群书的一段自白为主要根据。唯张籍《祭退之诗》有"荐待皆寒羸，但取其才良，亲朋有孤稚，婚姻为办营"等句，旧书本传又说"凡嫁内外及友朋孤女仅十人"，大概韩愈照顾死友的遗孤是有其事实的。

② 《李文公集》六《答韩侍郎书》。

③ 《昌黎集》一七。

④ 见《李文公集》六《答韩侍郎书》及集一六《祭韩吏部文》。

⑤ 《李文公集》七。

称韩退之[①]；张籍祭退之诗，有“公文为时帅，我亦有微声，而后之学者，或号为韩张”等句，也不像弟子口吻。可是韩愈与冯宿论文书说，“近李翱从仆学文，颇有所得。……有张籍者，年长于翱，而亦学于仆，其文与翱相上下。”[②]又送孟东野序说，“从吾游者，李翱张籍其尤也。”[③]明明是把李翱、张籍看成他的弟子了。李翱、张籍还如此，何况其他的朋友？韩愈建立的师弟子关系，是为了文学斗争，不是为了政治斗争，是很显然的事实。《新唐书》本传说愈“成就后进士，往往知名，经愈指授，皆称韩门弟子，愈官显，稍谢遣”[④]。如果韩愈的建立师弟子关系，不只是为了文学斗争，而且是为了政治斗争，则韩愈官显以后，正是积极扶植自己政治势力的时候，为什么会把他们谢遣呢？韩愈的谢遣后进，正是由于他的政治主张和他的文学主张不同，因而当文学运动获得一定的胜利以后，这些向上爬的后进的纷纷请益，韩愈也就极自然地惮起烦来了。

准上所述，韩愈对大地主的态度既如彼，对中小地主的态度又如此，则他在政治上的为谁服务，我们便不难推知它的大概。

韩愈在政治上的表现，如谏宪宗的迎佛骨，往谕王廷凑而解牛元翼的围，苏轼称他“忠犯人主之怒，而勇夺三军之帅”[⑤]，我们没有异议；自潮州改袁州刺史，废袁州男女隶人的弊俗，（见新旧唐书本传。皇甫湜韩文公神道碑[⑥]，则属之潮州，改袁州时，但说治袁州如潮而已。李翱韩吏部行状，叙此事于贬潮州刺史移袁州刺史句下，似乎袁潮都这样做过。）也是可以肯定的。（唯韩愈贬阳山令的原因，新旧书本传都说是为上疏极论宫市，则非事实。神道碑行状，都没有这样说。）但我们从韩愈总的政治方向来看，很清楚，他是在打击新的

① 《李文公集》六。
② 《昌黎集》一七。
③ 同集一九。
④ 按：此文根据李肇《国史补》。
⑤ 见《潮州韩文公庙碑》。
⑥ 《皇甫持正集》六。

进步的势力，而维护旧的落后的势力。他做了不少的讽刺诗，强烈地讽刺那些在政治舞台上的新人物，如《南山有高树行》①、《猛虎行》②、《杂诗》③、《读东方朔杂事》④、《谴疟鬼》⑤，以及效玉川子的《月蚀诗》⑥、答柳宗元的《食虾蟆诗》⑦（此诗前人没有提出过）、赠张籍的《咏雪诗》⑧之类都是。《南山有高树行》，是否赠李宗闵，还有问题，但所谓“挟丸子”，及所谓“羽毛有光辉”的那只鸟，必有所指则无疑。《猛虎行》也不是为李宗闵作，但猛虎必有所指则无疑。其余《杂诗》、《读东方朔杂事》、《谴疟鬼》等作品，也不能一定指为皇甫镈、程异或者李逢吉等而作；但《杂诗》中的蝇蚊、乌鹊、蛙黾之类必有所指，东方朔和疟鬼必有所指，而《谴疟鬼》诗中“咨汝之胄出，门户何巍巍，祖轩而父顼，未沫于前徽，不修其操行，贱薄似汝稀，岂不忝厥祖，腼然不知归”云云，显然是在骂一个出身世族地主，而不考虑世族地主利益的执政者。郑珍说此诗乃韩愈“实因病疟而作”⑨是错误的。《月蚀诗》的虾蟆精，固然必有所指，即答柳宗元《食虾蟆诗》中的“虽蒙句践礼，竟不闻报效，……居然当鼎味，岂不辱钓罩，……而君复何为，甘食比豢豹”等句，也必有所指，甚至还可能是和柳宗元有关系的人哩。而赠张籍的《咏雪诗》，如“松篁遭挫抑，粪壤获饶培，……岂堪裨镇岳，强欲效盐梅，……着地无由卷，连天不易推”等句，当然也是指有权势的执政者而言。为了避免穿凿起见，我们姑把这些讽刺诗的对象付诸阙疑，然而我们从韩愈的仇视王叔文的政治集团来看，则他所讽刺的对象，是新的进步的势力，而不

① 见《昌黎集》六。
② 见同集六。
③ 见同集七。
④ 见同集七。
⑤ 见同集七。
⑥ 见同集五。
⑦ 见同集六。
⑧ 见同集九。
⑨ 见《巢经巢文集》五《跋韩诗谴疟鬼》。

是旧的落后的势力，似乎不会有问题。

韩愈比之为共吺[①]（古兜字），为董贤，为侯景[②]，而《新唐书》称之为“窃天下柄”的“沾沾小人”王叔文，他在政治上的表现，恰恰是一个代表新势力的政治集团的领袖，是一个从“内抑宦官，外制方镇”开始，而企图在政治上有所改革的唐代政治家。这不但在今日的我们这样说，在百年以前的王鸣盛也早就这样说。他以为“叔文行政，上利于国，下利于民，独不利于弄权之阉宦，跋扈之强藩。观实录，叔文实以欲夺阉人兵柄，犯其深忌，虽为顺宗信用，而宦者即能矫制罢其学士，乃凭杯酒欲释恨于宦者，而俱文珍随语折之，亦可怜矣。……且阉人与方镇，互相牵制，互相猜妒者也；叔文既与宦者为仇矣，乃藩镇又深怨之何哉？盖其意本欲内抑宦官，外制方镇，摄天下之财赋兵力，而尽归之朝廷”[③]。王鸣盛的这些替王叔文平反的话，是正确的，是我们应该拥护他的。王鸣盛不但替王叔文平反，也替王叔文领导的政治集团平反，他说：

> 叔文所引用者皆贤，无论刘禹锡柳宗元才绝等伦；即韩晔亦有俊才；陈谏警敏，一阅籍簿，终身不忘；凌准有史学；韩泰有筹画，能决大事，程异居乡称孝，精吏治，厉己竭节，矫革积弊，没无留资，历历见新传，岂小人乎？至于用范希朝，则新书于兵志，已表其欲夺宦者权而不克；于希朝本传，更盛称其治军整毅，当世比之赵充国，且历叙其安民御虏保塞之功，与旧书韩游瓌传所云，大将范希朝，善将兵，名闻军中者正合。然则叔文之用希朝，举贤为国，可谓忠矣。斥为小人，直是自相矛盾，何以服叔文于地下？[④]

---

① 见《昌黎集》一《赴江陵途中寄赠三学士诗》。

② 见同集三《永贞行》。

③ 见《十七史商榷》七四。

④ 见同集八九。

王安石知道八司马“为天下奇才”，而依然以王叔文为小人，[①] 王鸣盛的话，确实比王安石为进步，因为他对王叔文和王叔文领导的政治集团的看法已一致了。（按：范仲淹《述梦诗序》[②]，已称王叔文之忠，王鸣盛可能未见其文。）当然，他还不可能认识到王叔文集团的失败，是当时新旧势力斗争过程中的一种消长现象，不能把它作为“王叔文为人轻躁，又昵王伾韦执谊，所亲非其人”[③] 的结果。所以严格地说，王鸣盛对王叔文的估计还是不足。（全祖望说王伾、王叔文等，其心未可厚非，但任重非其才[④]，也不是症结所在。）然而由此可以证明，韩愈对王叔文及其集团的反对，确实是韩愈在政治上的落后的表现。

韩愈官御史时，和柳宗元、刘禹锡，尤其是柳宗元的交情是很厚的。但韩愈阳山令之贬，在韩柳交情上，确实留下了一个很大的阴影。全祖望说：

> 退之寄三学士诗，有曰：“同官多才俊，偏善柳与刘，或虑语言泄，传之落冤仇”，其别窦司直诗，有曰“爱才不择行，触事得谗谤”，是因阳山之贬，而归过于柳刘者，殆不一口，退之虽不遽信人言，而其中亦不尽帖然也。然吾以为子厚必无排退之之事，使其有之，则后此岂有腼颜而托之以子女者？特其不能力争于伾文，则诚足抱友朋之愧，而人言亦由是来矣。[⑤]

我们的意见，和全祖望有些不同。韩愈阳山令之贬，据李翱所作行状，是“为幸臣所恶”，其所以“为幸臣所恶”，据皇甫湜所作神道

① 见《临川集》七一《读柳宗元传》。

② 见《范文正公集》六。

③ 见《十七史商榷》七四。

④ 见《鲒埼亭集外编》三七《韩柳交情论》。

⑤ 同上。

碑，是由于上疏说关中的旱饥情况。[①]这里所谓幸臣，应该是指德宗的幸臣，不是指王伾、王叔文，则韩愈之贬，不是为柳宗元所排，可以肯定是一种事实；但我们知道，当时的王叔文集团，已获得太子（顺宗）一定的信任，如果柳宗元为了交情，打算替韩愈说话，也未尝不可通过太子的营救，中止韩愈之贬，而柳宗元没有这样做；柳宗元所以没有这样做，我们以为，非不能也，是不为也。这种不为，就柳宗元来说，是应该的，是不能算作“抱友朋之愧”的。因为柳宗元深切地了解了韩愈是他的文学上的朋友，而不是政治上的朋友，韩愈的官御史，是会给予王叔文集团的政治改革以较大的阻碍的。韩愈在政治上落后的主要表现，是反对王叔文及其领导的政治集团，而韩愈阳山令之贬，虽然不是反对王叔文集团的结果，但可以说，它是加深韩愈反对王叔文集团的一个因素，同时也是韩柳交情中断的一个因素。唯其如此，我们虽然把韩愈讽刺诗的对象，付诸阙疑，但其中应该有一部分是在发泄他对这个集团的痛恨，我们也可以姑作假定了。

韩愈和柳宗元都出身于中小地主阶层，在表面看来，他们的向上爬的急躁情绪是一样的，而实际却有很大的区别。柳宗元是王叔文集团中斗争性最强的一个，虽然跟着王叔文集团的失败，一跌之后，不能再爬，但至死不肯和旧势力妥协；而韩愈则根本没有和旧势力斗争过，相反，他是一个维护大地主世族地主利益，而始终和旧势力妥协者。例如，他在请恢复国子监生徒的奏状中，建议把国子馆学生，仍依六典取文武三品以上，及国公子孙从三品以上曾孙补充；其太学馆，量许取常参官八品以上子弟充；其四门馆，也量许无资荫有才叶的人充：这个建议，固然比六典所定放宽了一些，照顾了一些中小地主子弟的员额，但目的仍在维护大地主世族地主的政治势力，对中小

① 按：《昌黎集》三七有《御史台上论天旱人饥状》，而《寄赠三学士诗》也提及其事，神道碑的话是对的。

地主的照顾是极有限度的。至于对当时新兴的城市人民参加政治的要求，自然更不在他的照顾之列了。所以他说：

> 国家典章，崇重庠序，近日趋竞，未复本原，至使公卿子孙，耻游太学，工商凡冗，或处上庠。今圣道大明，儒风复振，恐须革正，以赞鸿猷。[①]

韩愈这种重视公卿子孙的意见，和柳宗元命官以才不以姓的主张[②]，正是他们两人政治认识不同的对照。

韩愈的最后的潮州之贬，是由于谏宪宗的迎佛骨，我们固然应该加以一定的肯定；（这不等于肯定他的辟佛老的理论。）但为什么敢于自任“凡有殃咎，宜加臣身”[③]的韩愈，到了潮州，便在谢表上，接着又在贺册尊号的表上，边哀号，边恭惟地要求宪宗封禅泰山呢？在谢表上，他恭惟宪宗是一个“旋乾转坤”的蹦过高祖、太宗的中兴之主，应该“东巡泰山，奏功皇天”；而他呢，他表示：像他这样善于“论述”“功德”，“与诗书相表里”的作家，不能参加这种“千载一时不可逢之佳会”，来“铺张对天之闳休，扬厉无前之伟绩”，是会使他“怀痛穷天，死不闭目”的[④]。在贺册尊号的表上，他首先把宪宗的尊号元和圣文神武法天应道等字，逐字附会，居然把宪宗说得“众美具备，名实相当，赫赫巍巍，超今冠古”，然后又表示：如果他不能参加封禅大典，在他看来，简直是不能和“鸟兽率舞，蛮夷纵观”相比了[⑤]。（这两表的话，也可与《元和圣德诗》[⑥]参看。）我们试把这两表的话，和他的《谏迎佛骨表》对勘一下，便可以看出前后截然，如出两

---

① 见《昌黎集》三七。
② 见《非国语下》。
③ 见《昌黎集》三九《论佛骨表》。
④ 见同集三九《潮州刺史谢上表》。
⑤ 见同集同卷《贺册尊号表》。
⑥ 见同集一。

手。难道“欲为圣明除弊事”[①]的韩愈，只知道迎佛骨是弊事，而不知道封禅也是弊事吗？（这谏表，过去有人疑为受冯宿风旨，非出韩愈本意[②]，可能也有些根据。）王若虚说：

> 韩退之不善处穷，哀号之语，见于文字，世多讥之，然此亦人之至情，未足深怪。至潮州谢表，以东封之事迎宪宗，是则罪之大者矣！封禅，忠臣之所讳也；退之不忍须臾之穷，遂为谀悦之计，高自称誉其铺张歌诵之能而不少让，盖冀幸上之一助，则可怜之态，不得不出于此，其不及欧苏远矣！[③]

由此可见韩愈这种患得患失的软弱的表现，甚至可以说是近于所谓“逢君之恶”的表现，过去文人，也早就感到不满了。不过这种表现，我们以为还可以从韩愈对君臣关系的认识上来理解它：韩愈为文王作拘幽操，结语是这么两句：“呜呼！天王圣明兮，臣罪当诛！”[④]文王拘幽的事实有无姑勿论，但韩愈为什么要为文王颂纣为圣明，而自认其罪为当诛呢？袁枚说是韩愈“高视圣人，深求之而愈远”[⑤]，我们以为韩愈只是把孔子尤其是孟子所说的相对的君臣关系，说成绝对而已。武王伐纣，孟子早已说过“闻诛一夫纣矣，未闻弑君也”[⑥]，若如韩愈拘幽操云云，韩愈应该反对武王伐纣了，其父颂之为圣明，其子当作一夫诛之，怎能说得通呢？而韩愈并没有反对武王伐纣；虽然没有反对武王伐纣，但曾把反对武王伐纣的伯夷称之为“信道笃而自知明”的千百年中的一人[⑦]，又怎能说得通呢？在同类的事实上，柳宗元的着眼

---

① 见同集一〇《左迁至蓝关示侄孙湘诗》。
② 见赵德麟《侯鲭录》八。
③ 见《滹南遗老集》二九。
④ 《昌黎集》一。
⑤ 见《小仓山房文集》二三《书韩子琴操后》。
⑥ 见《孟子·梁惠王下》。
⑦ 见《昌黎集》一二《伯夷颂》。

点，便和韩愈不同。他的伊尹五就桀赞，称伊尹的所以伟大，在于他的就桀，不是为桀，他的相汤，不是为汤，他只是为生民而选择他的去就，所以柳宗元说“圣人出于天下，不夏商其心，心乎生民而已”[①]。伯夷反对武王伐纣和伊尹就桀的事实有无姑勿论，而韩愈、柳宗元的话，也都未免依违其辞；但无疑，韩愈认识到的君臣关系，是倾向绝对的，而柳宗元认识到的君臣关系，是倾向相对的。（陈善认为伊尹就桀，乃柳宗元自比就王叔文[②]，只是推测之辞，柳宗元不会把桀比王叔文。）韩愈所认识的君臣关系，既然是绝对的“无所逃于天地之间”[③]的君臣关系，那么他的对他认为和“天地父母”[④]一般的皇帝的歌颂及向他的哀号，自然不足怪了。这种君臣关系的绝对和相对的认识，实际也是区别韩愈和柳宗元的政治认识的一个重要环节，而韩愈文学的人民性及现实意义的较一般为差，也显然受了这种认识的很大影响。

现在再就韩愈的生活方面说一说：韩愈的生活，在过去文人的类型里是较一般的，看不出有什么特殊的情况。但这是以文人待韩愈，不是以韩愈所自许的待韩愈。如果以韩愈所自许的所谓卫道者甚至以孟子的继承者待韩愈，那就不对头了。例如：他喜欢“与人人为无实驳杂之说”，张籍批评他，他认为无害于道而拒绝接受。又喜欢博塞之戏，与人竞财[⑤]，他在画记中所记的那卷很好的人物画，也是以弹碁胜人而获得的[⑥]。这些小节，在文人可以不拘，在卫道者则有所不为了。韩愈在京中有一所相当宽敞的房子，其全貌详他的《示儿诗》中。这诗开头说，“始我来京师，止携一束书，辛勤三十年，以有此屋庐”[⑦]，可见是韩愈官显以后才建起来的。城南有一所别墅，张

① 见柳集一九。
② 见《扪虱新话下》一。
③ 见黄宗羲《明夷待访录·原君》。
④ 见《潮州刺史谢上表》。
⑤ 并见《昌黎集》一四《两答张籍书》及所附张籍原书。
⑥ 见同集一三。
⑦ 同集七。

籍《祭退之诗》所谓“去夏公请告，养疾城南庄”者即指此。其中有一个布置得相当好的大池，孟郊诗所谓“初疑潇湘水，锁在朱门中，……清气润竹木，白光连虚空，……何言数亩间，环泛路不穷”[①]者即指此。韩愈除官俸外，墓志的报酬既不少，也有一部分从歌颂王公大人得来的所谓“人事物”。如韩弘得到平淮西碑的赐本，而送韩愈绢五百匹[②]之类：则韩愈晚年在京中建一些房子和别墅是很可能的。而且就过去士大夫的享受来说，韩愈的这些享受，也是极寻常的。问题是在于韩愈把这些享受，夸示儿子，作为儿子学经训通古今[③]的一种鼓励，所以《示儿诗》最后说：“嗟我不修饰，事与庸人俱，安能坐如此，比肩于朝儒！”似乎学经训通古今即所谓“修饰”的目的，就是为了获得这些享受，那不是和他平时卫道的话大有径庭吗？韩愈集中有两诗，涉及韩愈的侍女问题[④]。王说《唐语林》曾载其事，说“韩退之有二妾，一曰绛桃，一曰柳枝，皆能歌舞。初使王廷凑，至寿阳驿绝句云：‘风光欲动别长安，春半边城特地寒，不见园花兼巷柳，马头惟有月团团。’盖有所属也。柳枝后踰垣遁去，家人追获之。及镇州初归诗云：‘别来杨柳街头树，摆弄春风只欲飞，还有小园桃李在，留花不发待郎归。’自是专宠绛桃矣”云云[⑤]。袁文认为两诗“盖当时附会者为之。……文公乃唐一代人杰，岂得淫言媟语见于诗什乎！”[⑥]照我们看来，两诗也算不得什么淫言媟语，只是气格不像韩愈的诗，则可一望而知。张籍《祭退之诗》：“乃出二侍女，合弹琵琶筝，临风听繁丝，忽遽闻再更。”可见韩愈晚年声色之乐是有的。唯此二侍女，不一定就是柳枝、绛桃；而且这诗又说，“是夜凉难忍，公疾浸日加”，则韩愈临死以前，二侍女还一样昵近，看不出

---

① 《孟东野诗集》四《游城南韩氏庄》。

② 《昌黎集》三八《奏韩弘人事物状》。

③ 参阅《符读书城南诗》。

④ 并见《昌黎集》一〇《夕次寿阳驿题吴郎中诗后》及《镇州初归》。

⑤ 《唐语林补遗》。

⑥ 《瓮牖闲评》三。

其中之一，曾有过踰垣遁去而失宠的事。韩愈的这种声色之乐，也是过去士大夫极寻常的享受，但就卫道者的生活来说，总未免显得突出。许顗说："韩退之诗云，银烛未销窗送曙，金钗半醉座添春[①]，殊不类其为人。乃知能赋梅花，不独宋广平。"[②]许顗的所以说这种诗不类韩愈为人，不过习惯于韩愈平时卫道的面孔而已。陈善说韩愈"亦未是忘情者"[③]，实际就是说韩愈也是未忘声色之乐者。我们知道，柳宗元二十七岁丧妻，至四十五岁尚未续娶，也许由于像他所说"荒陬中少士人女子，无与为婚，世亦不肯与罪人亲昵"之故，但自丧妻以后至贬官以前的时期，正是柳宗元政治生命走向昌盛的时期，而柳宗元不但不讲究声色之乐，甚至过着"寡居"生活至六七年之久[④]，则其伉俪之情的笃厚和生活的严肃，显然不是号为卫道的韩愈所能想象者。韩愈健康的情况，据集中《寄崔二十六立之诗》[⑤]、《五箴序》[⑥]、《与崔群书》[⑦]、《祭十二郎文》、《潮州刺史谢上表》等文所说，大概四十左右，便感苍老，发白齿落，目视昏花，而其体则较胖，所以郑群《赠簟诗》，有"法曹贫贱众所易，腰腹空大何能为"[⑧]之句。（沈括曾辨把小面而美髯的韩熙载画像，当作肥而寡髯的韩愈画象的错误。[⑨]）后来逐渐服上了金丹，直到以金丹病死。白居易《思旧诗》："退之服流黄，一病讫不痊"[⑩]，是实录，非传说。韩愈《寄随州周员外诗》："陆孟丘杨久作尘，同时存者更谁人？金丹别后知谁得，乞取刀圭救病

---

① 《昌黎集》一〇《酒中留上襄阳李相公诗》。

② 见《许彦周诗话》。

③ 见《扪虱新话下》二。

④ 按：柳宗元于贞元十五年妻杨病死时，年于二十七，至元和十年《祭杨凭詹事文》，还说"迄今挈然，十有八祀，家缺主妇，身迁万里"，则年已四十五了。祭杨文，见柳集四〇。"荒陬"数语，见集三〇《寄许京兆孟容书》。其"寡居"字，见同卷《与杨京兆凭书》。

⑤ 《昌黎集》五。

⑥ 同集一二。

⑦ 同集一七。

⑧ 同集四。

⑨ 见《梦溪笔谈》四。

⑩ 《白氏长庆集》六二。

身！”[①]便是韩愈自供服金丹的明证。然而柳宗元对服金丹的看法，又恰恰和韩愈相反。柳宗元《答周君巢饵药久寿书》说：“饵药可以久寿，将分以见与，固小子之所不欲得也。……今夫山泽之臞，……视世之乱若理，视人之害若利，视道之悖若义，我寿而生，彼夭而死，固无能动其肺肝焉。……掘草烹石，以私其筋骨，而日以益愚，他人莫利，己独以愉，若是者，愈千百年，滋所谓夭也。”[②]韩愈知道服金丹有害无益[③]，而依然企图依靠服金丹来延续他的晚年的健康，乃至声色之乐，柳宗元贬官后的健康，似乎比韩愈更差了[④]，可是柳宗元不但拒绝服久寿的药，而且认为那种无利于他人的所谓“山泽之臞”，即使能依靠“掘草烹石”，获得较长期的健康，甚至获得“千百年”的高寿，也是没有意义的。柳宗元的这种生活不能离开政治，不能离开现实的说法，和韩愈的侥幸于有害无益的金丹，来延续他的晚年的健康，乃至声色之乐的表现，其在思想上的孰为进步，孰为落后，也是可以不待烦言而判然者。

以上是韩愈在文学中所反映的思想及其政治、生活的一个大概。主要目的，是在说明韩愈的文学，可以肯定它的形式，而不能同样肯定它的内容的原因。至于我们在韩愈的政治、生活的某些表现上，往往以韩愈儒学之矛，攻韩愈儒学之盾的原因，却不是由于我们还存在着过去儒者优于文人的传统看法，而是由于我们企图通过一些实例，证明韩愈的儒学，在理论上不够，在实践上更不够，从而进一步证明他在唐代文化上的贡献，只能是文学，不能是儒学而已。实际上，即使韩愈在政治、生活上的某些表现，已符合于旧儒学的要求，（换句话说，在儒学的实践上，已不愧为一个过去的“守道君子”）而不能符合于新儒学的要求，则我们肯定他的，还是他的文学而不是儒学。

---

① 《昌黎集》一〇。

② 柳集三二。

③ 见《昌黎集》三四《故太学博士李君墓志铭》。

④ 见柳集三〇《寄许京兆孟容杨京兆凭李翰林建等书》。

准此以观，韩愈以孟子的继承者自居，我们固然应该给予他以相当的批判，而皮日休比之文中子[①]，却是拟不于伦。文中子是妄人[②]，皮日休以韩愈比之，不但只会降低不会抬高韩愈的儒学地位，而且反把韩愈的文学地位的高低也模糊了。（若欧阳修只把韩愈的《二鸟赋》，和李翱的《幽怀赋》勘对了一下，便断言李优于韩[③]，这仅仅是欧阳修有所为而寄其慨叹而已，不足据信。）总之，我们除了不能肯定韩愈的儒学成就外，我们对这个杰出的散文学家的文学成就，和他在中国古典文学发展上的贡献，应该表示高度的尊敬！尽管韩愈文学中所反映的思想及其政治、生活等情况，还未能符合我们对他的要求。

最后，我们得向读者声明一下：我们批判韩愈在政治、生活上的某些表现，主要的资料，大部分是从韩愈自己的作品中找出来的。韩愈自己，和编他的集稿者韩愈女婿李汉，并不为了卫道关系，而把他的反映某些政治、生活的作品，加以修饰或删汰，因而我们不必通过辛勤的挖掘，便能发现韩愈文学的真正的精神面貌。这是唐代文人的可爱处，也就是唐代文学的可贵处。若宋以来尤其是南宋以来的作者，只要他们带着一些卫道的意味，他们往往会把他们的作品，搞成没有时代没有作者在其间的一些“非之无举，刺之无刺”的东西，那便使我们无从啃起了。我们宁爱瑕瑜不掩的真玉，我们决不爱以伪乱真的碔砆。

---

① 见《文薮》九《请韩文公配飨太学书》。

② 详一九三二年金陵大学中国文化研究所出版的拙著《古今伪书考补证》文中“子”条。

③ 见《欧阳文忠公集》七三《读李翱文》。李翱《幽怀赋》，见《李文公集》一。

读陈寅恪先生《论韩愈》

陈寅恪先生《论韩愈》一文[1]，有不少新义创见，引起了读者一般的重视。但仔细寻绎，这些新义创见，似乎大部分还没有足够的坚实的论据；也没有很好地结合着韩愈的历史的客观条件，及其阶级的局限性，因而过高估计了韩愈个人的作用，过高估计了韩愈在唐代文化史上的贡献。不揣谫陋，谨在这里提出一些未敢苟同的意见，以供陈先生参考，并盼陈先生不吝赐教。

陈先生文共分六点，即：一、建立道统，证明传授之渊源；二、直指人伦，扫除章句之繁琐；三、排斥佛老，匡救政俗之弊害；四、呵诋释迦，申明夷夏之大防；五、改进文体，广收宣传之效用；六、奖掖后进，期望学说之流传。这六点，陈先生自己说是"仿僧徒诠释佛经之体"，来证明韩愈"在唐代文化史上之特殊地位"。无疑地，陈先生文的形式，是分散的，是不集中的；但综合这六个标目来看，陈先生所谓证明韩愈"在唐代文化史上之特殊地位"，显然只是企图证明韩愈在唐代儒学上的特殊地位而已。

韩愈在唐代文化史上最大的贡献，是文学，或者是儒学，固然还是可以商榷的问题；但至少不能把他的文学，仅仅作为他的儒学的隶属者，是可以断言的。因此，我在这里先得声明：我不再依照陈先生文的顺序，来逐点质疑；我只把陈先生文所提出的韩愈儒学上及文学

---

① 《历史研究》，一九五四年第二期。

上的若干问题，分为两大目，来向陈先生请益。这样做，在主观上，我对陈先生的韩愈“在唐代文化史上之特殊地位”的证明，表示未敢苟同；而在客观上，为了更清楚地了解韩愈儒学上及文学上各问题的系统性和联系性，集中也应该较胜于分散。

一　关于韩愈儒学方面的质疑

唐代的古文运动即散文运动的领导者韩愈，同时也是唐代儒学复兴运动的领导者，这是不可否认的事实。唐代的儒学复兴运动，就它当时的历史使命来说，应该有两个斗争的对象：一是魏晋以来气焰日张的佛老之学，一是南北朝以来繁琐日增的章句之学。前者是对外的斗争，后者是对内的斗争。不对外斗争，不能抬高儒学的地位，不对内斗争，不能改革儒学的内容。这两个斗争，不消说都是符合以儒学起家的新兴中小地主的愿望的。由于这些新兴地主的共同努力，唐代的儒学复兴运动，不能说它没有一定的成就；但这个运动的领导者韩愈，他在上述两个斗争的任务上，还没有付出他作为领导者应有的辛勤，因而他所领导的儒学复兴运动，还不可能把它无条件地肯定下来，也是不可否认的事实。

现在先让我提出关于韩愈建立道统和奠定宋代新儒学之基础两个问题上的我的不同的看法。

根据陈先生的考证，由于韩愈幼年曾受了新禅宗学说的深刻的影响，所以他才能在《原道》中说出“固由孟子卒章所启发，亦从新禅宗所自称者摹袭得来”的儒家道统的传授渊源，他才能“发见小戴记中大学一篇”，在《原道》中“阐明其说”，奠定了“天竺为体，华夏为用”的“宋代新儒学之基础”。

韩愈在幼年究竟有没有受新禅宗学说的影响？陈先生只根据李

汉《昌黎集序》、《新唐书·韩愈传》及韩愈《复志赋》[①]、《祭十二郎文》[②]等关于韩愈在幼年曾跟着他的哥哥韩会到过韶州的一些简略的叙述，便作出如下的推断：

> 退之从其兄会谪居韶州，虽年颇幼小，又历时不甚久，然其所居之处，为新禅宗之发祥地，复值此新学说宣传极盛之时，以退之之幼年颖悟，断不能于此新禅宗学说浓厚之环境气氛中无所接受感发。

我认为这个推断是不够客观的。

韩愈的往韶州，韩愈《复志赋》既明白说出在他岁行未复的时候，而陈先生所没有举出来的那篇比《复志赋》、《祭十二郎文》更早的《祭郑夫人文》[③]，又有"年方及纪"的话，则已是十二岁的孩子，倒也不能算作"颇幼小"了。而且韩愈自三岁后，便依靠这个有文学高名的哥哥韩会[④]，教养长大，七岁读书[⑤]，"言出成文"[⑥]，则读书已到了六年的韩愈，应该有这样的水准，可以"于此新禅宗学说浓厚之环境气氛中"而有所"接受感发"。问题是在于这时候的"新禅宗之发祥地"韶州，是否像陈先生所说有那样的"新禅宗学说浓厚之环境气氛"，可以给予一个短时间客住的孩子以一种永久的影响，即和他的后来学术思想方法始终分不开的那样永久的影响。

我们知道韶州慧能在禅学上革命的胜利，主要是依靠他的弟子神

---

① 《昌黎集》一。

② 同集二三。

③ 见同上。

④ 韩愈《考功员外卢君墓铭》："愈之宗兄故起居舍人君以道德文学伏一世。"见集二四。又柳宗元《先君石表阴先友记》："韩会善清言，有文章，名最高。"见《唐柳先生集》一二。

⑤ 见《昌黎集》一《感二鸟赋》，集一八《与凤翔邢部尚书书》。

⑥ 皇甫湜《韩文公墓铭》语，见《皇甫持正集》六。

会自南徂北老而弥坚的二十余年的斗争。有了神会的斗争，才扭转了慧能死后二十年便出现的“曹谿顿旨，沈废于荆吴，嵩岳渐门，盛行于秦洛”[①]的南宗被北宗压倒的趋势；而所谓新禅宗的震旦六祖的系统，实际上也是在这种趋势的扭转过程中建立起来的。神会二十余年的斗争，开始于慧能死后二十年，而神会的死（上元元年，公元七六〇），下距韩愈在韶州客住的时候（大历十四年，公元七七九）又恰恰是二十年。自然，神会死后的二十年，和慧能死后的二十年的南宗情况，是截然不同的了，陈先生说它是一个“新学说宣传极盛”的时候，就禅宗的历史来看，确是如此。但所谓南宗发祥地的韶州，则恰恰和慧能死后二十年的情况一样，新学说的宣传在那里是十分寂寞的。

根据《景德传灯录》及释契嵩《传法正宗记》所记，慧能法嗣四十三人，除神会外，唯怀让行思最为显著。在韶州的令韬，虽然和神会一样高寿，神会九十三岁[②]，令韬九十五岁[③]，都是到了上元初才死的；但令韬只是枯守老营，对南宗的建立和巩固的斗争，没有起过帮助的作用。另一个在韶州的法海，虽然坛经上提到他的名，《传灯录》上录了他的几句偈语，而在南宗的斗争中，也没有什么表现。其余和韶州有关的，则更不足数了。大致南宗学说的流播：北方以神会为归，其盛行区域在洛阳[④]；南方的宗主，则一为衡州怀让[⑤]，怀让传道一[⑥]，其盛行区域在江西；一为吉州行思，行思传石头，其盛行区域在湖南[⑦]。而他们的法嗣，除行思第一世只石头外，神会十八人，怀让九人，其中都没有一个在韶州者。道一法嗣最广，至一百数十人之多[⑧]，

---

① 见《景德传灯录》五《西京荷泽神会禅师传》。

② 此据《宋高僧传》八《唐洛京荷泽寺神会传》。《传灯录》作七十五。

③ 见《传灯录》五。

④ 《宋高僧传·神会传》系曰：“会师自南徂北，鹤谿之法，洛中弥盛。”

⑤ 参阅《唐文粹》六二《张正甫衡州般若寺观音大师碑铭序》。

⑥ 参阅权德舆《权载》之文集二八《唐故洪州开元寺石门道一禅师塔铭序》。

⑦ 《传灯录》一四《南岳石头希迁大师传》：“江西主大寂，湖南主石头，往来憧憧，并凑二大士之门矣。”大寂即道一。

⑧ 《传灯录》六《江西道一禅师传》“师入室弟子一百三十九人”，而录中著其名者，只一百三十八人。《传法正宗记》七作一百三十七人。

自然在韶州的也有几个，但都平平无表现，而且他们在韶州，也许已在韩愈离韶州以后。总之，韶州自神会北去韩愈南来的四五十年间，没有一个出色的禅和尚在那里弘扬南宗的宗风，是可以断言的了。

因此，我认为陈先生只注意韩愈幼年到过韶州，没有注意韩愈到韶州的时候新禅宗学说在那里宣传的实际情况，而便以为韩愈幼年受了新禅宗学说的影响，显然是一种臆测之词。

但如果陈先生所提出的韩愈的学术思想方法，像建立道统，阐明大学之说等问题，确是受了新禅宗学说的影响，则在幼年或在幼年以后，本来不是一个必须区别的问题。问题又在于韩愈的学术思想方法像陈先生所提出的，究竟是不是由于受了这种学说的影响？

请先说建立道统问题。

《孟子·公孙丑》章“五百年必有王者兴”的话，通过孟子卒章所提出的尧、舜、禹、汤、文王、孔子这些人物的例证，说明了圣人之所以为圣人的这个道，虽然隔了五百余岁，还是可以“闻而知之”的。换句话说，还是可以一脉相传的。至扬雄补上了武王、周公二人，又修正了孟子五百年的说法[①]，所谓儒家的道统，也就是韩愈在《原道》中所提出的道统，基本上已有了一个定型，韩愈不过重述这一个已有定型的道统，再补上一个孟子，和韩愈认为够不上传道的荀子、扬雄，为自己继承孟子留下一个地位罢了。韩愈《原道》中的道统，可以像陈先生所说“由孟子卒章所启发”，但不必再说“亦从新禅宗所自称者摹袭得来”，因为仅仅重述这样一个已有定型的传道系统，是不必有所摹袭的。即使退一步说，韩愈必须有所摹袭，那么为什么不可从陈先生所提到的两汉传经系统摹袭得来，而必须从新禅宗所自称者摹袭得来呢？也许陈先生以为传经系统和传道系统不同，

---

① 《法言·五百》：“或问五百岁而圣人出，有诸？曰：‘尧舜禹，君臣也而并；文武周公，父子也而处；汤孔子数百岁而生。因往以推来，虽千一不可知也。’”王充《论衡·刺孟》也说：“五百岁必有王者之验，在何世乎？五百岁必有王者，谁所言乎？”

韩愈是不屑摹袭那个“能传圣人之业，而不能干事施政”[①]的传经系统的；那么为什么既摹袭了新禅宗所自称的系统，而他的《送浮屠文畅师序》[②]，照样述了《原道》中所述的“尧以是传之舜，舜以是传之禹，禹以是传之汤，汤以是传之文武，文武以是传之周公孔子（《原道》作：“汤以是传之文武周公，文武周公传之孔子。”）的一套传道系统后，还假惺惺地说着“今浮屠者孰为而孰传之邪”的那种反诘的话呢？这恐怕不是陈先生所肯定的“呵诋释迦，申明夷夏之大防”的韩愈所应有的态度了。

我以为韩愈很早就有浓厚的道统自任的思想，二十六岁上考功崔虞部书[③]的时候，已敢于说那种“斯道未丧，天命不欺，岂遂殆哉！岂遂困哉”的话，则孟子卒章所述，易于对这个少而乐观孟子[④]的韩愈起启发作用是无疑的。但帮助韩愈这种思想的滋长，应该是扬雄的书，而不是当时宣传极盛的新禅宗学说。韩愈说：

> 始吾读孟轲书，然后知孔子之道尊，圣人之道易行，王易王，霸易霸也。以为孔子之徒没，尊圣人者，孟氏而已。晚得扬雄书，益尊信孟氏，因雄书而孟氏益尊，则雄者亦圣人之徒欤！[⑤]

韩愈为什么会称扬雄是圣人之徒？那是为了扬雄《法言·吾子》篇有这样的话：

> 古者杨墨塞路，孟子辞而辟之，廓如也。后之塞路者有矣，

---

① 见刘劭《人物志·流业》。

② 《昌黎集》二〇。

③ 《昌黎外集》二。

④ 《昌黎集》二〇《送王秀才序》：“自孔子没，群弟子莫不有书，独孟轲氏之传得其宗，故吾少而乐观焉。”

⑤ 同集一一《读荀子》。

窃自比于孟子。

扬雄可以公然以辟杨墨自比孟子，则韩愈以辟佛老自比孟子，自然不算唐突孟子了[①]。因此，他一方面夸大扬雄，说扬雄是圣人之徒，在《重答张籍书》[②]中，也说“已之道，乃夫子孟轲扬雄所传之道”；而当他在《原道》中正式提出儒家道统的时候，则又说扬雄和荀子，一样是“择焉而不精，语焉而不详”的，那么够得上继承孟子的人，不是他又是谁呢？这就是韩愈在《原道》中提出儒家传道系统的主要目的。所以我们可以而且是应该这样说，韩愈道统思想的产生与发展，除了以儒学起家的新兴地主的复兴儒学的一般愿望，具有推动的因素外；在理论上对它起着主要的启发作用和助长作用的，第一是孟子的书，第二是扬雄的书。新禅宗学说的宣传，不但和幼年在韶州的韩愈，没有一些干涉；就是和后来辟佛的韩愈，也没有多大的干涉。因为韩愈的辟佛，正像柳宗元所说，只是辟了佛的“迹”[③]，还没有真正接触到它所宣传的教义。这理由，我在下文论韩愈辟佛老时再分析。

其次说阐明大学之说的问题。

在唐代为明经所竞读的《礼记》[④]中，韩愈《原道》偶然引《大学》篇的“古之欲明明德于天下者”至“欲正其心者先诚其意”一段，作为自己的论证，本来不是韩愈的一种发见。即使算是一种发见，而这种发见，对韩愈的攻击佛老来说也没有多大的帮助，因为佛老原不讲儒家的修齐治平的一套，韩愈不从佛老学说的本身找弱点，而仅仅以儒家自己的学说为根据，攻击佛老的“外天下国家”，这种

① 《昌黎集》一八《与孟尚书书》。又王通也以圣人自比，集二〇《送王秀才序》，只称通弟绩所著《醉乡记》而不及通书，可能当时愈还未见其书。

② 同集一四。

③ 见柳集二五《送僧浩初序》。

④ 唐代帖经，三礼中最多习的是《礼记》。《唐会要》七五《贡举上》，开元八年七月，国子司业李元瓘上言，有“今明经所习，务在出身，咸以礼记文少，人皆竞读”的话。

攻击，不是对佛老的攻击，而恰恰是对整日讲《大学》而置天下国家于不顾的宋儒的一种不容申辩的谴责。然而陈先生看到韩愈《原道》引《大学》文，便以为这是韩愈在宋儒以前的一种极重大的发见。便以为这种发见，是阐明了“抽象之心性，与具体之政治社会组织，可以融会无碍”的原理，也就是“谈心说性”和“济世安民”，“虽相反而实相成”的原理，从而得出结论，以为“天竺为体，华夏为用，退之于此以（“以”，疑当作“已”）奠定后来宋代新儒学之基础”。我认为陈先生这个结论，是不符合宋代儒学的真相的。

宋代儒学，“谈心说性”，渗入佛老的血液，建立了儒学的新体系，对儒学本身来说，应该是一种发展。但我们知道，宋儒并没有一面在“谈心说性”，一面在讲“济世安民”之术，陆九渊不必说，程朱曾向学者讲过“济世安民”之术吗？真德秀的《大学衍义》，列目至齐家而止，难道陈先生真的相信它可以举而措之于治国平天下吗？而且宋代儒学，真的以“天竺为体，华夏为用”，那么为什么北宋南宋出了不少这种体用兼备的圣贤，而都“上不见一扶危济难之功，下不见一可将可相之材”，以致前则“拱手以二帝畀金，以汴京与豫”，后则“推手以少帝赴海，以玉玺与元”呢？[①]因此，我认为陈先生“天竺为体，华夏为用”的结论，由于太缺乏逻辑性，不但对辟佛老的韩愈说不通，同时对偏于“谈心说性”的宋儒也说不通。而最可怪的，陈先生下这个结论时，连宋代的历史，也不去注视一下，则未免太草率了。

现在，我应该回过头来说一说韩愈对两个斗争的任务，即对佛老之学的斗争和对章句之学的斗争的任务，有没有付出他作为领导者应有的辛勤？

韩愈辟佛者的目的，是在继承孟子以后的儒家道统，我们且不去管它。如果客观上韩愈已把当时的儒学地位抬高了，则对儒学的复

---

① 见《颜元存学编》二。

兴运动来说，总不能不算他的一种功绩。可是韩愈的辟佛老，谁都知道他没有著过专书，张籍劝他著书，以为“嚣嚣多言，徒相为訾”[①]；他答说“顽然不入者，亲以言谕之不入，则其观吾书也，固将无得矣”[②]，又说“今夫二氏之所宗而事之者，下乃公卿辅相，吾岂敢昌言排之哉！”[③]因而他打算“待五六十然后为之”[④]。这时候，韩愈的《原道》还没有作，朱熹《韩文考异》，据韩愈《上兵部李侍郎书》“谨献旧文一卷，扶树教道，有所明白”[⑤]等语，以为韩愈作《原道》等文（指五原）都在韩愈徙江陵府法曹参军以前[⑥]。韩愈从官江陵时，还只三十八岁，则张籍在他没有作《原道》以前便劝他著书，也许觉得过早。但为什么到了五十以后，依然没有著辟佛老的专书呢？难道韩愈便把他的《原道》作为辟佛老的主要论据吗？《原道》的内容是空洞的：不但仁义道德等名词的分析有问题[⑦]，就是它的从生产上着眼的“农之家一而食粟之家六，工之家一而用器之家六，贾之家一而资焉之家六，奈之何民不穷且盗也”的那些话，也不及后来李觏《富国策》第五所举“淄黄十害”[⑧]的那样明白而具体。至于和当时佛老所宣传的教义，作针锋相对的论辩，像在僧祐的《弘明集》，道宣的《广弘明集》中所看到的那样的论辩，在《原道》中简直可以说是找不到的。因而它不可能负起辟佛老的任务，自然也就不可能作为儒学复兴运动的鼓舞的力量。

我们知道宗教和儒家的学说，同样是统治阶级的统治工具，只有当宗教的存在或发展，成为统治阶级自己利益的直接威协者的时候，

① 《昌黎集》一四《答张籍书》。
② 《昌黎集》一四《答张籍书》。
③ 见同卷《重答张籍书》。
④ 见《答张籍书》，《重答张籍书》也这样说。
⑤ 同集一五。
⑥ 见同集一一《原性考异》。
⑦ 见张耒《张右史文集》五六《韩愈论》。
⑧ 见《直讲李先生文集》一六。

统治阶级才会把这种工具暂时放弃。下距韩愈之死（长庆四年，公元八二四）二十余年的武宗会昌五年（公元八四六）的毁佛，就是一个很好的说明[①]。但仍不是单纯的世俗地主和僧侣地主之间的矛盾，其中还包含着另一个因素佛老之间的矛盾。武宗说："穷天下者佛也。"[②]当时穷天下者不只是佛，而武宗只归罪于佛而不及老，显然，武宗毁佛的措施，不独为了天下之穷，同时也和武宗所乐与"谈道涤烦"的道士赵归真等的从旁怂恿分不开的。唯其如此，所以被毁仅仅一年的佛，宣宗依然把它复兴起来了[③]。由此可见像宗教那样的统治工具，统治阶级始终不会轻轻放弃它的。那么我们可不可以说这就是韩愈和佛老之学的斗争不能获得胜利的原因呢？我以为不能这样说。唐政权是代表世族地主利益转向代表新兴的中小地主利益的政权，韩愈领导的唐代儒学复兴运动，就是建筑在新兴地主的一般愿望的基础之上的。他和佛老之学作斗争的条件，应该比范缜在代表世族地主利益的南北朝政权下的斗争的条件优越得多。换句话说，范缜的斗争，没有群众的支持，韩愈则有群众的支持了。可是没有群众支持的范缜，在政治上虽然失败，在理论上依然获得了光辉的胜利，不朽的神灭论，始终为大德们所不敢迫视；则有了群众支持的韩愈的辟佛老，如果真正能像范缜那样的掌握充实的正确的理论，即使不可能给予佛老势力以严重的惩创，难道也不可能树立儒学在群众中比佛老更大的威信，从而推动儒学运动向它的正确的方向发展吗？因此，我认为韩愈不能完成和佛老之学斗争的任务，不是没有客观条件，而是由于他的主观努力的不足。

韩愈《与孟尚书书》[④]说孟子的"距杨墨"也不能做到"廓如"，

---

① 见《旧唐书·武宗纪》、《唐会要》四七一四九及杜牧《樊川文集》一〇《杭州新造南亭子记》。

② 见杜牧前文。

③ 见《旧唐书·武宗纪》、《通鉴》二四七一二四八。

④ 《昌黎集》一八。

而况“释老之害，过于杨墨，韩愈之贤，不及孟子”，自然更不能做到“廓如”，甚至以为这样搞下去，“且见其身之危莫之救以死也”。韩愈强调和佛老之学斗争的困难，不过是他的主观努力不足的一种掩饰。他的主观努力的不足，主要是由于他对佛老之学认识的不足。韩愈《上宰相书》[①]，有过“杨墨释老之学，无所入于其心”的话，这是韩愈对这些异端之学都没有作过深刻研究的一种证明。所以他既会推尊孟子的“距杨墨”以为“功不在禹下”[②]，又会说“孔子必用墨子，墨子必用孔子，不相用，不足为孔墨”[③]；既会对佛老严厉地主张“人其人，火其书，庐其居”，又会和石头弟子潮州的大颠相来往[④]。平时对这些异端之学，“无所入于其心”，自然，当这些异端之学，偶然“入于其心”的时候，便会动摇了他对儒学坚定的信念。韩愈对佛老之学的斗争，始终不免“色厉而内荏”，其原因就在于此。

陈先生只从韩愈辟佛老的手段上着眼，没有从他的目的上着眼，所以肯定韩愈的“排斥佛老”是为了“匡救政俗之弊害”。韩愈的“排斥佛老”，主观上不是为“匡救”当时“政俗之弊害”，已详上文；而就韩愈对佛老之学的认识来说，他的“排斥佛老”，客观上也不可能把当时“政俗之弊害”“匡救”过来。陈先生这个肯定是错误的。

现在姑举一件连韩愈自己也不能“匡救”自己的不小的“政俗之弊害”，以证明陈先生这个肯定的错误。

唐代道教的表现，在任何方面都比佛教坏，而统治阶级对它的提倡，却比佛教为热烈，这是由于统治阶级一方面虽然利用了它，作为它的统治工具，一方面也受了它的多种多样的欺骗。单以金丹服饵之术为例吧，贪长生的君相们，及包括韩愈在内的士大夫们，差不多都

---

① 《昌黎集》一六。

② 同集一八《与孟尚书书》。

③ 同集一一《读墨子》。

④ 参阅《与孟尚书书》及外集二《与大颠师书朱熹考异》。

乐于尝试。韩愈在《故太常博士李君墓志铭》[①]中，举出了工部尚书孟简、东川节度御史大夫卢坦、金吾将军李道古等六七人服丹而死的惨状说："蕲不死乃速得死，谓之智可不可也？"则服金丹乃速得死，韩愈似乎已有深刻的教训了。然而韩愈却躬自蹈之，白居易《思旧诗》[②]说："退之服流黄，一病讫不痊"，证明了韩愈也是服金丹死的。白居易虽然反对韩愈等服金丹，然而白居易也躬自蹈之，陈师道"嗟哉行"[③]："韩子作志还自屠，白笑未竟人复吁！"那么我们可不可以说白居易自己作了贼，而故意扳韩愈等也是作贼的呢？不，韩愈的服金丹，我们可以直接从李翱所撰的行状[④]来证明它。行状载韩愈将死时的话说：

> 某伯兄德行高，晓大药，食必视本草，年止于四十二；某疏愚，食不择禁忌，……年出伯兄十五岁矣。

所谓"大药"[⑤]，就是金丹。大约服金丹的时候，其他食品，有一定的禁忌。韩愈伯兄服丹很谨慎，所以"食必视本草"；韩愈服丹不很谨慎，所以"食不择禁忌"。但韩愈却自己庆幸比伯兄已多活了十五岁。无可讳言，"排斥佛老"的韩愈，是和当时贪长生的君相们及士大夫们一样为道教徒所欺骗、所玩弄，以至于死的。无可讳言，"排斥佛老"的韩愈，是对当时佛老所造成的"政俗之弊害"，连自己也不能"匡救"自己的。可是陈先生却还在那里说"退之之力诋道教，其隐痛或有更甚于抵佛教者"哩！

总之，韩愈和佛老之学的斗争，没有获得胜利，也不可能获得

---

① 《昌黎集》三四。

② 《白氏长庆集》六二。

③ 《后山诗注》九。

④ 《李文公集》一一。

⑤ 白集一一《不二门》："亦曾烧大药，消息乖火候"，又集一二《浩歌行》："又无大药驻朱颜。"都是指金丹而言。

胜利。兵法："知彼知己者百战不殆，不知彼而知己，一胜一负，不知彼，不知己，每战必殆。"韩愈和佛老之学的斗争，如果说他"不知彼，不知己"，自然未免说得太苛刻，但至少可以断定他的"知彼知己"都是不够的。由于韩愈对佛老之学的斗争的任务，没有付出他作为领导者应有的辛勤，因而限制了儒学复兴运动的发展，同时也使他的继承孟子以后儒家道统的愿望落了空。我们只要看张耒的《韩愈论》①，说"愈者，择焉而不精，语焉而不详，而健于言者欤！"而王安石的《奉酬永叔见赠诗》②，也说"他日若能窥孟子，终身何敢望韩公！"一则把韩愈和荀扬等同起来，一则把韩愈和孟子对立起来，目的都在说明韩愈只是一个文学的健者，而不是一个孟子以后儒家道统的继承人物。

请再说韩愈对章句之学的斗争任务做到怎样？繁琐的贾孔的章句之学，到韩愈的时候，已和文学一样，不能没有改革的要求。单以《春秋》为例吧：和韩愈同时的啖助赵匡的治《春秋》方法，已是属于一种新的注经的范畴。晁公武《郡斋读书志》一下录啖助弟子陆淳《春秋微旨》说：

> 余尝学春秋，阅古今诸儒之说多矣。大抵啖赵以前，学者皆专门名家，苟有不通，宁言经误，其失也固陋。啖赵以后，喜援经击传，其或未明，则凭私臆决，其失也穿凿。均之失圣人之旨，而穿凿之害为甚。

《四库总目》二六《陆淳春秋集传纂例提要》，则以为啖助治《春秋》，功过互见：

---

① 《张右史文集》五六。

② 《临川先生文集》二二。

盖舍传求经，实导宋人之先路。生臆断之弊，其过不可掩；破附会之失，其功亦不可没也。

公武的话，偏于保守，不及总目所说为平允，但同样说明了韩愈的时候，儒家治经方法，已有了一个显著的转变，即过去只从传文上用工夫，现在则直接在经文上用工夫了。卢同的治《春秋》，也是这样，所以韩愈《寄卢同诗》[①]说："春秋三传束高阁，独抱遗经究终始。"同时，韩愈的朋友樊宗师著《春秋集传》十五卷，见韩愈《樊绍述墓志铭》[②]，《新唐书·艺文志》也录其书，而殷侑注公羊《春秋》，又曾请韩愈撰过序[③]，可见韩愈的朋友相识中，已有不少从事于新注的人。但韩愈在这方面所用的工夫，则恰恰比他们都差得多。虽然注过《论语》，似乎没有完稿，所以张籍《祭退之诗》[④]，有"鲁论未讫注，手迹今微茫"的话。（诸家目录韩愈《论语注》、《论语笔解》之类，真伪是有问题的。）大概韩愈用在儒学上的工夫，远不及用在文学上的工夫，而他用在儒学上的工夫，大部分又是为了文学技巧，这可以从韩愈《经学解》[⑤]上自己所说"上规姚姒，浑浑无涯，周诰殷盘，佶屈聱牙；春秋谨严，左氏浮夸，易奇而法，诗正而葩；下逮庄骚，太史所录，子云相如，同工异曲"的话来证明它的。方苞说柳宗元不过用"诸经"为其文的"采色声音之助"[⑥]，韩愈即使和柳宗元有所区别，其区别也不会太大。陈先生在这里又给予韩愈以新的治经方法的肯定，他认为"奠定后来宋代新儒学之基础"的《原道》一文，同时也是"开启宋代新儒学家治经之途径"的代表作，而"此种研究经学之方法"，是由韩愈"所称奖之同辈中人"卢同"发其端"的。事实显

① 《昌黎集》五。
② 《昌黎集》三四。
③ 见同集一八《答殷侍御书》。
④ 《张司业诗集》七。
⑤ 《昌黎集》一二。
⑥ 见方苞《望溪先生全集》五《书柳文后》。

然并不是这样。卢同注过《春秋》[1]，韩愈也注过《论语》，虽然都没有完稿，但可以证明他们的治经方法，和当时儒家一样，只是企图以新注代替旧注，还不可能有废止注经的主张或倾向。反对章句之繁琐，是经注的改革，不是经注的废止，而陈先生把韩愈《原道》一文，作为韩愈扫除章句之繁琐的治经方法来提出是不对的。当时改革儒学内容的最早代表，也就是《四库总目》所说“舍传求经，实导宋人之先路”的进步儒家，应该是啖助赵匡，而陈先生归之从事新注还不够积极的卢同也是不对的。总之韩愈对章句之学的斗争，更差于他对佛老之学的斗争，陈先生一则说韩愈“奠定后来宋代新儒学之基础”，再则说韩愈“开启宋代新儒学家治经之途径”，完全由于没有看清楚当时儒学发展的客观事实。

以上是我对韩愈儒学方面和陈先生不同的看法。但并不等于说韩愈所领导的唐代儒学复兴运动，不是代表当时进步的中小地主的共同要求，而毫无可以肯定之处。这里仅仅指出韩愈领导这个运动的目的努力及效果，和陈先生所给予他的那些无条件的肯定，其间还有一定的距离。

二　关于韩愈文学方面的质疑

这里，我首先怀疑的，是陈先生所提出的唐代古文运动的中心思想问题。

陈先生阐明第四点“呵诋释迦，申明夷夏之大防”的意义，主要是如下的一段话：

---

① 卢同所著的书不传，见韩盈《玉川子诗外集序》。晁公武《读书志》一下录《春歌摘微》四卷，说“其经解不用传，然旨意甚疏”，而《崇文总目》也不载，可能是宋人附会韩愈的诗而伪作的。

> 今所欲论者，即唐代古文运动一事，实由安史之乱及藩镇割据之局所引起。安史为西胡杂种，藩镇又是胡族或胡化之汉人，故当时特出之文士，自觉或不自觉，其意识中无不具有远则周之四夷交侵，近则晋之五胡乱华之印象，“尊王攘夷”所以为古文运动中心之思想也。在退之稍先之古文家如萧颖士李华独孤及梁肃等，与退之同辈之古文家如柳宗元刘禹锡元稹白居易等，虽同有此种潜意识，然均不免认识未清晰，主张不彻底，是以不敢亦不能因释迦为夷狄之人，佛教为夷狄之法，抉其本根，力排痛斥，若退之之所言所行也。退之之所以为唐代古文运动领袖者，其原因即在于是。

陈先生这一段话的大致，在陈先生元《白诗笺证稿》第五章“新乐府”上早有过了。现在陈先生又把它申述在这里，可见陈先生自己对这种说法的重视。

唐代古文运动，在中国文学史上有它的光辉的业绩，而韩愈在这个运动的领导上，又起了很大的作用，无疑是应该给予他一定的肯定的。唯陈先生以为唐代古文运动的中心思想是“尊王攘夷”，因而以为这个运动，“实由安史之乱及藩镇割据之局所引起”，显然，陈先生是把当时儒学运动部分的要求，即和佛学斗争的要求，当作当时文学运动的要求了。儒学运动和文学运动的要求，固然同样是新兴地主一般的要求，而把文学隶属于儒学，却只是韩愈个人从道统观念出发的不正确的领导主张。（文和道结合，不始于韩愈，不过至韩愈才把这结合明朗化固定化起来。）陈先生所以有这种说法，就是由于不能区别古文运动本身的要求，和韩愈个人不正确的领导主张而来的，

应该承认唐代九年的安史之乱及继之而起的吐蕃陷长安所给予中国巨大的创痛，会引起由儒学起家的新兴地主或多或少的所谓攘夷思想；但如果说当时的佛教，和安史之乱及吐蕃的入侵有着什么分不开的联系，因而以为辟佛无异于攘夷，则就未免失之穿凿，或者失之迂阔了。

我们看一看唐代先于韩愈或者和韩愈同时的所谓“特出之文士”，其中有没有一个真正把辟佛当作攘夷的人？

伟大的现实主义诗人杜甫，就是安史之乱及吐蕃入侵的亲身经历者。为了祖国为了人民的长期蒙受这种巨大的创痛，他的作品中，几乎是他的大部分作品中，充满着他对“逼神器”的“胡雏”①（指安史）的愤慨，充满着他对“坐御床”的“犬戎”②（指吐蕃）的愤慨，而他的“华夷相混合，宇宙一羶腥”③的咒诅，显然又是他的经历创痛过程中形成起来的种族之见的反映。如果说，这就是杜甫的攘夷思想，那么在当时“特出之文士”中，不能不说是一种突出的攘夷思想了。可是杜甫没有辟佛，没有把辟佛和他的攘夷思想联系起来，这可以举他的“余亦师粲可，身犹缚禅寂”④，“身许双峰寺，门求七祖禅”⑤，及“愿闻第一义，回向心地初”⑥，“休作狂歌老，回看不住心”⑦等不一而足的涉及禅学的诗句来证明它的，虽然这些诗句并不是这个伟大的诗人另一面的消极思想的证明。

如果说杜甫不是古文运动中人，不能以他为例，那么像陈先生所举的较韩愈稍先的古文家萧颖士、李华、独孤及梁肃等，及和韩愈同辈的古文家柳宗元、刘禹锡、元稹、白居易等，有没有辟佛？有没有把辟佛和他们的攘夷思想联系起来呢？我可以干脆地回答说，也没有。

萧颖士当安禄山反叛的时候，曾对郭纳、源洧、崔圆等先后有过军事上的重要建议⑧，可以说是一个不独在思想上攘夷，同时也在行动上攘夷的人了。但就《文苑英华》、《唐文粹》等所录他的作品来

① 见仇注杜集二二《咏怀》。
② 见同集一三《忆昔》。
③ 同集八《喜薛三璩毕四曜迁官》。
④ 仇注杜集三《夜听许十诵诗》。
⑤ 同集一九《秋日夔府咏怀》。
⑥ 见仇注杜集一一《谒文公上方》。
⑦ 同集一二《望牛头寺》。
⑧ 见《新唐书·萧颖士传》。

看，他没有辟佛，只是偶然地把“论释典”和“评古贤”一样当作谈助而已[①]。和萧颖士齐名的李华，则曾受过安禄山凤阁舍人伪职[②]，他的攘夷思想，不能没有问题；而他的“诠佛教心要而会其异同”[③]的现存的文，却恰恰没有问题可以证明他是“雅好无生法”[④]的。梁肃原是一个佛弟子，陈谏序他的心印铭，说他“学止观法门于沙门元浩”[⑤]，崔恭序他的文集，也说他是“天台大师元浩之门弟子”[⑥]，无疑，他不会辟佛，自然更说不上辟佛和攘夷思想的联系了。而“韩愈师其为文”[⑦]的独孤及，他曾替代宗革过和吐蕃修好的书[⑧]，他应该对“三年之间，三至城下”的吐蕃，不能没有愤慨；但他曾到开悟禅师那里问心法次第[⑨]，曾撰三祖僧璨碑铭，颂扬心教的被世和“六籍侔盛”[⑩]，则他也不是一个辟佛或者把辟佛和攘夷思想联系起来的人，可以断言。

至于和韩愈同辈的柳刘元白，他们的文集具在，只要略略复按，便可证明他们和上述四人也没有什么不同。难道像自己说过“吾自幼好佛，求其道积三十年”[⑪]的柳宗元，自己说过“况我早师佛，屋宅此身形”[⑫]，“莫惊头欲白，禅观老弥深”[⑬]的元稹，自己称为“佛弟子”[⑭]而且会把价值六七十万的“谢文之贽”助修香山寺[⑮]的白居易，以及企

① 见《文苑英华》六七八《贻韦司业书》。萧颖士文集早散失，四库本一卷，即抄录《文苑英华》、《唐文粹》等书而成。又张鷟《朝野佥载》说他至二十余，该博三教。

② 见《新唐书·李华传》。

③ 独孤及《毗陵集》一三《赵郡李公中集序》语。

④ 同上序语。李华文集也散失。四库本四卷，也是辑《文苑英华》、《唐文粹》等书而成。

⑤ 《唐文粹》六一。

⑥ 《唐文粹》九三。

⑦ 据《郡斋读书志》四上引《唐实录》语。

⑧ 《毗陵集》一八。

⑨ 同集三。

⑩ 同集九。

⑪ 柳集二五《送巽上人赴中丞叔父召序》。

⑫ 《元氏长庆集》七《遣病》。

⑬ 同集一四《悟禅三首寄胡果》。

⑭ 白集六一《苏州南禅院白氏文集记》：“乐天，佛弟子也。”

⑮ 见同集五九《修香山寺记》。

图把中庸内典“会而归之”[①]的刘禹锡，我们还不能说他们是好佛不是辟佛的人吗？

总之就陈先生所举的古文运动中人来说，并没有一个人曾意味到辟佛就是攘夷的手段，这是不容申辩的事实。

根据陈先生的说法，是这些人虽然有了“尊王攘夷”的“潜意识”，但由于这些人的“认识未清晰，主张不彻底”，所以对那个“夷狄之法”佛教，终于“不敢亦不能”像韩愈那样地“抉其本根，力排痛斥”。这就是说先于韩愈或者和韩愈同辈的“特出之文士”（其实非特出的也一样），虽然有了“尊王攘夷”的“潜意识”（其实不是潜意识），但能把安史以来的夷狄之患，和入中国有了六百年历史的“夷狄之法”，紧紧地联系在一处，因而能把辟佛当作攘夷的手段的，却只有古文运动的领袖韩愈一个人。这也就是说当时群众的“尊王攘夷”的意识是模模糊糊地，怎样来“尊王攘夷”，也是模模糊糊地，只有一个领袖，在那里单干他的“尊王攘夷”。如果这样，那么陈先生断言“尊王攘夷”，是唐代古文运动的中心思想，可就错误了。模模糊糊的群众意识，决不可能成为一个运动的中心思想，而一个运动的光辉业绩，也决不可能从模模糊糊的群众意识上及领袖一个人的独吹独擂上产生出来。

何况，进一步检查这个古文运动的领袖韩愈，他自己有没有“尊王攘夷”思想，有没有把辟佛当作“尊王攘夷”的手段，也不能不是一个问题。我们从他的集中所有辟佛的理论来看，竟没有一句联系到安史以来的夷狄之患；除《原道》一文已详上章不再举外，他《与孟尚书书》，说明他所以“不助释氏而排之者”，只是为了“二帝三王群圣人之道”，自汉代以来，“其危如一发引千钧，绵绵延延，寖以微灭”的缘故。换句话说，他的辟佛的目的，只是为了卫道，为了卫自己所继承的“二帝三王群圣人之道”。然而韩愈的卫道，在理论上

---

① 见《刘梦得文集》七《赠别君素上人引》。

的深度是不够的，因此他总是像柳宗元所说的在佛的“迹”上加以攻击，如他《送灵师诗》[①]的说“齐民逃赋役，高士著幽禅，……耕桑日失隶，朝署时遗贤”；《送僧澄观诗》[②]的说“浮屠西来何施为，扰扰四海争奔驰，构楼架阁切星汉，夸雄斗丽止者谁”，都是其例。固然，这种攻击，不能直接帮助韩愈在理论上获得胜利，但不失为一种辟佛的力量，所以韩愈碰到这种攻击的对象，决不会任它轻轻溜过，更不用说安史以来的夷狄之患，是这种攻击的对象中最大的对象。可是读韩愈的《论佛骨表》[③]，既说到像陈先生所说“释迦为夷狄之人，佛教为夷狄之法”的话了，又根据傅奕“帝王无佛则大治年长，有佛则虐政祚短”[④]的话，而引到梁武帝为侯景所迫，饿死台城的历史了；却为什么说到崇奉佛骨的后果，还只是“伤风败俗，传笑四方”的那些“焚顶烧指”、“断臂脔身”的事，而不去结合安史以来的夷狄之患呢？显然，安史以来的夷狄之患的形成的复杂原因中，虽然和有了六百年历史，而且早为统治者所掌握的夷狄之法——佛教，多少有一些联系，但其间决不会有法留患留法去患去的那种依存关系，自然更不可能把它们看成是一个东西，这是先于韩愈及和韩愈同辈的古文家直接所闻见，至少是和闻见相接近的客观事实，韩愈难道可以自欺欺人，在辟佛的文字中，随手扯上安史之乱及吐蕃的入侵，来说明辟佛就是攘夷的手段吗？由此可见陈先生认为，只有韩愈才能清晰地认识安史以来的夷狄之患，才能彻底地主张把夷狄之法——佛教，“抉其本根，力排痛斥”，因而才能领导起以“尊王攘夷”为中心思想的古文运动，也是没有客观事实的根据的。

陈先生不根据客观事实，贸然地以春秋时期的“尊王攘夷”的口号，当作唐代古文运动的中心思想，及以辟佛当作攘夷的手段来提

① 《昌黎集》二。

② 同集七。

③ 同集三九。

④ 见《广弘明集》一一《释法琳对傅奕废佛僧表》。

出，其错误已如上述。这里再说一说辟佛为什么只是儒学运动的要求，而不是古文运动的要求。唐代大部分的古文家，虽然同时也是儒学家，但他们努力的对象，主要是文学，不是儒学，什么“原本六艺”、“诵法先王”云云，不过是他们的门面话而已。所以只要没有像韩愈那样的浓厚的道统观念，他们一方面推崇儒学，一方面依然会毫无顾忌地颂扬佛学。韩愈《与孟尚书书》有“籍湜辈虽屡指教，不知果能不叛去否”的话，以屡受指教于韩愈的张籍、皇甫湜辈，还不可能保证他们跟着韩愈去辟佛，可见唐代古文家，一般以为儒佛乃至其他一切学说，都是可以“相忘于江湖”的。至于以钻研经典为专业的唐代儒学家，他们对佛学的态度，不可能和古文家一样，他们会直接感到在一切和儒学为敌的学说中，佛学是儒学最大的敌人，所以他们之中，甚至有“发愤著书，攻而斥之，……乃忘力之不足，以死为断”者[①]。这就是辟佛不是古文运动的要求，而不能不是儒学运动的要求的简单理由。可是不幸的，是一身二任这两个运动的领导者韩愈，为了满足他的继承孟子以后的儒家道统的愿望，竟把这两个运动在他的文学为儒学服务的宣传下统一了。这两个运动的统一，模糊了这两个运动不同的要求，陈先生对唐代古文运动的中心思想问题的推断的错误，其基本原因就在于此。

第二个问题，是陈先生提出的“改进文体”问题。陈先生肯定韩愈在唐代文学改革上的成就即文体改革上的成就，分为两点来提出，一是散文的成就，一是诗的成就，而他对韩愈散文的“为什么能成就”及其诗的“成就是什么”的说明，有些人认为是陈先生的更突出的新义创见，但我则认为这两点，更表现了陈先生浓厚的立异于一般的旧观点。

现在先说陈先生提出的韩愈在文体改革上第一点的成就，即散文的成就。

陈先生说：

---

① 见《皇甫持正集》二《送孙生序》。

> 关于退之之文，寅恪尝详论之矣。（见拙著元白诗笺证稿长恨歌章）其大旨以为退之之古文，乃用先秦两汉之文体，改作唐代当时民间流传之小说，欲借之一扫腐化僵化不适用于人生之骈体文，作此尝试而能成功者。故名虽复古，实则通今，在当时为最便宣传甚合实际之文体也。

这里陈先生只把韩愈散文的成就和小说的关系，说了一个大旨。其详论，陈先生说是在《元白诗笺证稿》《长恨歌》章中。但《长恨歌》章中又说：

> 中国文学史中，别有一可注意之点焉，即今日所谓唐代小说者，亦起于贞元元和之世，与古文运动实同一时，而其时最佳小说之作者，实亦即古文运动中之中坚人物是也。此二者相互之关系，自来未有论及之者，寅恪尝草一文略言之，题曰韩愈与唐代小说，载哈佛大学亚细亚学报第一卷第一期。其要旨以为古文之兴起，乃其时古文家以古文试作小说而能成功之所致，而古文乃最宜于作小说者也。

则陈先生《长恨歌》章所说韩愈散文的成就和小说的关系，还不是详论；详论在他的《韩愈与唐代小说》一文中。不过陈先生的《长恨歌》章，已把韩愈散文的成就，是通过韩愈写作小说的尝试而才获得的理由说明白了，似乎没有在这里再举陈先生《韩愈与唐代小说》一文来参证的必要。《长恨歌》章说韩愈试写小说的理由是：

> 夫当时叙写人生之文，衰弊至极，欲事改进，一应革去不适描写人生之已僵腐化之骈文，二当改用便于创造之非公式化之古文，则其初必须尝试为之。然碑志传记，为叙述真实人事之文，其体尊严，实不合于尝试之条件；而小说则可为驳杂无实之说，

既能以俳谐出之，又可资雅俗共赏，实深合尝试，且兼备宣传之条件，此韩愈之所以为爱好小说之人，致为张籍所讥，观于文昌遗书退之之事……可知也。

陈先生指出当时必须改革的两种文体，一是骈文，一是陈先生所谓公式化的文字。骈文不消说是古文运动斗争的对象，而陈先生所谓公式化的文字，单就陈先生在同章中所举的《芒洛冢墓遗文四编》、三安师墓志及康达墓志的一些名字籍贯上的写法一般化，即陈先生所谓公式化来看，只是当时散文中存在着的一种不大的缺点。纠正散文的任何缺点，可以增加散文和骈文斗争的力量，陈先生指出这种缺点是对的，而把它严重地和骈文当作古文运动斗争的两个对象是不对的。不过这是一个附带说到的问题，这里必须商讨的，主要是韩愈古文的成就和小说的关系问题。

应该承认，唐代的古文，已不同于两汉及先秦的古文，它是一种此两汉及先秦的古文更富于表达力的新散文了。这种新散文，必然在旧散文的基础上发生和发展起来，也必然在旧散文的写作实践上发生和发展起来，而这正是和韩愈领导作用分不开的唐代古文的成就。韩愈确曾明确地提示到“辞必己出”及“文从字顺”[①]等古文的写作方法。这种写作方法的实践过程，也可以说是从旧散文进步到新散文的尝试过程。这种写作方法尝试的成功与否，不是作品本身条件能接受这种方法与否的问题，而是作者对这种方法的认识和努力够不够的问题。现在陈先生以为“古文最宜于作小说”，理由是“叙述真实人事”的“其体尊严”的碑志传记，不合于尝试条件；合于尝试条件的，只能是“驳杂无实”、“可以俳谐出之”的小说。我以为陈先生所谓最宜于作小说的古文，不论指的是旧散文，或是新散文，都是说不通的。若指旧散文而言，则先秦两汉的古文具在，其间自然有不少以俳

① 见《昌黎集》三四《南阳樊绍述墓志铭》。

谐出之者，而更多的无疑是“叙述真实人事”之类的作品。难道像早年专读三代两汉之书[①]的韩愈，还会感到这种旧散文不容易“叙述真实人事”，而必须从“驳杂”、“俳谐”的小说来尝试吗？若指的是新散文，以为新散文的写作方法，在“叙述真实人事”上，还缺乏一定的经验，所以韩愈必须从“驳杂”、“俳谐”的小说例如《毛颖传》[②]之类先来尝试，那么两汉的古文，也不同于先秦的古文，是不是可以说司马迁这部杰出的《史记》，也必须先通过《滑稽传》的尝试呢？而且根据陈先生的理由，所谓“真实”与“驳杂”，“尊严”与“俳谐”云云，显然是作品的体制和内容不同，而不是程度不同，则陈先生以为通过小说尝试的成功，便可以保证碑志传记写作的成功，也是不够逻辑的。事实上，陈先生在韩愈集中所举出的小说，也只有二篇：一是《毛颖传》，一是《石鼎联句诗序》[③]。《毛颖传》虽然为韩愈四十岁以前所作，但这时候的韩愈，已是一个具有高度技巧的古文作者。即就《毛颖传》的技巧来说，柳宗元也对它表示了“若捕龙蛇，搏虎豹，急与之角而力不敢暇”[④]的忠诚的钦服，可见《毛颖传》不是韩愈开始采用古文写作方法的尝试作品，而是一篇尝试成功的杰出的小说了。但只此一篇，一般既“大笑以为怪”[⑤]，连张籍也一再讥其“驳杂无实”，使以卫道自任的韩愈，不能不以“夫子犹有所戏”及“恶害于道哉”的话，来向张籍解释[⑥]，则《毛颖传》以前，很难断言韩愈已有若干像《毛颖传》之类的尝试作品，即有，也应该是极偶然的。至于《石鼎联句诗序》，乃元和七年十二月所作，韩愈已四十五岁，当然更不是尝试的作品了。准此，韩愈在集中的小说，只能是唐代的古文——新散文，比先秦两汉的古文——旧散文已具有更进步的写作

① 《昌黎集》一六《答李翊书》：“始者非三代两汉之书不敢观。”

② 同集三六。

③ 同集二一。

④ 柳集二一《读韩愈所著毛颖传后题》。

⑤ 见前文。

⑥ 见《昌黎集》一四。又《旧唐书·韩愈传》斥为“讥戏不近人情，此文章之甚纰缪者”，也可以代表宋以前人对《毛颖传》的看法。

机能，即可以更活泼地“叙述真实人事”，同时可以更活泼地写作小说的证明；而不是韩愈古文的成就是先通过他的小说的尝试的证明。

那么陈先生为什么必须说“古文之兴起，乃其时古文家试作小说而能成功之所致”呢？这里，我认为陈先生有他的主观看法。

陈先生说“唐代小说，亦起于贞元元和之世，与古文运动实同一时，而其时最佳小说之作者，实亦古文运动之中坚人物”，为了要证明“此二者相互之关系”，他便把“元稹李绅撰莺莺传及歌于贞元时，白居易与陈鸿撰长恨歌及传于元和时”（亦见《长恨歌》章），和韩愈的《石鼎联句诗序》及诗联系起来，认为它们之间有一个共同点：即这些诗歌传序，都是当时的一种小说新体，这种小说新体，都是具备着史才诗笔议论诸体的。因而反对公式化的陈先生，把本来不是公式化的文学作品，都套上了史才诗笔议论三位一体的呆板公式。（详见《长恨歌》章及《中央研究院历史语言研究所集刊》第十本第一分《莺莺传》。）甚至说《莺莺传》所以必须著张生忍情的“一段迂矫议论”，也是为了当时小说新体中史才诗笔议论“不得不备具”的缘故。这样，唐代元稹、白居易和韩愈既都是杰出的古文家，又都是杰出的新体小说的作者，古文与小说的关系，在一身二任的作者身上，便显得异常密切；而所以能有这种密切的关系，不用说那就是陈先生一再提出的“古文最宜于作小说”，而“古文之兴起，乃其时古文家以古文试作小说而能成功之所致”的结论的证明。可是陈先生所以把这些诗歌传序套上呆板公式，其主要根据，仅仅是宋赵彦卫《云麓漫钞》八关于唐代举人温卷的一些记载，即

> 唐之举人，先借当世显人，以姓名达之主司，然后以所业投献。踰数日又投，谓之温卷，如幽怪录传奇等皆是也。盖此等文备众体，可以见史才诗笔议论。

这未免使我感到陈先生十分吃力地为唐代小说家演成新体小说的公式

是多余的事了。

唐代的科举制，考卷还没有糊名的方法，因而逐渐形成了应举者先向公卿或前辈投献所业以广声誉的风气。即杰出的作者也是这样，如韩愈的献文于郑余庆[①]，白居易的献诗于顾况[②]，在唐人的诗文集笔记及史传中，不胜枚举。但投献的主要是诗文，不是小说。自然，投献诗文而外，也有不少依靠所谓“关节”、“还往”而登第者，所以李肇《国史补》有“造请权要，谓之关节，激扬声价，谓之还往”等语。所谓“还往”，就是和高门还往。张固《幽闲鼓吹》载：

> 元稹在鄂州，周复为从事。稹常赋诗命院中属和，复乃簪笏见稹曰：“某偶以大人往还高门（唐诗纪事二七脱“高门”字。），谬获一第，其实诗赋皆不能也。”稹嘉之曰：“质实如是，贤于能诗者矣！”

可见贞元、元和以来的举人，已不专依靠所业获第。此后统治集团愈来愈腐朽，“关节”、“还往”的获第手段愈来愈表现得卑鄙无耻，而“温卷”的风气，也就与之相应地发展起来了。固然依靠温卷获第的手段，和其他卑鄙无耻的获第手段，不能没有程度上的区别，但可以断言，这种发展的温卷的风气，是一种更坏的奔竞的风气，而不是一种好转的风气。我不怀疑赵彦卫的话没有根据，可能当时有过某些人以《幽怪录》传奇作为所业而投献主司者，但投献此类作品的原因，也不过像鲁迅先生所说“来希图一新耳目”[③]，而不是像赵彦卫所说为了“可以见史才诗笔议论”。在发展的温卷的风气中的举人和主司，显然已没有那么重视所业，甚至重视到所业的各方面如史才诗笔议论的必要。很可能，赵彦卫为了在温卷的风气中，举人投献所业，主要

① 见《旧唐书·韩愈传》。
② 见张固《幽闲鼓吹》。
③ 《且介亭杂文》二。

还是诗文，而不是《幽怪录》传奇，所以偶然替此类作品下了一个为什么可以投献的注脚，而陈先生竟把这个注脚，当作贞元、元和以来的小说的固定公式的主要根据，是不够的，而且是穿凿的。固然，唐代小说有它们一定的体制，但不会像陈先生所说是一种史才诗笔议论首尾搭配的综合物。这个呆板的公式，套在少数的作品上，还是觉得勉强；如果把它套在唐代所有《幽怪录》传奇上，即使陈先生十分不惮烦，也是不可能做到的事。

我以为陈先生所以特别重视这个晚出的孤证，似乎还有一个主要的主观看法，即唐代的科举制，虽然不是古文小说的产生者，至少应该是帮助古文小说兴盛的主要条件。除了他把举人投献主司的小说，说成和古文作者所作的小说一样，证明古文和小说的关系外，可能就是为了证明小说的兴盛和科举制的关系。而古文运动的发生和科举制的关系，陈先生则又说“唐代科举之盛，肇于高宗之时，成于玄宗之代，而极于德宗之世。德宗本为崇奖文词之君主，自贞元以后，尤欲以文治粉饰苟安之政局”，所以“此时之健者，有韩柳元白，所谓文起八代之衰之古文运动，即发生于此时，非偶然也”（《长恨歌》章）。这样，陈先生便可以把唐代古文和小说的关系，古文小说的兴盛和科举制的关系统一起来了。然而这是十分显然的错误。古文运动的发生，不但不是统治主个人的“崇奖”愿望，及“粉饰”政策的成果，也不应该是科举制发展的成果，这本来是无待解释的事实。文学为政治服务，它不能离开政治而独立，自然它也不能和当时为中小地主仕进开门的科举制没有关系，但所谓文学为政治服务，并不等于说文学为科举服务；相反地，唐代的科举文字，和其他骈文一样，正是唐代古文运动的斗争的对象，这只要读韩愈答尉迟生、崔立之、陈生等书[①]，及与冯宿、陈商等书[②]，可以看出这些科举文字和韩愈所提倡的古

① 《昌黎集》一五、一六。

② 同集一七、一八。

文之间，有着一条很清楚的界限。混淆了这条界限，古文运动就会失去它的意义。我不知道陈先生为什么必须把这条界限混淆起来呢？至于，在和古文运动发生的同一的经济基础上，在和中小地主同一的要求上，小说乃至其他一切艺术，都是可以或先或后或同时兴盛起来的，自然更不必像陈先生勉强地从形式上拉拢古文小说，作为它们同时兴盛的理由了。

现在再说陈先生提出的韩愈在文体改革上第二点的成就，即诗的成就：

陈师道《后山居士诗话》，说韩愈“以文为诗”，不是诗的“本色”，如果撇开内容，单就体制而言，应该是一种公允的批判。陈先生也承认了这个批判，但接着便下转语说：“然此为退之文学上之成功，亦吾国文学史上有趣之公案也。”这个转语，是陈先生把韩愈的诗和华译佛经的偈颂花了一番比较工夫以后的一种结论。所以陈先生说：

> 天竺偈颂，音缀之多少，声调之高下，皆有一定规律，唯独不必叶韵。六朝初期，四声尚未发明，与罗什共译佛经诸僧徒，虽为当时才学绝伦之人，而改竺为华，以文为诗，实未能成功，唯仿偈颂音缀之有定数，勉强译为当时流行之五言诗，其他不遑顾及。故字数虽有一定，而平仄不调，音韵不叶，生吞活剥，似诗非诗，似文非文，读之作呕，此罗什所以叹恨也。……自东汉至退之以前，此种以文为诗之困难问题，迄未有解决者。退之虽不译经偈，但独运其天才，以文为诗，若持较华译佛偈，则退之之词旨声韵，无不谐当，既有诗之优美，复具文之流畅，散韵同体，诗文合一。不仅空前，恐亦绝后。

在陈先生看来，一样地以文为诗，佛经上的偈颂，“似诗非诗，似文非文，读之作呕”，韩愈的诗，“既有诗之优美，复具文之流畅”，则韩愈的诗，应该是以文为诗的进步形式，也就是偈颂的进步形式，因而也把它作为改进文体的问题来提出，我认为是不够适当的。理由是：第一，陈师道以文为诗的批判，只是以有了相当高度的技巧的韩诗为对象，还不可能包括其他类似韩诗的诗，何况本来没有具备诗的条件的偈颂。第二，韩愈是辟佛的人，他不会为佛经服务而翻译偈颂，自然也不会主张改革偈颂，像他的主张改革骈文一样。第三，韩愈以后的僧徒偈颂，也没有受到韩诗进步形式的影响，而积极改革过去的偈颂形式。这样，在陈师道以文为诗的批判的对象上，在韩愈的主观愿望上，在韩愈以后僧徒偈颂的客观要求上，都不可能把韩诗的形式，当作偈颂的进步形式。韩诗自韩诗，偈颂自偈颂，并韩诗偈颂为一谈，不是欲扬韩诗而反抑之吗？

尤其有问题的，是陈先生对韩愈以文为诗的看法。

我们不能否认，韩愈的诗的技巧，和他的散文的技巧之间，还有着较远的距离。韩愈散文的技巧，几乎像他刻画张旭的草书一样，已到了“变动犹鬼神，不可端倪”[①]的境界。换句话说，他的散文的技巧的熟练，几乎已到了人们只看到它的变动，而不容易看到它的所以变动的规律的高度。韩愈的诗，可就不能这样了。大抵前人对韩愈的诗，虽然有毁有誉，而毁特多于誉。欧阳修是完全肯定它的；但他最所推服的，也只是韩愈的工于用韵。韩愈用宽韵，偏旁出，如《此日足可惜》之类；用窄韵，反不旁出，如《病中赠张十八》之类，所以他以为“譬如善驭良马者，通衢广陌，纵横驰逐，唯意所之；至于水曲蚁封，疾徐中节而不少蹉跌，乃天下之至工也”[②]。诚然，如欧阳修所说，韩愈爱在那些窄韵的圈子里，显示他的工于用韵；可是用窄韵要不旁出，无论你工到怎样，不可能不是若干不经见的僻字晦辞在同一首诗里的堆积，而伴着这些僻字晦辞以俱来的，又只能是与之相应的拗腔硬语，而不可能是琅琅可诵的自然音节。因此大部分的韩愈的

---

① 《昌黎集》二一《送高闲上人序》。

② 见《欧阳修文忠公文集》一二八《诗话》。何孟春以为，所谓旁出，是古韵通用。不过就今韵而言，叫作旁韵。见《余冬诗话上》。

古体诗，都是以这些僻字晦辞，拗腔硬语，作为它们的组织的骨干的。这是韩诗的基本特征。从韩诗的基本特征里，可以看出韩诗和韩文的要求恰恰相反。韩文的要求，是化难为易，是在群众易于表现的形式上，也就是在“通衢广陌”上来表现它的技巧；而韩诗的要求，是化易为难，是在群众难于表现的形式上．也就是在“水曲蚁封”上来表现它的技巧。一个人的两种文学作品，为什么会走上这样相反的道路？我个人臆测：可能由于韩愈不甘心人们摸索到他的两种文学作品的真实水准，得以此长彼短于其间，因而有意玩这么一套以难见工的伎俩，来显示他的齿角俱利，显示他的无施不可的笔力[①]。轩辕弥明在《石鼎联句》中所表现的骄傲，不正是韩愈自己对这种伎俩的骄傲的写照吗？这在地主阶级出身而又那样自负极高的作家韩愈的思想中，是会有这种个人英雄主义的毒素的。然而这种专从难处表现的诗，到底不是诗的“本色”，到底不符合当时新兴地主阶级的所谓诗人的一般要求。即在韩门弟子中，除了孟郊、贾岛甘心在此中找一些苦趣外；其他如学古淡[②]而工乐府[③]的张籍，已不是韩诗的支持者，而李翱、皇甫湜，又都是能文不能诗的，则韩诗的感染力的薄弱可以想见。以上所说，仅仅为陈师道以文为诗的批判，下一个简单的注脚；不过由此可见韩诗的形式，并非像陈先生所说，“既有诗之优美，复具文之流畅”的那种以文为诗的形式，是无疑的了。当然，在韩诗里，不是绝对没有流畅的作品，但少数的流畅的作品，不能代表韩诗的基本特征；而陈先生所说的流畅，既作为改进文体来提出，也当然不是指少数的没有代表性的作品而言，那么为什么陈先生会把几乎是“佶屈聱牙”的韩诗看成流畅呢？把韩诗看成流畅，则白居易、陆游的诗，又应该看成怎样呢？是的，韩愈的诗，和过去佛经上华译的偈颂来比较，是够得上称为流畅的；但韩愈的诗，为什么要和过去以文

① 见《欧阳诗话》。

② 《昌黎集》二《赠张秘书诗》，有“张籍学古淡”句。

③ 白集一《读张籍古乐府诗》：“尤工乐府诗，举代少其伦。”

为诗的偈颂来比较呢？而他的诗，为什么又是解决了过去以文为诗的偈颂的困难问题呢？过去偈颂做不像诗，变成了以文为诗，韩愈做得像诗，而有意做得不像诗，也变成了以文为诗，虽然比偈颂流畅了一些，为什么便会恰恰符合偈颂的要求呢？韩愈的诗，陈先生既作为改进文体来提出，当然有一定的改进对象；如果改进的不是偈颂，则改进的又是什么呢？以上所说，在陈先生文里，都还没有必要的交代，因此，我认为陈先生对韩愈以文为诗的看法是有问题的。而且韩愈的诗，虽然它的表现形式，是它的较差于散文的技巧上的一种掩护；但到底由他自己揭露了他所自负的，是散文不是诗。他对于散文，在唐代作家中没有一个被他推许的人；而对于诗，则不止一次地对李白、杜甫，表示了无比的钦敬，如他的《荐士诗》说“勃兴得李杜，万类困陵暴”[①]，《调张籍》诗说“李杜文章在，光焰万丈长”[②]，其他如《醉留东野望秋石鼓歌》[③]、《城南联句》[④]等诗，也都说到李杜的不可及。由此可见陈先生认为韩愈以文为诗的技巧，“不仅空前，恐亦绝后”的那种过分的推许，也是这个具有个人英雄主义思想的韩愈所不敢接受的。

至于韩愈的诗，在中国文学史上的位置，应该从它对六朝诗颓风的震撼的意义上来决定它。它是李杜诗某些部分的扩大。它对唐代诗体改革的系统来说，是支流不是主流。非本文范围，不再赘论。唯附带声明：像王世贞说韩愈“于诗本无所解，宋人呼为大家，直是势利他语”[⑤]，及王夫之说韩愈的诗“于心情兴会，一无所涉，适可为酒令而已”[⑥]的那些过分的贬损，也必须同样加以否认。

---

① 《昌黎集》二。
② 同集五《调张籍》。
③ 并见同集五。
④ 见同集八。
⑤ 见《全唐诗说》。
⑥ 见《夕堂永日绪论》内编。

柳宗元文学的评价

柳宗元，这一个八世纪末九世纪初（公元七七三—八一九）的杰出的中国文学家，这一个富有现实主义精神的古典文学家，不幸自宋代以来异口同声地对他的评价是：他的文学，无疑地可以方驾韩愈，他的品德，却比韩愈差得远了。唯一的理由，是他不应该依附了被他们一直目为攘夺政权的小人王叔文。这种评价，在今日的我们看来，不但歪曲了柳宗元个人的历史，同时也歪曲了唐代政治上新旧势力斗争的历史；因而它不但使人们对柳宗元的品德隔上了一片浓雾而无从认识，同时使人们对它所谓可以方驾韩愈的柳宗元文学，也只能止于形式上的欣赏，技巧上的欣赏，而不复能认识到它的光辉的内容，这实在是中国文学史上的一个创伤。今日我们学习古典文学的要求，主要是在继承发展古典文学中的人民性和现实意义，柳宗元的文学，虽则有它的阶级的局限性，但大体是符合这种要求的。所以，我们以为必须以新的评价，来代替旧的评价，以全面的正确的评价，来代替片面的歪曲的评价，然后才能使这位杰出的作家的品德和他的作品的统一性，皓然呈露于读者之前，然后才能使读者对这位杰出的作家产生新的认识和新的崇敬。

一　柳宗元所参加的政治集团的进步意义

我们要了解柳宗元的品德和他的作品的统一性，必须了解他的品德和他的政治活动的统一性。他的政治活动，在中唐时代有没有它的进步意义，只要看他所参加的以王叔文为首的政治集团，是不是一个企图在政治上有所改革的新势力集团？我们知道唐代自科举制（始于隋代）为中小地主即新兴地主的仕进开门后，新兴地主和汉魏以来所谓“阀阅”的世族地主，渐惭形成了新的和旧的两个对立的阵营。虽则其间成分是错综的，关系是复杂的，而本质上不能不说是这两种新旧势力的斗争，也就是统治阶级中的进步的和落后的两种势力的斗争。这斗争，不消说，由于天宝以来土地自由兼并代替了均田制而更趋于剧烈。皇帝依靠科举制培养了大批新官僚，原来的目的，也就在削弱世族地主的势力，以减轻他们给予皇帝本身利益的威胁。但由于皇帝对宦官的信赖，远过于对新兴地主的信赖，尤其在宦官紧紧握住了军权的晚唐时代，新兴地主依靠了宦官取得政权，同时也在宦官鼻息下丧失了实际政权，而王叔文进行政治活动的中唐末年，宦官的军权，即由于皇帝的猜忌从勋臣手中移转到他们手中的军权，还没有根深蒂固，宦官的势力，还没有上升到可以左右新旧斗争的程度，所以王叔文以“寒俊”[①]身份取得政权，还是直接由于皇帝——顺宗的信赖。这是新兴地主的政治改革运动在唐代下坡阶段中可以取得胜利的仅有的机会，而王叔文这个集团的产生，是赋予了这个仅有的机会中的重大的政治任务的。当然，在王叔文短短的“十四旬有六日”的“执事”时期[②]中，我们还看不到有什么重大的政治改革的迹象，也更看不到这个集团的政治的改革纲领。可是我们已经看到：他们已把所有诸色逋负一切蠲免了；常贡之外的进奉都罢了；后宫及教坊女妓六百人被放出外了；残暴掊克的李实贬官了；当时称为好宰相好谏官而被德宗谴逐的陆贽、阳城也准备起用了。这一系列政令的发布，不能不说是他们的改革已经开了端。同时我们也已经看到：王叔文首先

① 见《刘梦得外集》九《子刘子自传》。
② 见《唐柳先生集》十三《王侍郎母刘氏志》。

用“名位重而务自全”[①]的旧官僚杜佑领度支盐铁使而以自己副之；进一步用宿将范希明任左右神策京西北诸镇行营兵马使而以韩泰副之。集中原来操在旧官僚和宦官手中的财政权军权于自己手中，这是一切改革的先决条件，王叔文这个集团却在短短的时期中做了。由此可知这个集团是有它的重大的政治改革的企图的，而且是十分积极的。但这种划除旧官僚和宦官势力的根本计划，必然会引起他们的极度恐慌，同时会促成他们的顽强的联合抵抗；而当久病的顺宗退为太上皇的时候，这个站脚未稳的集团，又不幸失去了它的唯一的支持者，于是就被他们内外夹攻，狠狠地打下深渊去了。显然，这个集团的失败的原因，主要是由于没有正确估计当时新旧势力的比重而犯了急躁冒进的错误；然而不可否认，柳宗元所参加的这个集团，从历史发展的观点上来看，是具有它一定的进步意义的。

或者以为这个集团诚然有改革的企图，而它的成员良莠不齐，未必能负得起改革的任务，因而不免于失败。这话对别的改革集团来说，也许是一种理由，但不能适用于这个集团。这个集团，不但不是良莠不齐，我们还可以进一步肯定它是一个中国历史上较突出的人才集团。这不是我们在今日强为翻案的话，王安石曾对这个集团中作为骨干的也就是后来同时贬官的柳宗元、刘禹锡等八司马作过如下的批判：

> 余观八司马，皆天下之奇材也。一为叔文所诱，遂陷于不义，至今士大夫欲为君子者，皆羞道而喜攻之。然此八人者，既困矣，无所用于世，往往能自强以求列于后世，而其名卒不废焉。[②]

① 见韩愈《顺宗实录》二。

② 《临川集》七一《读柳宗元传》。

以八司马为奇材，在王安石以前，似乎还没有第二人道过，这是王安石对这个集团不肯随声附和的公允的批判，也就是这个集团负得起改革的任务的一种证明。但王安石又说："一为叔文所诱，遂陷于不义。"这还是不彻底的看法。（苏轼《续朋党论》："唐柳宗元、刘禹锡使不陷叔文之党，其高才绝学，亦足以为名臣矣。"也和王安石看法一样。）试想王叔文本身不是一个富有组织能力的人才，为什么八司马之流的奇材，会和他结成"死交"、"死友"？[①]反过来说，假使八司马不是富有积极性的人才，也不可能鉴别这个"以碁待诏"的帮闲的"寒俊"于牝牡骊黄之外。这一个结合，不仅是彼此成分上的结合，同时也是在彼此品德才能的互相认识上为了同一的政治改革的目的而结合的。所以尽管挟着成见的《新唐书》作者，对王叔文加上"浅中浮表"、"沾沾小人"这一类轻蔑的名词，也到底找不出他的"不义"的具体罪状。实际上所谓"浅中浮表"、"沾沾小人"等名词，不过是士大夫——不论世族出身或科举出身的士大夫瞧不起暴起用事的"寒俊"的一般口吻。王安石对王叔文的估计不足，也是从这个角度出发的。

然而我们知道，中国历史上的每次改革运动，包括王安石自己的变法在内，总是被大地主及其帮闲帮凶的士大夫们看作小人攘夺政权的一种手段。王叔文的改革集团，自然不能例外。这个集团最早被描摩成为一个无耻的小人集团，是韩愈所编的《顺宗实录》及其所作的《永贞行》。[②]《顺宗实录》到底还有客观事实及他方面的拘忌，不能任情低昂；《永贞行》则纵笔所之，满纸都是颠倒黑白的话了。这里不遑一一为之质证，但从《永贞行》的把宦官拥有的武装，硬说是"天子自将非他师"，把王叔文集团的不次拔擢人才，譬之为"狐鸣枭噪争署置"的句子来看，出身于中小地主阶层的韩愈，显然是站在旧

① 见《顺宗实录》五、《资治通鉴》二三六、《新旧唐书·王叔文传》。

② 《昌黎集》三。

阵营方面来说话的。而韩愈作此诗的动机，还掺入了不少的私人的仇恨成分。韩愈德宗贞元十九年（八〇三）阳山令之贬，据皇甫湜所作《韩文公神道碑》[①]，是为了上疏说关中旱饥的事，这和韩愈《赴江陵途中寄赠三学士诗》[②]所述完全符合（史本传说他为谏宫市而遭贬，是错误的），而诗中有“同官尽才俊，偏善柳与刘，或虑语言泄，传之落怨仇，二子不宜尔，将疑断还否”的话，可见他曾无中生有地怀疑过他的遭贬，是因为柳宗元、刘禹锡泄语于王叔文之故，所以当王叔文失败时，他便作《永贞行》大肆丑诋。韩愈文字往往为感情所左右，编《顺宗实录》，写李实很坏，而他以前《上李尚书书》[③]却极其恭维的能事。丑诋王叔文和恭维李实，不正是韩愈为感情所左右的同样缺乏正确性的文字吗？可是柳宗元的品德及其所参加的政治集团的被人们歧视和唾弃，韩愈的《顺宗实录》，尤其是《永贞行》，竟成为最有力的根据，这是我们在今日应该替他们提出控诉的一件久被压下的公案。

由此得出结论，柳宗元的参加以王叔文为首的政治集团，不是像过去士大夫们所说的为了什么“逐臭市利”[④]、“侥幸一时”[⑤]，而甘心依附小人，或者说是为了小人所诱，而陷于不义，以致丧失平生操守，而是由于他的只有几百亩田[⑥]的中小地主的思想意识的积极的一面，使他清楚地看到了当时政治上旧势力的落后性和新势力的进步性，然后才参加这个在他以为符合他的政治改革愿望的集团的。所以我们认为一切为了他的参加这个集团而给予他的品德上的谯诃和悯惜，都是毫无事实根据的诬蔑，都是对他的具有进步意义的政治活动的历史的歪曲。我们今日只有先搞清柳宗元历史上同时也就是唐代历史上的这一件旧公案，然后可以了解柳宗元的政治活动和他的品德的统一性，

---

① 《皇甫持正集》六。

② 《昌黎集》一。

③ 同集一五。

④ 见《旧唐书》卢杞等传论。

⑤ 见《新唐书》章王陆刘柳程传赞。

⑥ 见柳集三〇《寄许京兆孟容书》。

然后可以进一步了解他的品德和他的作品的统一性。

二 柳宗元的政治斗争性在文学中的体现

搞清柳宗元所参加的政治集团的进步意义，一方面可以使柳宗元的品德，得到应有的崇敬，一方面也就使柳宗元文学的人民性和现实意义，得到更正确的了解。我们知道中国古典文学的不朽的作品中，只有那些害怕真实，不敢反映真实的伪善君子，才找不到他们的片言只语，其余，即使他的行为上“瑜不掩瑕”，而他的少量作品，还是具有一定的人民性和现实意义。我们对待古典文学，对待祖国这份长期积累的宝贵遗产，决不能抱着求全责备的态度，使一部分优秀的作品，为了作家的品德较差而遭到贬损，但作为一个进步的作家来说，他的品德和他的作品是不会不统一的。柳宗元就是这样一个品德和作品统一的杰出的作家。

柳宗元在王叔文集团中号为最积极的分子，这从柳宗元《寄许孟容书》所说“宗元于众党人中罪状最甚”这句话可以反证出来的。柳宗元为什么会这样积极呢？我们诚然可以说：由于他的父亲殿中侍御史柳镇的刚强无畏的精神的感染，由于和他亲善了十年的王叔文（《寄许孟容书》：宗元早岁与负罪者亲善。同卷《与萧翰林俛书》：与罪人交十年）的“奇待”[①]的鼓励，更由于当他自御史里行做了唐代号为清要的礼部员外郎的时候还只有三十三岁的壮年热情的昂扬等等的因素；但主要应该说是由于他的中小地主的另一面积极性的滋长，使他有可能成为向世族地主旧官僚的传统势力传统说教作斗争的一员猛将。虽则柳宗元的政治活动，即他的具有进步性的实际斗争是失败了，而且它的内容也已被一种传统的诬蔑即被当作小人攘夺政权的手

① 见《旧唐书·柳宗元传》。

段的诬蔑所埋没了，可是柳宗元和旧阵营的传统势力传统说教作斗争的理论，在当时乃至在后来，却始终以英勇的姿态，保留在他的哲学著作及部分的文学作品中。而这些斗争理论，正是证明柳宗元实际斗争的进步性的最有力的根据。为了证明柳宗元文学的人民性和现实意义，我们也有必要把这些理论，在这里简单地综述一下：

柳宗元在《永州铁炉步志》[①]一文里说：

> 今世有负其姓而立于天下者，曰："吾门大，他不我敌也。"问其位与德，曰，"久矣其先也。"然而彼犹曰我大，世亦曰某氏大，其冒于号，有以异于兹步者乎？

显然，这是柳宗元给予当时世族地主名不符实的在社会上的传统威信的一种否定。而柳宗元在《非国语》下驳斥晋文公以族的远近分官的远近说：

> 官之命宜以材耶？抑以姓乎？文公行霸而不知变是弊俗，以登天下之士，而举族以命乎远近则陋矣。若将军大夫必出旧族，或无可焉，犹用之耶？必不出乎异族，或有可焉，犹弃之耶？则晋国之政可见矣。

这种命官以材不以姓的主张，和他的著名的《封建论》[②]批判封建制"继世而理"及世大夫世食禄邑，因而产生不肖居上贤者居下的不合理现象，显然同样是柳宗元借古喻今给予当时世族地主旧官僚名不符实的在政治上的传统威信的又一种否定。基于这种传统威信也就是传统势力的否定，所以他作《六逆论》[③]驳斥《左传》远间亲新间旧以

---

① 柳集二八。

② 同集三。

③ 见同卷。

为乱本的看法说：

> 夫所谓远间亲新间旧者，盖言任用者之道也。使亲而旧者愚，远而新者圣且贤，以是而间之，其为理本亦大矣，又可舍之以从斯言乎？

他以为只要是新者远者的品德才能，优越于旧者亲者，则不但可以而且是应该远间亲新间旧的。这就说明了柳宗元所参加的新势力集团向旧势力集团进攻并取而代之的合理性和必要性。以上是柳宗元对传统势力的斗争理论的大概。

所谓传统说教，无非是剥削阶级企图用天道鬼神之类“渺茫荒惑无可准”[①]的话，来说明剥削和被剥削之间存在着先天性和合理性，这正和剥削阶级的传统势力的巩固是分不开的。柳宗元和这种传统说教展开斗争，旗帜异常鲜明。例如替统治者说教的人，首先总是喜欢把天说成有意志有感情的东西，统治者便是它的代表，因而他们把统治者最主要的镇压人民反抗的工具所谓刑赏之柄（广义的刑，包括武装在内）硬说是天的赏罚；柳宗元作《天说》[②]，直指出“天不能赏功而罚祸”，在？《非国语》下《伐宋》篇里，也指出“天诛”的无微，而他的《断刑论》[③]，又把统治者那套“赏以春夏，刑以秋冬”的把戏揭穿了。但更主要的，是董仲舒、司马相如、刘向、扬雄、班氏父子之流，都曾企图找什么“瑞物”当作皇帝受命于天的根据，来证明皇帝及整个统治阶级的统治权即剥削权的先天性和合理性；而柳宗元公然在献给皇帝的歌颂文中，指出皇帝“受命不于天于其人。休符不于祥于其仁”[④]，把皇帝和天区别开来，也就等于把一切传统势力和天区别开来，

---

① 见柳集三一《与韩愈论史官书》。
② 同集一六。
③ 同集三。
④ 见同集一《贞符序》。

天人分了界，一切传统说教也就无所附着了。柳宗元的《非国语》一书，就是基于这种天人分界即宇宙是自己存在的客体的认识上，而企图给予一切巫史卜祝之类的传统说教以集中的打击的。这是一部和王充《论衡》一样富有逻辑性的批判著作，是一部被过去士大夫们当作离经叛道的危险读物，所以作非非国语的人竟有四人之多，虽则他们的书都不幸而不传。[①] 以上是柳宗元对传统说教的斗争理论的大概。

总之，柳宗元是一个在政治上斗争性很强的人。他的文学，就是他的这种斗争性通过现实的反映。离开柳宗元的政治活动和政治思想而企图了解柳宗元文学的精神实质是困难的。过去对柳宗元的政治活动，既给予了不可容忍的歪曲，对他的政治思想，则不认为有危险性，便认为无足重轻而搁在一边，因而对他的文学，也就不可能有正确的了解。本文所以不惮辞费，把柳宗元的政治活动政治思想搞个明白，目的就是为了找出柳宗元文学的人民性和现实意义的根源所在。

柳宗元自顺宗永贞元年（八〇五）贬为邵州刺史，不到半路，又贬为永州司马，直到宪宗元和十年（八一五）才迁为柳州刺史，至十四年（八一九）死在柳州。那时他还只有四十七岁。他的文学作品，大部分写在贬官以后的十四年中。而这十四年中，他依然不断地被他的政敌们当作“下石”的主要对象。所谓“有喙有耳者相邮传作丑语”[②]，所谓“万罪横生，不知其端”[③] 这一类的话，虽则是在他三十七岁时说的，可能以后的十年，情况会有些改变，但可以断言不会改变到被他的政敌们淡然相忘的程度。因此，这十四年充满着愤怒悲哀抑郁的谪居生活，严重地影响了柳宗元的健康[④]，甚至促短了他的生命。然而使柳宗元由一个失败的政治家，变为一个成功的文学家，它却有着极大的帮助。没有一件具有高度技巧的作品不从自己高度的

---

① 见朱彝尊《经义考》二〇九。

② 见柳集三〇《与裴埙书》。

③ 见《与萧翰林俛书》。

④ 见柳集三〇《与杨京兆凭书》。

锻炼中得来；也没有一件成功的作品的内容不从自己长期的实际生活的体会中得来。假使柳宗元的文学，不通过他的十四年的忧患生活，他在技巧上既不可能付出足够的劳动量，而他对于剥削阶级的政治罪恶及其腐朽本质，也不可能得到进一步的体会，都是可以想见的事。

诚然，我们应该承认柳宗元出身于中小地主阶层，他的品德和作品，不可能完全离开他自己阶级的范畴。他在品德上，由于禁不起政敌们的“下石”的长期威胁，及禁不起谪居生活的长期磨折，曾不止一次地向当路作过“量移”的要求；他在作品上，也基于同样原因，尽可能使自己的愤怒悲哀抑郁披上了闲适的外衣，而他的暴露现实，尤其是政敌们的罪恶现实，则尽可能采取寓言形式，以避免增加政敌们的仇恨，或者增加他们的“下石”资料。这些软弱的表示，都不能不说是柳宗元受了地主阶级思想意识的影响，当然也包括封建社会的历史条件的局限性在内；可是我们依然可以肯定柳宗元在政治上是一个斗争性很强的人。他的软弱有一定的限度。他会和比较接近的旧官僚周旋甚至向他乞援，但不会和政敌们无条件地妥协。他的文学，始终是他的这种斗争性的反映。尽管形式受了一定的限制，而它的精神实质，并不因此而有所丧失。这固然由于柳宗元的文学技巧，已到了可以游刃于任何形式中而感到恢恢乎有余地的熟练，也充分表现了柳宗元斗争性的强度，几乎贯彻到他的文学作品的全部。请申论之如下：

我们知道柳宗元的全部创作中，只有他的记山水和学陶诗等作品，表示他对闲适的追求。换句话说，就是表示他对政治的淡漠。这似乎是他的全部创作中的一种相反的类型，但实际并不如此。说得深入些，反而是一种更痛苦的真实的反映。除了柳宗元的学陶诗这里姑从略外，柳宗元的以散文描写山水形象，确实具有“纵心独往，一无所依藉”[①] 的创造性的高度技巧。他以多样的深入的生动的笔法，渲

① 见《方望溪集》五《书柳文后》。

染出大自然的真实的美好，确实比那些卓越的山水画家，有过之无不及。假使我们认为王维“诗中有画”的品语是恰当的，那么我们说柳宗元“文中有画”，应该是更恰当的品语了。但从本质上来看，这不过是柳宗元选择了一种为他的政敌们侦察视线所不及的对象——山水，作为他集中的创作劳动的对象，来强制转移他的愤怒悲哀抑郁的情绪而已。而且这种情绪，也不可能完全隐蔽，除他的《愚溪对》[①]外，也常常可以碰到把水山的遭遇当作自己的遭遇这一类的话。柳宗元长期的在“还顾泥涂备蝼蚁，仰看栋梁防燕雀”[②]，“草中狸鼠足为患，一夕十顾惊且伤”[③]的高度警惕下，他的脑筋里不会有闲适的成分是必然的。所以愈装闲适，也就愈觉痛苦。柳宗元《对贺者》[④]一文里曾说“嘻笑之怒，甚乎裂眥，长歌之哀，过乎恸哭，庸讵知吾之浩浩，非戚戚之尤者乎！”这种被长期的内外矛盾的痛苦压榨出来的话，可以说柳宗元替自己所有一切闲适的文字，下了一个最真实的注脚。

现在进一步来看柳宗元的暴露现实的作品是怎样？我们已说过他的暴露现实，是尽可能采取寓言形式的。假使我们可以说柳宗元的闲适文字，反而是柳宗元一种更痛苦的真实的反映，那么我们也可以说柳宗元的寓言形式，反而是柳宗元一种更尖锐的反映形式。请先举柳宗元的《憎王孙文》[⑤]证之。这文，照我们的看法，显然是把他的政敌们即残酷地剥削人民的旧官僚集团比作王孙群，而把自己的能相对地照顾到人民利益的政治集团比作猿群。他在序中说猿和王孙，是“居异山，德异性，不能相容”的两种动物。猿“不践稼蔬，木实未熟，相与视之谨，既熟，啸呼群萃然后食，衎衎焉。山之小草木，必环而行，遂其植。故猿之居，山恒郁然”。这不是明明在说他自己的政治

---

① 柳集一四。

② 同集四三《跂乌词》。

③ 同卷《笼鹰词》。

④ 柳集一四。

⑤ 同集一八。

集团，能相对地照顾到人民利益吗？相反，王孙“好践稼蔬，所过狼藉。披攘木实，未熟，辄龁龄投注。……山之小草木，必凌挫折挽使之瘁，然后已。故王孙之居，山恒蒿然”，这不是明明在暴露他的政敌们即旧官僚集团的剥削人民的残酷的罪行吗？这两个政治集团，由于落后和进步的敌对性的存在，必然互相排斥，新势力大，则旧集团走下了统治地位，旧势力大，则新集团仍会遭到失败，这是新旧势力的斗争过程中所不可避免的曲折现象，所以他接着说，“猿群众则逐王孙，王孙群众则龇猿”。虽则“猿弃去终不与抗”的话，是柳宗元及其集团失败后受了阶级意识影响的软弱的表示；但他到底对他的政敌们加在人民身上的罪行，表示了无比的憎恨，且进而对纵容他们的昏暗的统治主加以诘责，所以文中再三地说“王孙兮甚可憎！”再三地说“山之灵兮胡不贼！”“山之灵兮胡独不闻！”“山之灵兮胡逸而居！”我们再以柳宗元的《宥蝮蛇文》[①] 证之。这文也显然是对他的政敌们说的。他比喻他的政敌们为蝮蛇，以为他们的肆毒逞凶，也和王孙一样，是他们的秉性使然，所以他说：“凡汝之为恶，非乐乎此，缘形役性，不可自止。草摇风动，百毒齐起，首拳脊努，呥舌摇尾，不逞其凶，若病乎已。世皆寒心，我独悲尔！”对王孙则憎恨，对蝮蛇则宽宥，憎恨是他们的行，宽宥是他们的性。但他最后仍给予他们一个严重的警告：“呜呼悲乎！汝必死乎！毒而不知，反讼乎内，今虽宽焉，后则谁赉！”我们知道柳宗元这两文中的所谓性，实际是我们今日的所谓阶级意识，当然柳宗元还没有这种自觉的可能，所以当他的斗争性遭到挫折的时候，他会不自觉地产生了一定限度的软弱性。不过这种软弱性，并没有淹没了他的斗争性，它只是使他的文学形式，改变得比较隐蔽些，这两文便是其例。我们可以设想，假使柳宗元不采取这种比较隐蔽的文学形式，他在他的政敌们的围绕的侦察

① 见柳集一八。

下，是不可能这样无保留地抨击他们的罪行的。他的《骂尸虫文》[①]，正是他的政敌们“伺人隐微辄籍记”的侦察行动的写照，也是他所以不能不提高警惕而采取这种文学形式的说明。同时，这文本身也正由于他采取了和上述两文同样的形式，他才能把他的政敌们的罪行狠狠地骂一顿。但这并不等于说，在柳宗元的作品中，关于揭发剥削阶级的腐朽本质的寓言形式是固定的，是死板的。除上述三文的形式外，他也曾用最一般的寓言形式，如《蝜蝂传》[②]借一个善负的小虫，刻画剥削阶级的一般的贪污形象；他也曾用半寓言的形式，如《乞巧文》[③]把当时官僚们的卑鄙无耻的巧，和他自己的拙，做了一个多方面的生动的对比，而这种对比，却不是从寓言本身的刻画中衬托出来的。而且，柳宗元的采取寓言形式，虽则考虑到自己的安全问题，但同时仍在考虑这种比较隐蔽的文学形式是否能更尖锐地暴露现实，如果他觉得暴露某些现实，不必用这种形式，或者用了不能更尖锐甚至不够尖锐的时候，他就以公开揭发的姿态出现了。例如柳宗元的《捕蛇者说》[④]，借一个姓蒋的以捕毒蛇当田租的人，来控诉天宝以来六十年中农民在愈来愈甚的横征暴敛下所过的痛苦生活说：

> 自吾氏三世居是乡，积于今六十岁矣。而乡邻之生日蹙，殚其地之出，竭其庐之入，号呼而转徙，饥渴而顿踣，触风雨，犯寒暑，呼嘘毒疠，往往而死者相藉也。曩与吾祖居者，今其室十无一焉；与吾父居者，今其室十无二三焉；与吾居十二年者，今其室十无四五焉。非死而徙尔，而吾以捕蛇独存。

为了逃避租税，十二年中，户口竟为之减少一半，则剥削的程度可以

---

① 见柳集一八。
② 同集一七。
③ 同集一八。
④ 同集一六。

概见。捕蛇的人接着说：

> 悍吏之来吾乡，叫嚣乎东西，隳突乎南北，哗然而骇者，最鸡狗不得宁焉。

这和柳宗元的《田家诗》所说：

> 里胥夜经过，鸡黍事筵席。各言官长峻，文字多督责。东乡后租期，车毂陷泥泽，公门少推恕，鞭扑恣狼藉。

又同样证明了剥削阶级所以能达到残酷的剥削目的，就是一贯依靠这种残酷的压迫手段的。这种公开揭发的形式，用在描写英雄人物的时候，更可以生动地结合起来。例如柳宗元的《段太尉逸事状》，除了它把一个沉着机智勇敢仁慈的段秀实的英雄人物的性格，渲染得十分鲜明，可以看出柳宗元的描写人物形象，不亚于描写山水形象的高度技巧外，这文主要的一面，还是在它公开揭发了安史变乱以后那些拥兵自重的悍将们毫无忌惮地掠夺人民土地虐害人民生命这一残酷的现实。它所叙述的两件事：一、在邠州的领行营节度使尚书郭晞，纵容他的军队“日群行丐取于市，不嗛，辄奋击折人手足。椎釜鬲瓮盎盈道上，袒臂徐去。至撞杀孕妇人”。而当段秀实任都虞侯时，“晞军士十七人入市取酒，又以刃刺酒翁，坏酿器，酒流沟中”。被段秀实“列卒取十七人，皆断头注槊上，植市门外，晞一营大噪尽甲”。二、泾州大将焦令谌“取人田自占数十顷，与农曰：‘且熟，归我半。’是岁大旱，野无草，农以告谌。谌曰：‘我知入数而已，不知旱也。督责益急’”。而当营田官段秀实替这个“且饥死，无以偿”的农民要求宽免时，他甚至愤怒到拿段秀实的很谦逊的判辞，铺在这个农民的背上，狠狠地“以大杖击二十垂死”。这里所指出的，就是当时剥削阶级的罪恶的现实。关于段秀实本身和这些罪恶势力作斗争的叙述，这里不再举引。我们以为唯有通过这种残酷的现实的暴露，才能正确地塑造段秀实的热爱人民及其和剥削阶级罪恶势力作斗争的英雄人物的形象。也唯有通过柳宗元自己的斗争性，通过他自己对这些剥削阶级的罪恶的憎恨和他自己对人民生活痛苦的同情，他的高度的艺术性，才有可能深化并丰富这个主题的思想性。由此我们可以肯定：柳宗元文学上所反映的人民性和现实意义，不论在何种形式下，隐蔽的或非隐蔽的，都有他的始终不渝的政治斗争性不断地做它们的动力。所以我们也可以说，柳宗元这种斗争性，是柳宗元文学的生命。

过去的有些士大夫们，看到柳宗元那些仿骚的作品如《惩咎赋》等[①]，以为柳宗元已从他的忧患生活中，认识了过去在政治上所犯的错误，因而对他表示了“成人之美”的“君子”的宽大[②]，我们以为这对柳宗元的斗争性来说，依然是一种很大的诬蔑。柳宗元始终没有承认过他在政治方向上曾犯了什么错误。《惩咎赋》说：

> 曩余志之修蹇兮，今何为此戾也？夫岂贪食而盗名兮，不混同于世也。将显身以直遂兮，众之所宜蔽也；不择言以危肆兮，固群祸之际也。

“不混同于世”，正是柳宗元和政敌们斗争时坚持政治方向的表现，因而当他的斗争将失败而未失败时，他“犹断断于所执”，及其已失败，而政敌们还向他进攻时，他只准备一个“蹈前烈而不颇”。这样，我们可以说柳宗元的《惩咎赋》，就是他承认过去在政治上所犯的错误的根据吗？柳宗元的《瓶赋》[③]说：“何必巧曲，徼觊一时？”《乞巧文》说：“抱拙终身，以死谁惕！”都证明了柳宗元是不肯变节不肯妥协的人。而更难能可贵的，是柳宗元的全部作品中，没有说过已被

---

① 柳集二。

② 参阅晁补之《鸡肋集》三六《续楚辞序》。

③ 柳集二。

诛死的王叔文一句坏话。相反地，他在《乞巧文》中，曾表示“贬名绝命，不负所知”的态度；在《梁丘据赞》[①]中，则把宦官李忠言比作梁丘据，把王叔文比作晏子，说“晏子躬相，梁丘不毁，逊其为政，政实允理”。因而对王叔文的死，表示他的不胜遗恨说，“梁丘可思，又况晏氏，激赞梁丘，心焉孔瘁！”我们从他的不因生死祸福而改变的对王叔文的尊信之笃，更可以进一步证明他的不肯变节，不肯妥协，是由于他对他所参加的政治改革集团的进步意义有了深刻的认识。这样，我们还可以说柳宗元已从忧患生活中认识了过去在政治上所犯的错误的那种恰恰相反的话吗？因此，我们必须“璧回”那些士大夫们给予柳宗元的“成人之美”的“君子”的宽大，我们才可以清楚地看出柳宗元的政治斗争性，体现在他的全部文学作品中的真实意义。

三 柳宗元文学在唐代古文运动中所起的领导作用

随着世族地主大地主阶层的发展而发展的专致力于声病对偶的形式美的骈体文学，经过唐代以韩愈、柳宗元为首，宋代以欧阳修为首的两次古文运动即散文运动的打击后，终于开始走上衰亡的道路。我们知道古文运动的胜利，不只是少数领导者主观努力的成就，而是新兴地主，同在文学上同时在政治上长期斗争的结果。但这不等于说参加文学斗争的人，同时就是参加政治斗争的人。这两种斗争的结合，是历史的结合。领导和参加斗争的人，自己都还不可能认识到这两种斗争的统一性，因而这两种斗争的进行，在他们的主观上，还是各不相谋的。韩愈和柳宗元，同为新兴地主，同为古文运动的领导者，而柳宗元的政治斗争，终不为韩愈所了解，这就是一个主要理由。柳宗

---

① 柳集一九。

元参加王叔文的政治集团，在韩愈看来，是十足的柳宗元品德堕落的表现，他的被斥，是他这种品德堕落的必然结果。所以柳宗元死后，韩愈为他撰墓志，虽则十分含蓄地说："子厚前时少年勇于为人，不自贵重，顾藉谓功业可立就，故坐废退。"又说"使子厚在台省时，自持其身，已能如司马刺史时，亦自不斥"云云，但很显然，这不过是韩愈以惋惜代替谯诃罢了。反过来说，柳宗元在政治上有他的斗争性，而从整个的文学斗争来看，柳宗元所发挥的领导作用，没有像韩愈那么巨大，也是不可否认的事实。主要的原因是：

一、在指示文学改革的方向上，韩愈较柳宗元为明确。骈文到了唐代，虽则本质上已不符合新兴地主的要求；但在唐代初年，他们的绝大多数，固然笼罩在"《文选》烂，秀才半"的烟瘴里，即到中唐末年，这种应试文字，连韩愈自己作的，自己看了，也以为"乃类于俳优者之辞，颜忸怩而心不宁者数月！"[①] 而韩愈自己作的非应试的"俗下文字"，同样地他自己以为"下笔令人惭，及示人，小惭者亦蒙谓之小好，大惭者即必以为大好矣！"[②] 换句话说，它和应试文字，不过是五十步百步的区别。可见当时除了一部分新兴作家对骈文表示厌薄，而少数骈文高手如陆贽等的作品，也能从实际要求出发，有了散文化的迹象外；由于骈文和利禄的强固结合，多数进士出身的所谓文人，还是不自觉地在搞那"陈陈相因"的浮泛堆砌的"选体"的老一套。所以韩愈领导的这个萌芽于六朝的古文运动，从实际斗争的形势来说，还是处在一个相当艰苦的阶段。明确地指示改革的方向，对推进这个相当艰苦的运动是必要的。我们知道韩愈借以号召文学改革的所谓古文，它的作用，只是从历史的久暂上，说明散文比骈文为先进的文体而已。他的文学改革的真正的方向，不是叫人们去学习东汉以前的散文，而是叫人们在学习旧散文的基础上，进一步建立一种更富于表达力的新散文。他主张写作必须创造辞汇，所以说"惟古于辞必

① 见《昌黎集》一六《答崔立之书》。

② 见同集一七《与冯宿论文书》。

已出”[①]，又说“唯陈言之务去”[②]。同时主张写作必须讲究语法，所以说“文从字顺各识职”[③]。这是韩愈建立新散文的两大骨干，也是韩愈在当时历史条件下提高文学机能的最有效的两大指示。通过这些指示，无疑地会使新兴作家们有信心为了推翻递嬗八代而仍有“余勇可贾”的旧文学而斗争，有信心为了建立辞汇更充实，语法更自然的新文学而努力。我们认为韩愈文学改革主张的进步一面，就在于此。（以上参阅第一篇第二节）现在来看柳宗元对当时文学的改革，有没有像韩愈那样明确的方向？我们知道柳宗元的《答韦中立书》[④]，在过去是和韩愈《答李翊书》、《答尉迟生书》[⑤]，同样看作提供自己写作经验的极宝贵的报告的。这篇报告的大意：首先说在写作的时候，必须理会写作的严肃性，端正自己的态度，不夹杂着一点“轻心”、“怠心”、“昏气”、“矜气”。次说写作必须做到又“奥”又“明”又“通”又“节”又“清”又“重”六个字。这六个字是对立的，是应该互相补偏救弊的。然后归结到写作的精神实质，应该本之《书》、《诗》、《礼》、《春秋》、《易》等古圣贤的经传著作，再参之《谷梁》、《孟》、《荀》、《庄》、《老》、《国语》、《离骚》、《史记》诸书，以吸收融会它们不同的优点。这就是柳宗元散文应该怎样写作的具体的指示。这种指示，确实是柳宗元自己从吸收融会旧散文的精华而超跻到旧散文所未到的境界的实际经验，但不容易使人们由此便跳出旧散文的范畴。它和韩愈所指示的文学改革的方向，即建立一种比旧散文更富于表达力的新散文的方向，还是有相当的距离的。我们看到李翱曾以“笑哂之状”为例，申述韩愈所说的务去陈言的必要性[⑥]；而皇甫湜称韩愈的“章妥

---

① 见同集三四《南阳樊绍述墓志铭》。而在集一八《答刘正夫书》中，也说为文宜师古圣贤人，但只是师其意不师其辞。

② 见同集一六《答李翊书》。王安石不从文学改革的意义上来了解务去陈言的积极性，所以《临川集》三四有《韩子诗说》，力去陈言夸末俗，可怜无补费精神。

③ 见樊铭。

④ 柳集三四。

⑤ 《昌黎集》一五。

⑥ 见《李文公集》六《答朱载言书》。《唐文粹》八五《朱作王》。

句适"[1]，又是讲究语法的必要性的说明。韩门弟子，转相传授，都朝着这个文学改革的方向而前进，而柳宗元在文学的改革运动中，却不容易找出他的传授源流，这就是由于他的指示文学改革的方向没有韩愈那样明确的缘故。

二、在达成文学改革的愿望上，韩愈较柳宗元为坚决。为了便于领导及推进这个相当艰苦的古文运动，除方向的明确外，师弟子关系的建立也是必要的。有了师弟子不断地转相传授，运动才能不断地产生力量，扩大力量。但这种自魏晋以来早就漠视的师弟子关系，恰恰要在这种阻力横生的文学改革的领导关系上重新建立起来，是一件十分困难的事。我们应该肯定：韩愈无视一切地把文学改革的责任担负起来，同时无视一切地把有利于文学改革的师弟子关系建立起来，假使没有高度的热情，谁也不愿去尝试这种困难的，虽则他的热情成分中，还占有应该被批判的道统观念。柳宗元答韦中立的书中，曾述及韩愈因称师而遭遇困难的事实说：

> 今之世不闻有师，有辄哗笑之以为狂人。独韩愈奋不顾流俗，犯笑侮，收召后学，作《师说》，因抗颜而为师。世果群怪聚骂，指目牵引，而增为言辞，愈以是得狂名。居长安，炊不暇熟，又挈挈而东，如是者数矣。

这里指出韩愈因称师而得狂名，甚至不安于其位，显然不是人们对师弟子关系的一种简单的"吠怪"行动，而是人们嫉视韩愈把这种关系运用在文学上的一种卑鄙的打击行为。然而韩愈对师弟子关系的建立，却依然用他的高度的热情来贯彻它，甚至屡去其位而不悔，这证明韩愈在达成文学改革的愿望上是十分坚决的。现在来看柳宗元对达成这种愿望，有没有韩愈那样的坚决？根据柳宗元《答韦中立书》，

---

① 见《皇甫持正集》六《韩文公墓铭》。

一方面虽则指出韩愈因称师而遭遇到的实际困难情况，一方面又很详尽地提供了自己的写作经验，足见柳宗元对韩愈的领导古文运动，不是没有“桴鼓之应”的愿望。不但柳宗元自己有这个愿望，韩愈也有把这个领导责任，分寄在柳宗元身上的愿望，这从柳宗元《答韦珩示韩愈相推以文墨事一书》[①]可以证明；不但韩愈有这个愿望，即来学的作家们，也有把这个领导责任，由柳宗元和韩愈一同来担负的愿望，这从柳宗元《答严厚舆论师道书》[②]中所说“人之所见有同异，吾子无以韩责我”的话可以证明。可是柳宗元对师弟子的关系，始终没有像韩愈那样公开地建立起来。当他政治活动未失败以前，已避师弟子名而不居，他在《报袁君陈秀才书》[③]中，解释他避师弟子名的原因，说“其所不乐为者，非以师为非，弟子为罪也。有两事，故不能：自视以为不足，一也；世久无师弟子，决为之，且见非，且见罪，惧而不为，二也”。这两个原因，主要在后者的惧而不为。那么，可以理解，到了政治活动失败以后，还被政敌们当作“下石”的主要对象的他，自然更不敢“衒怪于群目，以召闹取怒”[④]了。固然，这并不等于说他没有做实际的文学改革的领导工作。他在《报袁君陈秀才书》中说：

> 往在京师，后学之士，到仆门日或数十人，仆不敢虚其来意，有长必出之，有不至，必惎（惎作教字解）之。

在《答贡士廖有方论文书》[⑤]中也说：

> 吾在京都时，好以文宠后辈。由吾知名者，亦为不少焉。

---

① 柳集三四。
② 见柳集三四。
③ 见同卷。
④ 见《答韦中立书》。
⑤ 同集三四。

而韩愈《柳子厚墓志》，又说到：

> 衡湘以南，为进士者，皆以子厚为师。其经承子厚口讲指画为文词者，悉有法度可观。

可见在谪居以前乃至谪居以后长期的忧患生活中，他对这种领导工作，都表现了一定的热情。但我们以为他在京师时，既有了不少的后学之士到门请益；他只是为了见非见罪，不敢公开建立师弟子关系，则韩愈所谓“衡湘以南，为进士者，皆以子厚为师”的话，也不是正式的师弟子关系可知。柳宗元的始终不敢公开建立师弟子关系，就是由于他的达成文学改革的愿望，没有韩愈那样坚决的缘故。

以上是柳宗元在唐代古文运动中所起的领导作用为什么会比韩愈为差的主要原因。但这仅仅是指韩柳两人在领导作用上的比重而言，实际上，这个古文运动，有了韩愈，不能没有柳宗元。理由是：根据韩愈的三传弟子孙樵的话，他自己“尝得为文真诀于来无择，来无择得之皇甫持正，皇甫持正得之韩吏部退之”[①]。而苏轼则以为“学韩而不至者为皇甫湜，学皇甫湜而不至者为孙樵。自樵以降，无足观矣”[②]。确实，唐代自孙樵以降，再没有一个像样的散文作家，足当韩门嫡派之称；但即使是韩愈的“亲炙”弟子皇甫湜，他的文集中，也不容易找到一二首可以和柳宗元颉颃的杰出的作品。可见只有柳宗元，才是一个和韩愈同样具有高度技巧的散文家，韩门弟子，没有一个人能及得他。这从散文本身的成就上，说明唐代的古文运动，除了韩愈外，柳宗元应该是主要的领导者。其次，这个运动的斗争对象既是骈文，那么只要是优秀的散文作者，只要他能在群众中树立起散文的威信，就不能不承认他是一种可以加强这个运动的力量。所以不论

① 见《孙樵集》二《与王霖书及与友生论文书》。

② 见《上欧阳内翰书》。

培养何种形式的散文作者，应该同样是斗争的手段。柳宗元虽则没有明确地指示从旧散文发展到新散文的方向，也没有公开建立师弟子关系，而向他请益的人，不管他得意失意，总是那么源源而来，可见他的散文，由于他的培养作者之多，已在群众中树立起广泛的威信。这从散文作者的培养上，说明唐代的古文运动，除了韩愈外，柳宗元也应该是主要的领导者。由此我们可以肯定：唐代古文运动的走向胜利，固然依靠新兴地主共同在文学上同时在政治上的长期斗争；而就领导者所发挥的作用来说，柳宗元和韩愈之间，虽则有他们一定的区别，基本上是可以说双轮两翼，不可偏废的了。

然而唐代的古文运动，由于领导者韩愈同时又是儒学复兴运动的领导者，他在本质上，不可能认识到这两种运动同是符合新兴地主要求的运动，而在形势上，他却看出了这两种运动同是有着它们的前途的。于是不期而然地产生了一种不正确的领导思想。他主张把文和道结合起来，使文为道的手段，道为文的目的。这样，他可以一身二任这两种运动的领导者了。这种显然从道统观念出发的把文学隶属于儒学的主张，可能对推进儒学运动有一些暂时性的帮助，而对文学运动的发展，却是一种很大的阻力。我们以为韩愈毕竟只是一个杰出的文学家。他对儒学，对佛老，乃至对杨墨诸家之说的研究和批判，都是不够或不够深入的。所以苏轼一方面为了欧阳修以韩愈的继承者自居，不能不恭惟韩愈是一个“文起八代之衰，道济天下之溺”[①]的人；一方面又说“韩愈之于圣人之道，盖亦知好其名矣，而未能乐其实。……其待孔子孟轲甚尊，其距杨墨佛老甚严，然其论……支离荡析，往往自叛其说而不知”[②]。表示他“污不至阿其所好”的意见。到了朱熹，直揭出其“裂文与道为两物”，批判更为尖锐。（详第一篇第二节）这在今日的我们看来，都不失为一种公论。那么另一个主要的古文运动的领导者柳宗元对当时的儒学运动的态度怎样呢？

---

① 见《韩文公庙碑》。

② 《韩愈论》。

我们知道柳宗元文学的人民性和现实意义，是韩愈所不能及的。他也不像韩愈那样有一个道统观念在脑筋里作祟。韩愈以自己的辟佛老，比作孟子的距杨墨，因而俨然以孟子的继承者自居；柳宗元则以为浮屠“往往与易论语合”[①]，说韩愈“所罪者迹也”、“忿其外而遗其中，是知石而不知韫玉也”。[②]他又以为“老子亦孔氏之异流也，不得以相抗”[③]。可见他是一个主张整合佛老于儒学的人，他的对待学术的客观态度，也是韩愈所不能及的。可是当他指示到写作的精神实质时，他以为应该本之古圣贤的经传著作，而这，他以为是“取道之原”[④]。道之原在儒家的经传，写作可以旁推交通，而“其归在不出孔子”[⑤]。则柳宗元和韩愈一样，也以文为道的手段，而把文学隶属于儒学了。根据柳宗元《答严厚舆论师道书》“今世固不少章句师，仆幸非其人，吾子欲之，其有乐而望吾子者矣”的那些话，柳宗元对南北朝以来繁琐而无发明的义疏之学是十分鄙视的。如果柳宗元能真正在儒学上用一番工夫，则以他的对待佛老，对待古书（柳宗元有辩《列子》、《文子》、《鬼谷子》、《亢仓子》、《鹖冠子》、《晏子》、《春秋》等文，并见柳集四）的客观态度，我们以为有可能使当时的旧儒学，渗入诸家学说的健康的血液，而建立一新儒学，或者为新儒学奠下基础。这样，当时的儒学复兴运动，就不致成为一个没有自己内容的吹擂运动。可是由于柳宗元的政治斗争性，及其得意失意的政治生活，使他容易和文学结合，不容易和儒学结合，因而他没有这样做，也不可能这样做。只是他和韩愈一样，看出了当时儒学应该复兴的新形势，同时也不免受了韩愈一身二任的不正确的领导思想的影响，于是他也跟着韩愈提出写作必须“取道之原”于古圣贤经

---

① 见柳集二五《送僧浩初序》。

② 见同上。

③ 见柳集二五《送元十八山人南游序》。

④ 见《答韦中立书》。

⑤ 见《报袁君陈秀才书》。

传的主张了。柳宗元这种主张，是被动的，不是主动的；是表面的，不是本质的。所以方苞便得“以夫子之道反害夫子”说：

> 子厚自述为文，皆取原于六经，甚哉其自知之不能审也！彼言涉于道，多肤末支离，而无所归宿。且承用诸经字义尚有未当者。盖其根源杂出周秦汉魏六朝诸文家，而于诸经，特用为采色声音之助尔。[①]

方苞的话未必都说得对，而柳宗元用在儒学上的工夫，远不及用在文学上的工夫，这些话不能不说是很好的证明。但我们应该知道：韩柳之所以能成为杰出的文学家，正因为他们的文以载道或者文以明道的话，仅仅是一种便于领导儒学运动的门面话；实际上，他们所有卓越的作品，尤其是柳宗元富有人民性和现实意义的作品，都和儒家所说的道是没有什么干涉的。苏轼、朱熹和方苞给予他们的批判，虽则搔着他们的痒处，而就他们的作品来说，却正是它们所以能获得纯粹的文学价值的一种解释。同时，我们也不可否认：唐代和宋代的两次古文运动，毕竟由于领导者说了这些门面话，使参加古文运动的人们，或多或少地都受了它们的影响，削弱了运动本身的力量；甚至使它们完成了和骈文斗争的任务以后，再不能往前推进一步。原来文学和儒学，它们都应该有它们的历史前途。通过相当时期的经验，优秀的古文作者，必然会感到古文的区域太狭隘，使他们的所谓文和道都受到无谓的限制；他们必然会在他们不同的足够的条件下，从古文的区域中解放出来。让自己的文学或儒学，向自己可以发展的道路走去。于是所谓古文者，便只剩了一个没有血肉的空躯壳。等到茅坤之流，看惯了这种空躯壳的古文，以为韩柳古文的面目本来如此，因而大批点其所谓八大家文抄，公然“欲据一虚起实承，反起正倒，前钩后锁之

① 《书柳文后》。

死法，填腔换字，自诧宗工”[①]，而古文又成为变相的应试文了。唐代的古文运动，在中国文学史上，有它的光辉的业绩，是可以肯定的；但不幸一开始，便挟着严重的病根以俱来。自然，首先任其咎者，不能不是号称文宗兼儒宗的韩愈，而柳宗元的当在“责备”之列，也应该不是我们的苛论吧。

按本文发表后，日本京都大学清水茂氏，曾就本文山水记部分，作了较详尽的阐明和补充，写成《柳宗元的生活体验与他的山水记》一文，刊于日本《中国文学报》第二册，读者可参阅。

云眉附识

① 见王夫之《夕堂永日绪论》。

附　录

一　韩愈、柳宗元传状

1. 新唐书·韩愈传

韩愈字退之，邓州南阳人。

七世祖茂，有功于后魏，封安定王。父仲卿，为武昌令，有美政，既去，县人刻石颂德。终秘书郎。

愈生三岁而孤，随伯兄会贬官岭表。会卒，嫂郑鞠之。

愈自知读书，日记数千百言，比长，尽能通六经百家学。擢进士第。会董晋为宣武节度使，表署观察推官。晋卒，愈从丧出，不四日，汴军乱，乃去依武宁节度使张建封，建封辟府推官。操行坚正，鲠言无所忌。调四门博士。迁监察御史。上疏极论宫市，德宗怒，贬阳山令。有爱在民，民生子，多以其姓字之。改江陵法曹参军。元和初，权知国子博士。分司东都，三岁为真。改都官员外郎。即拜河南令。迁职方员外郎。

华阴令柳涧有罪，前刺史劾奏之，未报而刺史罢，涧讽百姓遮索军顿役直，后刺史恶之，按其狱，贬涧房州司马。愈过华，以为刺史阴相党，上疏治之。既御史复问，得涧赃，再贬封溪尉，愈坐是复为博士。既才高数黜，官又下迁，乃作进学解以自谕（见下文选），执政览之，奇其才，改比部郎中，史馆修撰，转考功，知制诰，进中书舍人。

初宪宗将平蔡，命御史中丞裴度使诸军按视，及还，具言贼可灭，与宰相议不合。愈亦奏言淮西……以三州残敝困剧之余，而当天下全力，其败可立而待也；然未可知者，在陛下断与不断耳。……执政不喜。会有人诋愈在江陵时，为裴均所厚。均子锷，素无状，愈为文章，字命锷，谤语嚣暴。由是改太子右庶子。及度以宰相节度彰义军，宣慰淮西，奏愈行军司马。愈请乘遽先入汴，说韩弘使协力，元济平，迁刑部侍郎。

宪宗遣使者往凤翔迎佛骨，入禁中，三日，乃送佛祠，王公士庶，奔走膜拜，至为夷法灼体肤，委珍贝，腾沓系路。愈闻恶之，乃上表曰：（见下文选）表入，帝大怒，持示宰相，将抵以死。裴度崔群曰："愈言讦牾，罪之诚宜；然非内怀至忠，安能及此，愿少宽假，以来谏争。"帝曰："愈言我奉佛太过，犹可容；至谓东汉奉佛以后，天子咸夭促，言何乖剌耶！愈人臣，狂妄敢尔，固不可赦。"于是中外骇惧，虽戚里诸贵，亦为愈言，乃贬潮州刺史。既至潮，以表哀谢，（文略）帝得表，颇感悔，欲复用之，持示宰相曰："愈前所论，是大爱朕，然不当言天子事佛，乃年促耳。"皇甫镈素忌愈直，即奏言愈终狂疏，可且内移，乃改袁州刺史。

初愈至潮，问民疾苦，皆曰恶溪有鳄鱼，食民畜产且尽，民以是穷。数日，愈自往视，令其属秦济，以一羊一豕投溪水，而祝之，（文略）祝之夕，暴风震电起溪中，数日，水尽涸，西徙六十里。自是潮无鳄鱼患。袁人以男女为隶，过期不赎，则没入之，愈至，悉计庸得赎所没归之父母，七百余人，因与约禁其为隶。召拜国子祭酒，转兵部侍郎。

镇州乱，杀田弘正，而立王廷凑，诏愈宣抚。既行，众皆危之。元稹言韩愈可惜！穆宗亦悔，诏愈度事从宜，无必入。愈至，廷凑严兵迓之，甲士陈庭。既坐，廷凑曰："所以纷纷者，乃此士卒也"。愈大声曰："天子以公为有将帅材，故赐以节，岂意同贼反邪！"语未终，士前奋曰：“先太师为国击朱滔，血衣犹在，此军何负朝廷，乃以为贼乎？”愈曰：“以为尔不记先太师也，若犹记之，固善。天宝以来安禄山史思明李希烈等，有子若孙在乎？亦有居官者乎？众曰无。愈曰：“田公以魏博六州归朝廷，官中书令，父子受旗节，刘悟李祐皆大镇，此尔军所共闻也。”众曰：“弘正刻，故此军不安。”愈曰：“然，尔曹害田公，又残其家矣，复何道！”众讙曰，“善！”廷凑虑众变，疾麾使去。因泣谓愈曰，“今欲廷凑何所为？”愈曰：“神策六军之将，如牛元翼者为不少，但朝廷顾大体，不可弃之。公久围之何也？”廷凑曰：“即出之。”愈曰：“若尔，则无事矣。”会元翼亦溃围出，廷凑不追。愈归奏其语，帝大悦。转吏部侍郎。

时宰相李逢吉恶李绅，欲逐之，遂以愈为京兆尹，兼御史大夫，特诏不台参而除绅中丞。绅果劾奏愈，愈以诏自解。其后文刺纷然，宰相以台府不协，遂罢愈为兵部侍郎，而出绅江西观察使。绅见帝得留，愈亦复为吏部侍郎。

长庆四年卒。年五十七。赠礼部尚书。谥曰文。

愈性明锐，不诡随。与人交，终始不少变。成就后进士，往往知名，经愈指授，皆称韩门弟子。愈官显，稍谢遣。凡内外亲若交友无后者，为嫁遣孤女，而恤其家。嫂郑丧，为服朞以报。

每言文章自汉司马相如太史公刘向扬雄后，作者不世出，故愈深探本元，卓然树立，成一家言。其原道原性师说等数十篇，皆奥衍闳深，与孟轲扬雄相表里，而佐佑六经云。至它文造端置辞，要为不袭蹈前人者；然惟愈为之，沛然若有余，至其徒李翱李汉皇甫湜从而效之，遽不及远甚。从愈游者，若孟郊张籍，亦皆自名于时。

赞曰：唐兴，承五代剖分，王政不纲，文弊质穷，蛙俚混并；天下已定，治荒剔蠹，讨究儒术，以兴典宪，熏酿涵浸，殆百余年，其后文章稍稍可述。至贞元元和间，愈遂以六经之文，为诸儒倡。障隄末流，反刓以朴，刬伪以真。然愈之才，自视司马迁扬雄，至班固以下不论也。当其所得，粹然一出于正，刊落陈言，横骛别驱，汪洋大肆，要之无抵牾圣人者。其道盖自比孟轲，以荀况扬雄为未淳，宁不信然。至进谏陈谋，排难恤孤，矫拂媮末，皇皇于仁义，可谓笃道君子矣。自晋讫隋，老佛显行，圣道不断如带，诸儒倚天下正议，助为怪神；愈独喟然引圣，争四海之惑，虽蒙讪笑，跆而复奋，始若未之信，卒大显于时。昔孟轲拒扬墨，去孔子才二百年，愈排二家，乃去千余岁，拨衰反正，功与齐而力倍之，所以过况雄为不少矣。自愈没，其言大行，学者仰之如泰山北斗云。

2. 韩吏部行状

李　翱

曾祖泰，皇任曹州司马，祖濬素，皇任桂州长史，父仲卿，皇任秘书郎，赠尚书左仆射。

公讳愈，字退之，昌黎某人。生三岁，父殁，养于兄会舍。及长读书，能记他生之所习。年二十五，上进士第。汴州乱，诏以旧相东都留守董晋为平章事宣武军节度使，以平汴州，晋辟公以行，遂入汴州。得试秘书省校书郎，为观察推官。晋卒，公从晋丧以出，四日而汴州乱，凡从事之居者，皆杀死。武宁军节度使张建封奏为节度推官，得试太常寺协律郎，选授四门博士，迁监察御史。为幸臣所恶，出守连州阳山令政，有惠于下，及公去，百姓多以公之姓命其子。改江陵府法曹军，入为权知国子博士。宰相有爱公文者，将以文学职处公，有争先者，构公语以非之，公恐又难，遂求分司东都，权知三年，改真博士。入省，为分司都官员外郎，改河南县令。日以职分辨于留守及尹，故军士莫敢犯禁。入为职方员外郎。华州刺史奏华阴县令柳涧有罪，遂将贬之，公上疏，请发御史辨曲直，方可处以罪，则下不受屈。既抑涧有犯，公由是复为国子博士。改比部郎中，史馆修撰，转考功郎中，修撰如故。数月，以考功知制诰。

上将平蔡州，先命御史中丞裴公度使诸军以视兵，及还，奏兵可用，贼势可以灭，颇与宰相意忤。既数月，盗杀宰相，又害中丞不克，中丞微伤，马逸以免，遂为宰相，以主东兵。自安禄山起范阳，陷两京，河南北七镇节度使，身死则立其子，作军于表以请，朝廷因而与之。及贞元季年，虽顺地节，将死，多即军中取行军副使将校以授之节，习以成故矣。朝廷之贤，恬于所安，以苟不用兵为贵，议多与裴丞相异。唯公以为盗杀宰相而遂息兵，其为懦甚大，兵不可以息，以天下力取三州，尚何不可，与裴丞相议合，故兵遂用。而宰相有不便之者，月满，迁中书舍人，赐绯鱼袋，后竟以他事改太子右庶子。元和十二年秋，以兵老久屯，贼未灭，上命裴丞相为淮西节度使以招讨之。丞相请公以行，于是以公兼御史中丞，赐三品衣鱼，为行军司马，从丞相居于郾城。公知蔡州精卒，悉聚界上以拒官军，守城者率老弱，且不过千人，亟白丞相，请以兵三千人，间道以入，必擒吴元济。丞相未及行，而李愬自唐州文城垒，提其卒以夜入蔡州，果得元济。

蔡州既平，布衣柏耆以计谒公，公与语奇之，遂白丞相曰："淮西灭，王承宗胆破，可不劳用众，宜使辩士奉相公书，明祸福以招之，彼必服。"丞相然之。公令柏耆口占为丞相书，明祸福，使柏耆袖之，以至镇州，承宗果大恐，上表请割德棣二州以献。丞相归京师，公迁刑部侍郎。

岁余，佛骨自凤翔至，传京师诸寺，时百姓有烧指与顶以祈福者。公奏疏言，自伏羲至周文武时，皆未有佛，而年多至百岁，有过之者；自佛法入中国，帝王事之，寿不能长，梁武帝事之最谨，而国大乱。请烧弃佛骨。疏入，贬潮州刺史，移袁州刺史。百姓以男女为人隶者，公皆计佣以偿其直而出归之。

入迁国子祭酒。有直讲能说礼而陋容，学官豪族子，摈之不得共食，公命吏曰，召直讲来，与祭酒共食。学官由此不敢贱直讲。奏儒生为学官，日使会讲，生徒多奔走听闻，皆喜曰："韩公来为祭酒，国子监不寂寞矣。"

改兵部侍郎。镇州乱，杀其帅田弘正，征之不克，遂以王廷凑为节度使，诏公往宣抚。既行，众皆危之。元稹奏曰，“韩愈可惜！”穆宗亦悔，有诏令至境观事势，无必入。公曰，“安有授君命而滞留自顾！”遂疾驱入。廷凑严兵拔刃，弦弓矢以逆。及馆，甲士罗于庭。公与廷凑监军使三人就位，既坐，廷凑言曰：“所以纷纷者，乃此士卒所为，本非廷凑心。”公大声曰：“天子以为尚书有将帅材，故赐之以节，实不知公共健儿语，未及大错。”甲士前奋言曰：“先太史为国打朱滔，滔遂败走，血衣皆在，此军何负朝廷，乃以为贼乎？”公告曰：“儿郎等且勿语，听愈言。愈将为儿郎已不记先太史之功与忠矣，若犹记得，乃大好！且为逆与顺利害，不能远引古事，但以天宝来祸福，为儿郎等明之。安禄山史思明李希烈梁崇义朱滔朱泚吴元济李师道，复有若子若孙在乎？亦有居官者乎？”众皆曰无。又曰：“令公以魏博六州归朝廷，为节度使，后至中书令，父子皆授旌节，子与孙，虽在幼童者亦为好官。穷富极贵，宠荣耀天下。刘悟李佑皆居大镇，王承元年始十七，亦杖节。此皆三军耳所闻也。”众乃曰：“田弘正刻此军，故军不安。”公曰：“然，汝三军亦害田令公身，又残其家矣，复何道！”众乃讙曰：“侍郎语是。”廷凑恐众心动，遽麾众散出。因泣谓公曰：“侍郎来，欲令廷凑何所为？”公曰：“神策六军之将如牛元翼比者不少，但朝廷顾大体，不可以弃之耳，而尚书久围之何也？”廷凑曰：“即出之。”公曰：“若真耳，则无事矣。”因与之宴而归。而牛元翼果出。乃还于上前，尽奏与廷凑言及三军语。上大悦曰：“卿直向伊如此道！”由是有意欲大用之。王武俊赠太师，呼太史者，燕赵人语也。

转吏部侍郎。凡令史皆不锁听出入。或问公，公曰：“人所以畏鬼者，以其不能见也，勉如可见，则人不畏矣。选人不得见令史，故令史势重，听其出入，则势轻。”

改京兆尹，兼御史大夫，特诏不就御史台谒，后不得引为例。六军将士皆不敢犯，私相告曰：“是尚欲烧佛骨者，安可忤！”故盗贼止，遇旱，米价不敢上。李绅为御史中丞，械囚送府，使以尹杖杖之。公曰：“安有此！”使归其囚。是时绅方幸，宰相欲去之，故以台与府不协为请，出绅为江西观察使，以公为兵部侍郎。绅既复留，公入谢，上曰：“卿与李绅争何事？”公因自辨，数日，复为吏部侍郎。

长庆四年，得病，满百日假，既罢，以十二月二日卒于靖安里第。

公气厚性通，论议多大体。与人交，始终不易，凡嫁内外及交友之女无主者十人。幼养于嫂郑氏，及嫂没，为之朞服以报之。

深于文章，每以为自扬雄之后，作者不出。其所为文，未尝效前人之言，而固与之并。自贞元末以至于兹，后进之士，其有志于古文者，莫不视公以为法。有集四十卷，小集十卷。

及病，遂请告以罢。每与交友言既终以处妻子之语。且曰：“某伯兄德行高，晓大药，食必视本草，年止于四十二；某疏愚，食不择禁忌，位为侍郎，年出伯兄十五岁矣。如又不足，于何而足？且获终于牖下，幸不至失大节以下见先人，可谓荣矣”。

享年五十七。赠礼部尚书，谨具任官事迹如前，请牒考功下太常定谥，并牒史馆。谨状。

3. 韩文公墓铭

皇甫湜

长庆四年八月，昌黎韩先生既以疾免吏部侍郎，书谕湜曰：“死能令我躬所以不随世磨灭者，惟子以为嘱。”其年十二月丙子，遂薨。明年正月，其孤昶，使奉功绪之录，继讣以至。三月癸酉，葬河南河阳，乃哭而叙铭其墓。其详，将揭之于神道碑云。

先生讳愈，字退之。后魏安桓王茂六代孙。祖朝散大夫桂州长史讳叡素，父秘书郎，赠尚书左仆射，讳仲卿。

先生七岁好学，言出成文，及冠，恣为书以传圣人之道。人始未信，既发不掩，声震业光，众方惊爆，而萃排之。乘危将颠，不懈益张，卒大信于天下。先生之作，无圆无方，至是归工，抉经之心，执圣之权，尚友作者，跂邪觝异，以扶孔氏，存皇之极，知与罪，非我计。茹古涵今，无有端涯，浑浑灏灏，不可窥校。及其酬放，豪曲快字，凌纸怪发，鲸铿春丽，惊耀天下。然而栗密窈眇，章妥句适，精能之至，入神出天。呜呼极矣，后人无以加之矣，姬氏已来，一人而已矣。

始先生以进士三十有一仕历官，其为御史尚书郎中书舍人，前后三贬，皆以疏陈治事，廷议不随为罪。常惋佛老氏法，溃圣人之隄，乃唱而筑之。及为刑部侍郎，遂章言宪宗迎佛骨非是，任为身耻，震怒天颜，先生处之安然，就贬八千里海上。呜呼，古所谓非苟知之，亦允蹈之者邪！

吴元济反，吏兵久屯无功，国涸将疑，众惧恟恟，先生以右庶子兼御史中丞行军司马，宰相军出潼关，请先乘遽至汴，感说都统，师乘遂和，卒擒元济。王廷凑反，围牛元翼于深，救兵十万，望不敢前，诏择庭臣往谕，众栗缩，先生勇行，元稹言于上曰："韩愈可惜！"穆宗悔，驰诏无径入。先生曰："止、君之仁，死、臣之义。"遂至贼营，麾其众责之，贼惶汗伏地，乃出元翼。春秋美臧孙辰告籴于齐，以为急病，校其难易，孰为宜褒。呜呼，先生真古所谓大臣者邪！还拜京兆尹，敛禁军，帖旱籴，斮悻臣之锉，再为吏部侍郎。薨年五十七。赠礼部尚书。

先生与人，洞朗轩辟，不施戟级。族姻友旧，不自立者，必待我然后衣食，嫁娶丧葬。平居虽寝食未尝去书，怠以为枕，飡以饴口，讲评孜孜，以磨诸生，恐不完美，游以诙笑啸歌，使皆醉义忘归。呜呼，可为乐易君子巨人者矣。夫人高平郡君范阳卢氏。孤、前进士昶，婿、左拾遗李汉、聓、集贤校理樊宗懿。次女许嫁陈氏，三女未笄。

铭曰：维天有道，在我先生，万颈胥延，坐庙以行，令望绝邪，痌此四方。惟圣有文，乖微岁千，先生起之，焯役于前，驴义滂仁，耿照充天，有如先生，而合亘年，按我章书，经纪大环。啥不时施，昌极后昆，噫嘻永归，尞知之悲。

4. 新唐书·柳宗元传

柳宗元字子厚，其先盖河东人。从曾祖奭为中书令，得罪武后，死高宗时。父镇，天宝末遇乱，奉母隐王屋山，常间行求养，后徙于吴。肃宗平贼，镇上书言事，擢左卫率府兵曹参军，佐郭子仪朔方府，三迁殿中侍御史。以事触窦参，贬夔州司马，还终侍御史。

宗元少精敏绝伦，为文章，卓伟精致，一时辈行推抑。第进士博学宏词科，授校书郎，调蓝田尉。贞元十九年，为监察御史里行，善王叔文韦执谊。二人者奇其才，及得政，引内禁近与计事，擢礼部员外郎，欲大进用。俄而叔文败，贬邵州刺史，不半道，贬永州司马。既窜斥，地又荒疠，因自放山泽间。其堙厄感郁，一寓诸文，仿离骚数十篇，读者咸悲恻。雅善萧俛，诒书言情，（见下文选）又诒书京兆尹许孟容，（见下文选）然众畏其才高，惩刈复进，故无用力者。宗元久汨，振其为文，思益深，尝著书一篇，号贞符。（文略）宗元不得召，内闵悼，悔念往吝，作赋自儆曰惩咎。（文略）元和十年，徙柳州刺史。时刘禹锡得播州，宗元曰："播非人所居，而禹锡亲在堂，吾不忍其穷，无辞以白其大人，如不往，便为母子永诀。"即具奏，欲以柳州授禹锡，而自往播。会大臣亦为禹锡请，因改连州。柳人以男女质钱，过期不赎，子本均，则没为奴婢，宗元设方计悉赎之。尤贫者令书庸，视直足相当，还其质；已没者，具己钱助赎。南方为进士者，走数千里从宗元游，经指授者，为文辞皆有法。世号柳柳州。十四年卒，年四十七。

宗元少时嗜进，谓功业可就，既坐废，遂不振。然其才实高，名盖一时。韩愈评其文曰："雄深雅健，似司马子长，崔蔡不足多也。"既没，柳人怀之，托言降于州之堂，人有慢者辄死。庙于罗池，愈因碑以实之云。

5. 柳子厚墓志铭

韩 愈

子厚讳宗元，七世祖庆，为拓跋魏侍中，封济阴公。曾伯祖奭，为唐宰相，与褚遂良韩瑗俱得罪武后，死高宗朝。皇考讳镇，以事母，弃太常博士，求为县令江南。其后以不能媚权贵，失御史，权贵人死，乃复拜侍御史，号为刚直。所与游，皆当世名人。

子厚少精敏，无不通达，逮其父时，虽少年，已自成人，能取进士第，崭然见头角，众谓柳氏有子矣。其后以博学宏词授集贤殿正字，俊杰廉悍，议论证据今古，出入经史百子，踔厉风发，率常屈其座人，名声大振，一时皆慕与之交。诸公要人，争欲令出我门下，交口荐誉之。

贞元十九年，由蓝田尉拜监察御史。顺宗即位，拜礼部员外郎。遇用事者得罪，例出为刺史。未至，又例贬州司马。居闲益自刻苦，务记览，为词章，泛滥停蓄，为深博无涯涘，而自肆于山水间。元和中，尝例召至京师，又偕出为刺史，而子厚得柳州。既至，叹曰，“是岂不足为政邪？”因其土俗，为设教禁，州人顺赖。其俗，以男女质钱，约不时赎，子本相侔，则没为奴婢。子厚与设方计，悉令赎归。其尤贫力不能者，令书其佣，足相当，则使归其质。观察使下其法于他州，比一岁，免而归者且千人。衡湘以南为进士者，皆以子厚为师，其经承子厚口讲指画为文词者，悉有法度可观。

其召至京师而复为刺史也，中山刘梦得禹锡亦在遣中，当诣播州。子厚泣曰：“播州非人所居，而梦得亲在堂，吾不忍梦得之穷，无辞以白其大人，且万无母子俱往理。”请于朝，将拜疏愿以柳易播，虽重得罪死不恨。遇有以梦得事白上者，梦得于是改刺连州。呜呼，士穷乃见节义。今夫平居里巷相慕悦，酒食游戏相追逐，诩诩强笑语以相取下，握手出肺肝相示，指天日涕泣，誓生死不相背负，真若可信；一旦临小利害，仅如毛发比，反眼若不相识，落陷阱，不一引手救，反挤之又下石焉者，皆是也。此宜禽兽夷狄所不忍为，而其人自视以为得计，闻子厚之风，亦可以少愧矣。

子厚前时少年，勇于为人，不自贵重，顾藉谓功业可立就，故坐废退，既退，又无相知有气力得位者推挽，故卒死于穷裔，材不为世用，道不行于时也。使子厚在台省时，自持其身，已能如司马刺史时，亦自不斥，斥时，有人力能举之，且必复用不穷；然子厚斥不久，穷不极，虽有出于人，其文学辞章，必不能自力，以致必传于后如今无疑也。虽使子厚得所愿，为将相于一时，以彼易此，孰得孰失，必有能辨之者。

子厚以元和十四年十一月八日卒，年四十七。以十五年七月十日，归葬万年先人墓侧。子厚有子男二人，长曰周六，始四岁，季曰周七，子厚卒乃生。女子二人，皆幼。其得归葬也，费皆出观察使河东裴君行立。行立有节概，立然诺，与子厚结交，子厚亦为之尽，竟赖其力。葬子厚于万年之墓者，舅弟卢遵。遵，涿人。性谨顺，学问不厌，自子厚之斥，遵从而家焉，逮其死不去，既往葬子厚，又将经纪其家，庶几有始终者。

铭曰：是惟子厚之室，既固既安，以利其嗣人。

二 韩愈、柳宗元文选

（一）韩愈文选

1. 原道

博爱之谓仁，行而宜之之谓义，由是而之焉之谓道，足乎已无待于外之谓德。仁与义为定名，道与德为虚位，故道有君子小人，而德有凶有吉。老子之小仁义，非毁之也，其见者小也。坐井而观天，曰天小者，非天小也。彼以煦煦为仁，孑孑为义，其小之也则宜。其所谓道，道其所道，非吾所谓道也；其所谓德，德其所德，非吾所谓德也。凡吾所谓道德云者，合仁与义言之也，天下之公言也；老子之所谓道德云者，去仁与义言之也，一人之私言也。

周道衰，孔子没，火于秦，黄老于汉，佛于晋魏梁隋之间，其言道德仁义者，不入于杨，则入于墨，不入于老，则入于佛。入于彼，必出于此。入者主之，出者奴之，入者附之，出者污之。噫，后之人其欲闻仁义道德之说，孰从而听之？老者曰："孔子，吾师之弟子也。"佛者曰："孔子，吾师之弟子也。"为孔子者，习闻其说，乐其诞而自小也，亦曰："吾师亦尝师之云尔。"不惟举之于其口，而又笔之于其书，噫，后之人虽欲闻仁义道德之说，其孰从而求之？

甚矣，人之好怪也！不求其端，不讯其末，惟怪之欲闻。

古之为民者四，今之为民者六，古之教者处其一，今之教者处其三，农之家一，而食粟之家六，工之家一，而用器之家六，贾之家一，而资焉之家六，奈之何民不穷且盗也！古之时，人之害多矣，有圣人者立，然后教之以相生养之道。为之君，为之师，驱其虫蛇禽兽而处之中土；寒然后为之衣，饥然后为之食，木处而颠，土处而病也，然后为之宫室；为之工以赡其器用，为之贾以通其有无，为之医药以济其夭死，为之葬埋祭祀以长其恩爱，为之礼以次其先后，为之乐以宣其湮郁，为之政以率其怠倦，为之刑以锄其强梗；相欺也，为之符玺斗斛权衡以信之，相夺也，为之城郭甲兵以守之，害至而为之备，患生而为之防。今其言曰："圣人不死，大盗不止，剖斗折衡，而民不争。"呜呼，其亦不思而已矣。如古之无圣人，人之类灭久矣，何也？无羽毛鳞介以居寒热也，无爪牙以争食也。

是故君者、出令者也，臣者、行君之令而致之民者也，民者，出粟米麻丝作器皿通货财以事其上者也。君不出令，则失其所以为君，臣不行君之令而致之民，则失其所以为臣，民不出粟米麻丝作器皿通货财以事其上，则诛。今其法曰，必弃而君臣，去而父子，禁而相生养之道，以求其所谓清净寂灭者。呜呼，其亦幸而出于三代之后，不见黜于禹汤文武周公孔子也；其亦不幸而不出于三代之前，不见正于禹汤文武周公孔子也。帝之与王，其号虽殊，其所以为圣一也。夏葛而冬裘，渴饮而饥食，其事虽殊，其所以为智一也。今其言曰，曷不为太古之无事，是亦责冬之裘者曰，曷不为葛之之易也，责饥之食者曰，曷不为饮之之易也。

传曰："古之欲明明德于天下者，先治其国，欲治其国者，先齐其家，欲齐其家者，先修其身，欲修其身者，先正其心，欲正其心者，先诚其意。"然则古之所谓正心而诚意者，将以有为也。今也欲治其心，而外天下国家，灭其天常，子焉而不父其父，臣焉而不君其君，民焉而不事其事。孔子之作春秋也，诸侯用夷礼则夷之，进于中国则中国之。经曰："夷狄之有君，不知诸夏之亡。"诗曰："戎狄是膺，荆舒是惩"。今也举夷狄之法而加之先王之教之上，几何其不胥而为夷也。

夫所谓先王之教者何也？博爱之谓仁，行而宜之之谓义，由是而之焉之谓道，足乎己无待于外之谓德。其文、诗书易春秋，其法、礼乐刑政，其民、士农工贾，其位、君臣父子师友宾主昆弟夫妇，其服、麻丝，其居、宫室，其食、粟米果蔬鱼肉，其为道易明，而其为教易行也。是故以之为己，则顺而祥，以之为人，则爱而公，以之为心，则和而平，以之为天下国家，无所处而不当。是故生则得其情，死则尽其常，郊焉而天神假，庙焉而人鬼飨。曰，斯道也，何道也？曰，斯吾所谓道也，非向所谓老与佛之道也。尧以是传之舜，舜以是传之禹，禹以是传之汤，汤以是传之文武周公，文武周公传之孔子，孔子传之孟轲，轲之死，不得其传焉。荀与扬也，择焉而不精，语焉而不详。由周公而上，上而为君，故其事行；由周公而下，下而为臣，故其说长。

然则如之何而可也？曰，不塞不流，不止不行。人其人，火其书，庐其居，明先王之道以道之，鳏寡孤独废疾者有养也，其亦庶乎其可也。

2. 读荀子

始吾读孟轲书，然后知孔子之道尊，圣人之道易行，王易王，霸易霸也，以为孔子之徒没，尊圣人者，孟氏而已。晚得扬雄书，益尊信孟氏，因雄书而孟氏益尊，则雄者亦圣人之徒欤？

圣人之道，不传于世，周之衰，好事者各以其说干时君，纷纷籍籍相乱，六经与百家之书错杂，然老师大儒犹在。火于秦，黄老于汉，其存而醇者，孟轲氏而止耳，扬雄氏而止耳。

及得荀氏书，于是又知有荀氏者也。考其辞，时若不粹，要其归，与孔子异者鲜矣，抑犹在轲雄之间乎？

孔子删诗书，笔削春秋，合于道者著之，离于道者黜去之，故诗书春秋无疵。余欲削荀氏之不合者，附于圣人之籍，亦孔子之志欤？

孟氏，醇乎醇者也；荀与扬，大醇而小疵。

3. 进学解

国子先生晨入太学，招诸生立馆下，诲之曰："业精于勤荒于嬉，行成于思毁于随。方今圣贤相逢，治具毕张，拔去凶邪，登崇俊良，占小善者率以录，名一艺者无不庸，爬罗剔抉，刮垢磨光，盖有幸而获选，孰云多而不扬？诸生业患不能精，无患有司之不明，行患不能成，无患有司之不公。"

言未既，有笑于列者曰："先生欺余哉！弟子事先生，于兹有年矣。先生口不绝吟于六艺之文，手不停披于百家之编，纪事者必提其要，纂言者必钩其玄，贪多务得，细大不捐，焚膏油以继晷，恒兀兀以穷年，先生之业，可谓勤矣。觝排异端，攘斥佛老，补苴罅漏，张皇幽眇，寻坠绪之茫茫，独旁搜而远绍，障百川而东之，回狂澜于既倒，先生之于儒，可谓有劳矣。沉浸醲郁，含英咀华，作为文章，其书满家。上规姚姒，浑浑无涯，周诰殷盘，佶屈聱牙，春秋谨严，左氏浮夸，易奇而法，诗正而葩，下逮庄骚，太史所录，子云相如，同工异曲，先生之于文，可谓闳其中而肆其外矣。少始知学，勇于敢为，长通于方，左右具宜，先生之于为人，可谓成矣。然而公不见信于人，私不见助于友，跋前踬后，动辄得咎，暂为御史，遂窜南夷，三年博士，冗不见治，命与仇谋，取败几时，冬暖而儿号寒，年丰而妻啼饥，头童齿豁，竟死何裨，不知虑此，而反教人为！”

先生曰：“吁！子来前，夫大木为杗，细木为桷，欂栌侏儒，椳闑扂楔，各得其宜，施以成室者，匠氏之工也。玉札丹砂，赤箭青芝，牛溲马勃，败鼓之皮，俱收并蓄，待用无遗者，医师之良也。登明选公，杂进巧拙，纡余为妍，卓荦为杰，校短量长，惟器是适者，宰相之方也。昔者孟轲好辩，孔道以明，辙环天下，卒老于行；荀卿守正，大论是宏，逃谗于楚，废死兰陵，是二儒者，吐辞为经，举足为法，绝类离伦，优入圣域，其遇于世何如也？今先生学虽勤而不繇其统，言虽多而不要其中，文虽奇而不济于用，行虽修而不显于众；犹且月费俸钱，岁靡廪粟，子不知耕，妇不知织，乘马从徒，安坐而食，踵常途之役役，窥陈编以盗窃，然而圣主不加诛，宰臣不见斥，兹非其幸欤？动而得谤，名亦随之，投闲置散，乃分之宜。若夫商财贿之有亡，计班资之崇庳，忘己量之所称，指前人之瑕疵，是所谓诘匠氏之不以杙为楹，而訾医师以昌阳引年，欲进其豨苓也”。

4. 师说

古之学者必有师，师者所以传道受业解惑也。人非生而知之者，孰能无惑，惑而不从师，其为惑也终不解矣。生乎吾前，其闻道也固先乎吾，吾从而师之；生乎吾后，其闻道也，亦先乎吾，吾从而师之。吾师道也，夫庸知其年之先后生于吾乎？是故无贵无贱，无长无少，道之所存，师之所存也。

嗟乎，师道之不传也久矣，欲人之无惑也难矣。古之圣人，其出人也远矣，犹且从师而问焉；今之众人，其下圣人也亦远矣，而耻学于师，是故圣益圣，愚益愚，圣人之所以为圣，愚人之所以为愚，其皆出于此乎？爱其子，择师而教之，于其身也，则耻师焉，惑矣。彼童子之师，授之书而习其句读者也，非吾所谓传其道解其惑者也。句读之不知，惑之不解，或师焉，或不焉，小学而大遗，吾未见其明也。

巫医乐师百工之人，不耻相师，士大夫之族，曰师曰弟子云者，则群聚而笑之。问之，则曰彼与彼年相若也，道相似也，位卑则足羞，官盛则近谀。呜呼，师道之不复可知矣。巫医乐师百工之人，君子不齿，今其智乃反不能及，其可怪也欤！

圣人无常师，孔子师郯子苌弘，师襄老聃，郯子之徒，其贤不及孔子，孔子曰，“三人行，则必有我师”，是故弟子不必不如师，师不必贤于弟子，闻道有先后，术业有专攻，如是而已。李氏子蟠，年十七，好古文，六艺经传，皆通习之，不拘于时，学于余。余嘉其能行古道，作师说以贻之。

5. 争臣论

或问谏议大夫阳城于愈，可以为有道之士乎哉？学广而闻多，不求闻于人也。行古人之道，居于晋之鄙，晋之鄙人，熏其德而善良者几千人。大臣闻而荐之，天子以为谏议大夫。人皆以为华，阳子不色喜。居于位五年矣，视其德如在野，彼岂以富贵移易其心哉！愈应之曰：“是易所谓恒其德贞，而夫子凶者也，恶得为有道之士乎哉！在易蛊之上九云，‘不事王侯，高尚其事’，蹇之六二，则曰‘王臣蹇蹇，匪躬之故’，夫亦以所居之时不一，而所蹈之德不同也。若蛊之上九，居无用之地，而致匪躬之节，以蹇之六二，在王臣之位，而高不事之心，则冒进之患生，旷官之刺兴，志不可则而尤不终无也。今阳子在位，不为不久矣，闻天下之得失，不为不熟矣，天子待之，不为不加矣，而未尝一言及于政，视政之得失，若越人视秦人之肥瘠，忽焉不加喜戚于其心。问其官，则曰谏议也，问其禄，则曰下大夫之秩也，问其政，则曰我不知也，有道之士，固如是乎哉！且吾闻之：有官守者，不得其职则去，有言责者，不得其言则去，今阳子以为得其言，言乎哉！得其言而不言，与不得其言而不去，无一可者也。阳子将为禄仕乎？古之人有云，仕不为贫而有时乎为贫，谓禄仕者也，宜乎辞尊而居卑，辞富而居贫，若抱关击柝者可也。盖孔子尝为委吏矣，尝为乘田矣，亦不敢旷其职，必曰会计当而已矣，必曰牛羊遂而已矣。若阳子之秩禄，不为卑且贫，章章明矣；而如此，其可乎哉！”

或曰：“否，非若此也。夫阳子恶讪上者，恶为人臣招其君之过而以为名者，故虽谏且议，使人不得而知焉。书曰：‘尔有嘉谟嘉猷，则入告尔后于内，尔乃顺之于外，曰斯谟斯猷，惟我后之德。’夫阳子之用心，亦若此者。”愈应之曰：“若阳子之用心如此，滋所谓惑者矣。入则谏其君，出不使人知者，大臣宰相者之事，非阳子之所宜行也。夫阳子本以布衣隐于蓬蒿之下，主上嘉其行谊，擢在此位，官以谏为名，诚宜有以奉其职，使四方后代，知朝廷有直言骨鲠之臣，天子有不僭赏从谏如流之美，庶岩穴之士，闻而慕之，束带结发，愿进于阙下而伸其辞说，致吾君于尧舜，熙鸿号于无穷也。若书所谓，则大臣宰相之事，非阳之所宜行也。且阳子之心，将使君人者恶闻其过乎，是启之也。”

或曰：“阳子之不求闻而人闻之，不求用而君用之，不得已而起，守其道而不变，何子过之深也！”愈曰：“自古圣人贤士，皆非有求于闻用也，闵其时之不平，人之不义，得其道，不敢独善其身，而必以兼济天下也，孜孜矻矻，死而后已。故禹过家门不入，孔席不暇暖，而墨突不得黔，彼二圣一贤者，岂不知自安佚之为乐哉？诚畏天命而悲人穷也。夫天授人以贤圣才能，岂使自有余而已？诚欲以补其不足者也。耳目之于身也，耳司闻而目司见，听其是非，视其险易，然后身得安焉。圣贤者，时人之耳目也，时人者，圣贤之身也。且阳子之不贤，则将役于贤以奉其上矣；若果贤，则固畏天命而闵人穷也，恶得以自暇逸乎哉！”

或曰：“吾闻君子不欲加诸人，而恶讦以为直者。若吾子之论，直则直矣，无乃伤于德而费于辞乎？好尽言以招人过，国武子之所以见杀于齐也。吾子其亦闻乎？”愈曰：“君子居其位，则思死其官，未得位，则思修其辞以明其道，我将以明道也，非以为直而加人也。且国武子不能得善人，而好尽言于乱国，是以见杀。传曰，‘惟善人能受尽言’，谓其闻而能改之也。子告我曰，‘阳子可以为有道之士也’，今虽不能及已，阳子将不得为善人乎哉！”

6. 上宰相书

正月二十七日，前乡贡进士韩愈，谨伏光范门下，再拜献书相公阁下：

诗之序曰：“菁菁者莪，乐育材也。君子能长育人材，则天下喜乐之矣。”其诗曰：“菁菁者莪，在彼中阿，既见君子，乐且有仪。”说者曰：“菁菁者，盛也。莪，微草也。阿，大陵也。言君子之长育人材，若大陵之长育微草，能使之菁菁然盛也。既见君子，乐且有仪云者，天下美之之辞也。”其三章曰：“既见君子，锡我百朋。”说者曰：“百朋，多之之辞也。言君子既长育人材，又当爵命以赐之，厚禄以宠贵之云尔。”其卒章曰：“泛泛杨舟，载沉载浮，既见君子，我心则休。”说者曰：“载者载也。沉浮者，物也。言君子之于人材，无所不取，若舟之于物，浮沉皆载之云尔。既见君子，我心则休云者，言若此，则天下之心美之也。”君子之于人也，既长育之，又当爵命宠贵之，而于其才无所遗焉。孟子曰：“君子有三乐，王天下不与存焉。”其一曰“乐得天下之英才而教育之”。此皆圣人贤士之所极言至论，古今之所宜法者也。然则孰能长育天下之人材，将非吾君与吾相乎？孰能教育天下之英才，将非吾君与吾相乎？幸今天下无事，小大之官，各守其职，钱谷甲兵之问，不至于庙堂，论道经邦之暇，舍此宜无大者焉。

今有人生二十八年矣，名不著于农工商贾之版，其业则读书著文，歌颂尧舜之道。鸡鸣而起，孜孜焉，亦不为利。其所读，皆圣人之书，杨墨释老之学无所入于其心。其所著，皆约六经之旨而成文，抑邪与正，辨时俗之所惑。居穷守约；亦时有感激怨怼奇怪之辞，以求知于天下。亦不悖于教化，妖淫谀佞诪张之说，无所出于其中。四举于礼部，乃一得，三选于吏部，卒无成。九品之位其可望，一亩之宫其可怀。遑遑乎四海无所归，恤恤乎饥不得食，寒不得衣，滨于死而益固，得其所者争笑之。忽将弃其旧而新是图，求老农老圃而为师，悼本志之变化，中夜涕泗交颐。虽不足当诗人孟子之谓，抑长育之使成材，其亦可矣；教育之使成材，其亦可矣。

抑又闻古之君子相其君也，一夫不获其所，若已推而内之沟中。今有人生七年而学圣人之道，以修其身积二十年，不得已一朝而毁之，是亦不获其所矣。伏念今有仁人在上位，若不往告之而遂行，是果于自弃，而不以古之君子之道待吾相也，其可乎？宁往告焉，若不得志，则命也，其亦行矣。洪范曰：“凡厥庶民，有猷有为有守，汝则念之。弗协于极，弗罹于谷，皇则受之。而康而色曰，予攸好德，汝则锡之福。”是皆与善之辞也。抑又闻古之人有自进者，而君子不逆之矣，曰予攸好德，汝则锡之福之谓也。抑又闻上之设官制禄，必求其人而授之者，非苟慕其才而富贵其身也，盖将用其能理不能，用其明理不明者耳。下之修已立诚，必求其位而居之者，非苟没于利而荣于名也，盖将推己之所余以济其不足者耳。然则上之于求人，下之于求位，交相求而一其致焉耳。苟以是而为心，则上之道不必难其下，下之道不必难其上，可举而举焉，不必让其自举也，可进而进焉，不必廉于自进也。抑又闻上之化下，得其道，则劝赏不必遍加乎天下，而天下从焉，因人之所欲为而遂推之之谓也。今天下不由吏部而仕进者几希矣。主上感伤山林之士有逸遗者，屡诏内外之臣，旁求于四海，而其至者盖阙焉，岂其无人乎哉？亦见国家不以非常之道礼之而不来耳。彼之处隐就闲者亦人耳，其耳目鼻口之所欲，其心之所乐，其体之所安，岂有异于人乎哉？今所以恶衣食，穷体肤，麋鹿之与处，猿狖之与居，固自以其身不能与时俗顺俯仰，故甘心自绝而不悔焉。而方闻国家之仕进者，必举于州县，然后升于礼部吏部，试之以绣绘雕琢之文，考之以声势之逆顺，章句之短长，中其程式者，然后得从下士之列，虽有化俗之方，安边之画，不繇是而稍进，万不有一得焉。彼惟恐入山之不深，入林之不密，其影响昧昧惟恐闻于人也。今若闻有以书进宰相而求仕者，而宰相不辱焉，而荐之天子而爵命之，而布其书于四方，枯槁沉溺魁闳宽通之士，必且洋洋焉动其心，峨峨焉缨其冠，于于焉而来矣。此所谓劝赏不必遍加乎天下而天下从焉者也，因人之所欲为而遂推之之谓者也。伏惟览诗书孟子之所指，念育才锡福之所以，考古之君子相其君之道，而忘自进自举之罪，思设官制禄之故，以诱致山林逸遗之士，庶天下之行道者知所归焉。小子不敢自揆，其尝所著文，辄采其可者若干首，录在异卷，冀辱赐观焉。干黩尊严，伏地待罪。愈再拜。

7. 后十九日复上宰相书

二月十六日，前乡贡进士韩愈，谨再拜言相公阁下：

向上书及所著文后，待命凡十有九日，不得命，恐惧不敢逃遁，不知所为，乃复敢自纳于不测之诛，以求毕其说，而请命于左右。

愈闻之，蹈水火者之求免于人也，不惟其父兄子弟之慈爱，然后呼而望之也，将有介于其侧者，虽其所憎怨，苟不至乎欲其死者，则将大其声疾呼而望其仁之也。彼介于其侧者，闻其声而见其事，不惟其父兄子弟之慈爱，然后往而全之也，虽有所憎怨，苟不至乎欲其死者，则将狂奔尽气，濡手足，焦毛发救之而不辞也。若是者何哉？其势诚急，而其情诚可悲也。

愈之强学力行有年矣。愚不惟道之险夷，行且不息，以蹈于穷饿之水火，其既危且亟矣，大其声而疾呼矣，阁下其亦闻而见之矣，其将往而全之欤？抑将安而不救欺？有来言于阁下者曰，有观溺于水而爇于火者，有可救之道而终莫之救也，阁下且以为仁人乎哉？不然，若愈者，亦君子之所宜动心者也。

或谓愈："子言则然矣，宰相则知子矣，如时不可何！"愈窃谓之不知言者。诚其材能不足当我贤相之举耳；若所谓时者，固在上位者之为耳，非天之所为也。前五六年时，宰相荐闻，尚有自布衣蒙抽擢者，与今岂异时哉？且今节度观察使及防御营田诸小使等，尚得自举判官，无间于已仕未仕者；况在宰相，吾君所尊敬者，而曰不可乎？古之进人者，或取于盗，或举于管库，今布衣虽贱，犹足以方于此。

情隘辞蹙，不知所裁，亦惟少垂怜焉。愈再拜。

8. 后廿九日复上宰相书

三月十六日，前乡贡进士韩愈，谨再拜言相公阁下：

愈闻周公之为辅相，其急于见贤也，方一食，三吐其哺，方一沐，三握其发。当是时，天下之贤才皆已举用；奸邪谗佞欺负之徒，皆已除去；四海皆已无虞；九夷八蛮之在荒服之外者，皆已宾贡；天灾时变昆虫草木之妖，皆已销息；天下之所谓礼乐刑政教化之具，皆已修理；风俗皆已敦厚；动植之物，风雨霜露之所沾被者，皆已得宜；休征嘉瑞麟凤龟龙之属，皆已备至；而周公以圣人之才，凭叔父之亲，其所辅理承化之功，又尽章章如是：其所求进见之士，岂复有贤于周公者哉？不惟不贤于周公而已，岂复有贤于时百执事者哉？岂复有所计议能补于周公之化者哉？然而周公求之如此其急，惟恐耳目有所不闻见，思虑有所未及，以负成王托周公之意，不得于天下之心。如周公之心，设使其时辅理承化之功，未尽章章如是，而非圣人之才，而无叔父之亲，则将不暇食与沐矣，岂特吐哺握发为勤而止哉？维其如是，故于今颂成王之德，而称周公之功不衰。

今阁下为辅相亦近耳。天下之贤才，岂尽举用？奸邪谗佞欺负之徒，岂尽除去？四海岂尽无虞？九夷八蛮之在荒服之外者，岂尽宾贡？天灾时变昆虫草木之妖，岂尽销息？天下之所谓礼乐刑政教化之具，岂尽修理？风俗岂尽敦厚？动植之物，风雨霜露之所沾被者，岂尽得宜？休征嘉瑞麟凤龟龙之属，岂尽备至？其所求进见之士，虽不足以希望盛德，至比于百执事，岂尽出其下哉？其所称说，岂尽无所补哉？今虽不能如周公吐哺握发，亦宜引而进之，察其所以而去就之，不宜默默而已也。愈之待命，四十余日矣，书再上而志不得通，足三及门而阍人辞焉，惟其昏愚，不知逃遁，故复有周公之说焉，阁下其亦察之！

古之士，三月不仕则相吊，故出疆必载质；然所以重于自进者，以其于周不可，则去之鲁，于鲁不可，则去之齐，于齐不可，则去之宋之郑之秦之楚也。今天下一君，四海一国，舍乎此则夷狄矣，去父母之邦矣，故士之行道者，不得于朝，则山林而已矣。山林者，士之所独善自养，而不忧天下者之所能安也；如有忧天下之心，则不能矣。故愈每自进而不知愧焉，书亟上，足数及门而不知止焉。宁独如此而已，惴惴焉惟不得出大贤之门下是惧，亦惟少垂察焉。

渎冒威尊，惶恐无已！愈再拜。

9. 答崔立之书

斯立足下：

仆见险不能止，动不得时，颠顿狼狈，失其所操持，困不知变，以至辱于再三，君子小人之所悯笑，天下之所背而驰者也。足下犹复以为可教，贬损道德，乃至手笔以问之，扳援古昔，辞义高远，且进且劝，足下之于故旧之道得矣；虽仆亦固望于吾子，不敢望于他人者耳。然尚有似不相晓者，非故欲发余乎？不然，何子之不以丈夫期我也？不能默默，聊复自明：

仆始年十六七时，未知人事，读圣人之书，以为人之仕者皆为人耳，非有利乎已也。及年二十时，苦家贫，衣食不足，谋于所亲，然后知仕之不唯为人耳。及来京师，见有举进士者，人多贵之，仆诚乐之，就求其术，或出礼部所试赋诗策等以相示，仆以为可无学而能，因诣州县求举，有司者好恶出于其心，四举而后有成，亦未即得仕；闻吏部有以博学宏辞选者，人尤谓之才，且得美仕，就求其术，或出所试文章，亦礼部之类，私怪其故，然犹乐其名，因又诣州府求举，凡二试于吏部，一既得之而又黜于中书，虽不得仕，人或谓之能焉。退自取所试读之，乃类于俳优者之辞，颜忸怩而心不宁者数月。既已为之，则欲有所成就，书所谓耻过作非者也，因复求举，亦无幸焉，乃复自疑，以为所试，与得之者不同其程度，及得观之，余亦无甚愧焉。夫所谓博学者，岂今之所谓者乎？夫所谓宏辞者，岂今之所谓者乎？诚使古之豪杰之士，若屈原孟轲司马迁相如扬雄之徒进于是选，必知其怀惭乃不自进而已耳。设使与夫今之善进取者竞于蒙昧之中，仆必知其辱焉。然彼五子者，且使生于今之世，其道虽不显于天下，其自负何如哉！肯与夫斗筲者决得失于一夫之目而为之忧乐哉？故凡仆之汲汲于进者，其小得盖欲以具裘葛，养穷孤；其大得，盖欲以同吾之所乐于人耳。其他可否，自计已熟，诚不待人而后知；今足下乃复比之献玉者，以为必竢工人之剖，然后见知于天下，虽两刖足不为病，且无使勍者再克，诚足下相勉之意厚也。然仕进者岂舍此而无门哉？足下谓我必待是而后进者，尤非相悉之辞也。仆之玉固未尝献，而足固未尝刖，足下无为为我戚戚也！

方今天下风俗，尚有未及于古者，边境尚有被甲执兵者，主上不得怡，而宰相以为忧，仆虽不贤，亦且潜究其得失，致之乎吾相，荐之乎吾君，上希卿大夫之位，下犹取一障而乘之。若都不可得，犹将耕于宽闲之野，钓于寂寞之滨，求国家之遗事，考贤人哲士之终始，作唐之一经，垂之于无穷，诛奸谀于既死，发潜德之幽光，二者将必有一可。足下以为仆之玉凡几献而足凡几刖也？又所谓勍者果谁哉？再克之刑，信如何也？士固信于知己，微足下无以发吾之狂言。

愈再拜。

10. 答李翊书

六月二十六日，愈白李生足下：

生之书辞甚高，而其问何下而恭也！能如是，谁不欲告生以其道？道德之归也有日矣，况其外之文乎？抑愈所谓望孔子之门墙而不入于其宫者，焉足以知是且非邪？虽然，不可不为生言之：

生所谓立言者是也，生所为者与所期者，甚似而几矣；抑不知生之志蕲胜于人而取于人邪？将蕲至于古之立言者邪？蕲胜于人而取于人，则固胜于人而可取于人矣；将蕲至于古之立言者，则无望其速成，无诱于势利，养其根而竢其实，加其膏而希其光，根之茂者其实遂，膏之沃者其光晔，仁义之人，其言蔼如也。

抑又有难者，愈之所为，不自知其至犹未也；虽然，学之二十余年矣，始者非三代两汉之书不敢观，非圣人之志不敢存，处若忘，行若遗，俨乎其若思，茫乎其若迷，当其取于心而注于手也，惟陈言之务去，戛戛乎其难哉！其观于人，不知其非笑之为非笑也，如是者亦有年，犹不改，然后识古书之正伪与虽正而不至焉者，昭昭然白黑分矣，而务去之，乃徐有得也。当其取于心而注于手也，汩汩然来矣！其观于人也，笑之则以为喜，誉之则以为忧，以其犹有人之说者存也，如是者亦有年，然后浩乎其沛然矣！吾又惧其杂也，迎而距之，平心而察之，其皆醇也，然后肆焉。

虽然，不可以不养也。行之乎仁义之途，游之乎诗书之源，无迷其途，无绝其源，终吾身而已矣。

气，水也；言，浮物也。水大而物之浮者大小毕浮，气之与言犹是也。气盛则言之短长与声之高下者皆宜。虽如是，其敢自谓几于成乎？虽几于成，其用于人也奚取焉？

虽然，待用于人者，其肖于器邪？用与舍属诸人；君子则不然，处心有道，行己有方，用则施诸人，舍则传诸其徒，垂诸文而为后世法，如是者其亦足乐乎？其无足乐也？

有志乎古者希矣，志乎古必遗乎今，吾诚乐而悲之。亟称其人，所以劝之，非敢褒其可褒而贬其可贬也。问于愈者多矣，念生之言不志乎利，聊相为言之。愈白。

11. 与祠部陆员外书

执事好贤乐善，孜孜以荐进良士，明白是非为己任，方今天下一人而已。愈之获幸于左右，其足迹接于门墙之间，升乎堂而望乎室者，亦将一年于今矣。念虑所及，辄欲不自疑外，竭其愚而道其志，况在执事之所孜孜为己任者，得不少助而张之乎？诚不自识其言之可采与否，其事则小人之事君子，尽心之道也。天下之事，不可遽数，又执事之志，或有待而为，未敢一二言也，今但言其最近而切者尔。

执事之与司贡士者，相知诚深矣，彼之所望于执事，执事之所以待乎彼者，可谓至而无闲疑矣；彼之职在乎得人，执事之志在乎进贤，如得其人而授之，所谓两得其求，顺乎其必从也。执事之知人，其亦博矣，夫子之言曰，“举尔所知”，然则愈之知者，亦可言已。

文章之尤者，有侯喜者，侯云长者：喜之家在开元中，衣冠而朝者，兄弟五六人，及喜之父，仕不达，弃官而归。喜率兄弟操耒耜而耕于野，地薄而赋多，不足以养其亲，则以其耕之暇，读书而为文，以干于有位者而取足焉。喜之文章学西京而为也，举进士十五六年矣。云长之文，执事所自知。其为人淳重方实，可任以事。其文与喜相上下。有刘述古者，其文长于为诗，文丽而思深。当今举于礼部者，其诗无与为此，而又工于应主司之试。其为人温良诚信，无邪佞诈妄之心，强志而婉容，和平而有立，其趍事静以敏，著美名而负屈称者，其日已久矣。有韦群玉者，京兆之从子。其文有可取者，其进而未止者也。其为人贤而有材，志刚而气和，乐于荐贤为善。其在家，无子弟之过，居京兆之侧，遇事辄争，不从其令而从其义。求子弟之贤而能业其家者，群玉是也。凡此四子，皆可以当执事首荐而极论者。主司疑焉，则以辨之，问焉则以告之，未知焉，则殷勤而语之，期乎有成而后止可也。

有沈杞者，张苰者，尉迟汾者，李绅者，张后馀者，李翊者，或文或行，皆出群之才也。凡此数子，与之足以收人望，得才实，主司疑焉，则与解之，问焉则以对之，广求焉则以告之可也。

往者陆相公司贡士，考文章甚详，愈时亦幸在得中，而未知陆之得人也。其后一二年，所与及第者，皆赫然有声。原其所以，亦由梁补阙肃王郎中础佐之。梁举八人，无有失者；其余则王皆与谋焉。陆相之考文章甚详也，待梁与王如此不疑也，梁与王举人如此之当也，至今以为美谈。

自后主司不能信人，人亦无足信者，故蔑蔑无闻。今执事之与司贡士者，有相信之资，谋行之道，惜乎其不可失也。方今在朝廷者，多以游燕娱乐为事，独执事眇然高举，有深思长虑，为国家树根本之道，宜乎小子之以此言闻于左右也。

愈恐惧再拜。

12. 与孟尚书书

愈白：

行官自南回，过吉州，得吾兄二十四日手书数番，忻悚兼至！未审入秋来眠食何似？伏惟万福。

来示云，有人传愈近少信奉释氏，此传之者妄也。

潮州时有一老僧，号大颠，颇聪明识道理，远地无可与语者，故自山召至州郭，留十数日，实能外形骸，以理自胜，不为事物侵乱。与之语，虽不尽解，要自胸中无滞碍。以为难得，因与来往。及祭神至海上，遂造其庐，及来袁州，留衣服为别，乃人之情，非崇信其法，求福田利益也。孔子云，“丘之祷久矣！”凡君子行己立身，自有法度，圣贤事业，具在方册，可效可师。仰不愧天，俯不愧人，内不愧心，积善积恶，殃庆自各以其类至，何有去圣人之道，舍先王之法，而从夷狄之教以求福利也？诗不云乎，“恺悌君子，求福不回”。传又曰：“不为威惕，不为利疚。”假如释氏能与人为祸祟，非守道君子之所惧也，况万万无此理。且彼佛者果何人哉？其行事类君子邪？小人邪？若君子也，必不妄加祸于守道之人；如小人也，其身已死，其鬼不灵，天地神祇，昭布森列，非可诬也，又肯令其鬼行胸臆作威福于其间哉！进退无所据，而信奉之，亦且惑矣。

且愈不助释氏而排之者，其亦有说：孟子云，“今天下不之杨，则之墨”，杨墨交乱，而圣贤之道不明，则三纲沦而九法斁，礼乐崩而夷狄横，几何其不为禽兽也！故曰“能言距杨墨者，皆圣人之徒也。”杨子云云：“古者杨墨塞路，孟子辞而辟之，廓如也。”夫杨墨行，正道废，且将数百年，以至于秦，卒灭先王之法，烧除其经，坑杀学士，天下遂大乱。及秦灭汉兴，且百年，尚未知修明先王之道，其后始除挟书之律，稍求亡书，招学士。经虽少得，尚皆残缺，十亡二三，故学士多老死，新者不见全经，不能尽知先王之事，各以所见为守，分离乖隔，不合不公，二帝三王群圣人之道，于是大坏，后之学者无所寻逐，以至于今泯泯也，其祸出于杨墨肆行，而莫之禁故也。孟子虽贤圣，不得位，空言无施，虽切何补，然赖其言，而今学者尚知宗孔氏，崇仁义，贵王贱霸而已。其大经大法，皆亡灭而不救，坏烂而不收，所谓存十一于千百，安在其能廓如也？然向无孟氏，则皆服左衽而言侏离矣。故愈尝推尊孟氏，以为功不在禹下者，为此也。汉氏已来，群儒区区修补，百孔千疮，随乱随失，其危如一发引千钧，绵绵延延，浸以微灭，于是时也，而唱释老于其间，鼓天下之众而从之，呜呼，其亦不仁甚矣！

释老之害，过于杨墨，韩愈之贤，不及孟子；孟子不能救之于未亡之前，而韩愈乃欲全之于已坏之后，呜呼，其亦不量其力，且见其身之危莫之救以死也！

虽然，使其道由愈而粗传，虽灭死万万无恨，天地鬼神，临之在上，质之在傍，又安得因一摧折，自毁其道，以从于邪也。

籍湜辈虽屡指教，不知果能不叛去否？

辱吾兄眷厚而不获承命，惟增惭惧，死罪死罪！

愈再拜。

13. 论佛骨表

臣某言：

伏以佛者，夷狄之一法耳。自后汉时流入中国，上古未尝有也。昔者黄帝在位百年，年百一十岁；少昊在位八十年，年百岁；颛顼在位七十九年，年九十八岁；帝喾在位七十年，年百五岁；帝尧在位九十八年，年百一十八岁；帝舜及禹，年皆百岁，此时天下太平，百姓安乐寿考，然而中国未有佛也。其后殷汤亦年百岁；汤孙太戊在位七十五年，武丁在位五十九年，书史不言其年寿所极，推其年数，盖亦俱不减百岁；周文王年九十七岁，武王年九十三岁，穆王在位百年，此时佛法亦未入中国，非因事佛而致然也。汉明帝时始有佛法，明帝在位才十八年耳。其后乱亡相继，运祚不长，宋齐梁陈元魏已下，事佛渐谨，年代尤促。惟梁武帝在位四十八年，前后三度舍身施佛，宗庙之祭，不用牲牢，昼日一食，止于菜果，其后竟为侯景所逼，饿死台城，国亦寻灭。事佛求福，乃更得祸，由此观之，佛不足事，亦可知矣。

高祖始受隋禅，则议除之，当时群臣材识不远，不能深知先王之道，古今之宜，推阐圣明，以救斯弊，其事遂止，臣常恨焉。

伏惟睿圣文武皇帝陛下，神圣英武，数千百年已来，未有伦比。即位之初，即不许度人为僧尼道士，又不许创立寺观，臣常以为高祖之志，必行于陛下之手。今纵未能即行，岂可恣之转令盛也？今闻陛下令群僧迎佛骨于凤翔，御楼以观，升入大内，又令诸寺递迎供养，臣虽至愚，必知陛下不惑于佛，作此崇奉以祈福祥也，直以年丰人乐，徇人之心，为京都士庶设诡异之观，戏玩之具耳，安有圣明若此，而肯信此等事哉？然百姓愚冥，易惑难晓，苟见陛下如此，将谓真心事佛，皆云天子大圣，犹一心敬信，百姓何人，岂合更惜身命？焚顶烧指，百十为群，解衣散钱。自朝至暮，转相仿效，惟恐后时，老少奔波，弃其业次，若不即加禁遏，更历诸寺，必有断臂脔身以为供养者，伤风败俗，传笑四方，非细事也。

夫佛本夷狄之人，与中国言语不通，衣服殊制，口不言先王之法言，身不服先王之法衣，不知君臣之义，父子之情。假如其身至今尚在，奉其国命，来朝京师，陛下容而接之，不过宣政一见，礼宾一设，赐衣一袭，卫而出之于境，不令惑众也；况其身死已久，枯朽之骨，凶秽之余，岂宜令入宫禁！孔子曰："敬鬼神而远之。"古之诸侯，行吊于其国，尚令巫祝先以桃茢祓除不祥，然后进吊；今无故取朽秽之物，亲临观之，巫祝不先，桃茢不用，群臣不言其非，御史不举其失，臣实耻之。乞以此骨付之有司，投诸水火，永绝根本，断天下之疑，绝后代之惑，使天下之人，知大圣人之所作为，出于寻常万万也，岂不盛哉！岂不快哉！

佛如有灵，能作祸祟，凡有殃咎，宜加臣身，上天鉴临，臣不怨悔，无任感激恳悃之至。

谨奉表以闻。臣某，诚惶诚恐。

14. 送孟东野序

大凡物不得其平则鸣：草木之无声，风挠之鸣，水之无声，风荡之鸣；其跃也，或激之，其趋也，或梗之，其沸也，或炙之；金石之无声，或击之鸣。人之于言也亦然。有不得已者而后言。其歌也有思，其哭也有怀。凡出乎口而为声者，其皆有弗平者乎？乐也者，郁于中而泄于外者也，择其善鸣者而假之鸣，金石丝竹匏土革木八者，物之善鸣者也。维天之于时也亦然，择其善鸣者而假之鸣，是故以鸟鸣春，以雷鸣夏，以虫鸣秋，以风鸣冬。四时之相推敚，其必有不得其平者乎？

其于人也亦然。人声之精者为言，文辞之于言，又其精也。尤择其善鸣者而假之鸣：其在唐虞，咎陶禹其善鸣者也，而假以鸣；夔弗能以文辞鸣，又自假于韶以鸣。夏之时，五子以其歌鸣。伊尹鸣殷，周公鸣周，凡载于诗书六艺，皆鸣之善者也。周之衰，孔子之徒鸣之，其声大而远。传曰，“天将以夫子为木铎”，其弗信矣乎？其末也，庄周以其荒唐之辞鸣；楚大国也，其亡也，以屈原鸣，臧孙辰孟轲荀卿，以道鸣者也；杨朱墨翟管夷吾晏婴老聃申不害韩非慎到田骈邹衍尸佼孙武张仪苏秦之属，皆以其术鸣。秦之兴，李斯鸣之；汉之时，司马迁相如扬雄最其善鸣者也。其下魏晋氏，鸣者不及于古，然亦未尝绝也。就其善者，其声清以浮，其节数以急，其辞淫以哀，其志弛以肆，其为言也乱杂而无章。将天丑其德莫之顾邪？何为乎不鸣其善鸣者也！

唐之有天下，陈子昂苏源明元结李白杜甫李观，皆以其所能鸣；其存而在下者，孟郊东野，始以其诗鸣。其高出魏晋，不懈而及于古，其他浸淫乎汉氏矣。从吾游者，李翱张籍其尤也。三子者之鸣信善矣；抑不知天将和其声而使鸣国家之盛邪？抑将穷饿其身，思愁其心肠，而使自鸣其不幸邪？三子者之命，则悬乎天矣。其在上也奚以喜，其在下也奚以悲！东野之役于江南也，有若不释然者，故吾道其命于天者以解之。

15. 送李愿归盘谷序

太行之阳有盘谷：盘谷之间，泉甘而土肥，草木藂茂，居民鲜少。或曰："谓其环两山之间，故曰盘。"或曰："是谷也，宅幽而势阻，隐者之所盘旋。"友人李愿居之。

愿之言曰："人之称大丈夫者，我知之矣。利泽施于人，名声昭于时，坐于庙朝，进退百官，而佐天子出令。其在外，则树旗旄，罗弓矢，武夫前呵，从者塞途，供给之人，各执其物，夹道而疾驰。喜有赏，怒有刑。才畯满前，道古今而誉盛德，入耳而不烦。曲眉丰颊，清声而便体，秀外而惠中，飘轻裾，翳长袖，粉白黛绿者，列屋而闲居，妒宠而负恃，争妍而取怜。大丈夫之遇知于天子，用力于当世者之所为也。吾非恶此而逃之，是有命焉，不可幸而致也。穷居而闲处，升高而望远，坐茂树以终日，濯清泉以自洁。采于山，美可茹，钓于水，鲜可食。起居无时，惟适之安。与其有誉于前，孰若无毁于其后？与其有乐于身，孰若无忧于其心？车服不维，刀锯不加，理乱不知，黜陟不闻。大丈夫不遇于时者之所为也，我则行之。伺候于公卿之门，奔走于形势之途，足将进而趑趄，口将言而嗫嚅，处污秽而不羞，触刑辟而诛戮，侥幸于万一，老死而后止者，其于为人贤不肖何如也！"

昌黎韩愈闻其言而壮之，与之酒而为之歌曰：

"盘之中，维子之宫。盘之土，可以稼，盘之泉，可濯可沿。盘之阻，谁争子所，窈而深，廓其有容，缭而曲，如往而复。嗟盘之乐兮，乐且无央！虎豹远迹兮，蛟龙遁藏；鬼神守护兮，呵禁不祥。饮且食兮寿而康，无不足兮奚所望！膏吾车兮秣吾马，从子于盘兮，终吾生以徜徉！"

16. 送廖道士序

五岳于中州，衡山最远。南方之山，巍然高而大者以百数，独衡为宗。最远而独为宗，其神必灵。衡之南八九百里，地益高，山益峻，水清而益驶。其最高而横绝南北者岭，郴之为州，在岭之上，测其高下，得三之二焉，中州清淑之气，于是焉穷。气之所穷，盛而不过，必蜿蟺扶舆，磅礴而郁积。衡山之神既灵，而郴之为州，又当中州清淑之气，蜿蟺扶舆，磅礴而郁积，其水土之所生，神气之所感，白金水银丹砂石英钟乳，橘柚之包，竹箭之美，千寻之名材，不能独当也；意必有魁奇忠信材德之民生其间，而吾又未见也。其无乃迷惑溺没于佛老之学而不出耶？

廖师郴民，而学于衡山，气专而容寂，多艺而善游，岂吾所谓魁奇而迷溺者邪？廖师善知人，若不在其身，必在其所与游，访之而不吾告何也？于其别，申以问之。

17. 送高闲上人序

苟可以寓其巧智，使机应于心，不挫于气，则神完而守固，虽外物至，不胶于心。尧舜禹汤治天下，养叔治射，庖丁治牛，师旷治音声，扁鹊治病，僚之于丸，秋之于奕，伯伦之于酒，乐之终身不厌，奚暇外慕！夫外慕徙业者，皆不造其堂，不哜其胾者也。

往时张旭善草书，不治他技。喜怒窘穷，忧悲愉佚，怨恨思慕，酣醉无聊不平，有动于心，必于草书焉发之。观于物，见山水崖谷鸟兽虫鱼草木之花实，日月列星风雨水火雷霆霹雳歌舞战斗，天地事物之变，可喜可愕，一寓于书。故旭之书，变动犹鬼神，不可端倪，以此终其身，而名后世。

今闲之于草书，有旭之心哉？不得其心而逐其迹，未见其能旭也。为旭有道，利害必明，无遗锱铢，情炎于中，利欲斗进，有得有丧，勃然不释，然后一决于书，而后旭可几也。今闲师浮屠氏，一死生，解外胶，是其为心必泊然无所起，其于世，必淡然无所嗜，泊与淡相遭；颓堕委靡，溃败不可收拾，则其于书得无象之然乎？

然吾闻浮屠人，善幻多技能，闲如通其术，则吾不能知矣。

18. 石鼎联句诗序

元和七年十二月四日，衡山道士轩辕弥明自衡下来，旧与刘师服进士衡湘中相识，将过太白，知师服在京，夜抵其居宿。

有校书郎侯喜，新有能诗声，夜与刘说诗。弥明在侧，貌极丑，白须黑面，长颈而高结喉中，又作楚语，喜视之若无人。

弥明忽轩衣张眉，指炉中石鼎谓喜曰："子云能诗，能与我赋此乎？"刘往见衡湘间人说，云年九十余矣，解捕逐鬼物，拘囚蛟螭虎豹，不知其实能否也，见其老，颇貌敬之，不知其有文也，闻此说大喜，即援笔题其首两句，次传于喜，喜踊跃，即缀其下云云。道士哑然笑曰："子诗如是而已乎？"即袖手竦肩，倚北墙坐，谓刘曰："吾不解世俗书，子为我书。"因高吟曰："龙头缩菌蠢，豕腹涨彭亨。"初不似经意，诗旨有似讥喜。二子相顾惭骇，欲以多穷之，即又为而传之喜，喜思益苦，务欲压道士，每营度欲出口吻，声鸣益悲，操笔欲书，将下复止，竟亦不能奇也。毕即传道士，道士高踞大唱曰："刘把笔，吾诗云云。"其不用意而功益奇，不可附说，语皆侵刘侯，喜益忌之。刘与侯皆已赋十余韵，弥明应之如响，齿颖脱含讥讽。

夜尽三更，二子思竭不能续，因起谢曰："尊师非世人也，某伏矣，愿为弟子，不敢更论诗。"道士奋曰："不然，章不可以不成也。"又谓刘曰："把笔来，吾与汝就之。"即又唱出四十字，为八句，书讫使读，读毕，谓二子曰："章不已就乎？"二子齐应曰："就矣。"道士曰："子皆不足与语，此宁为文邪？吾就子所能而作耳，非吾之所学于师而能者也。吾所能者，子皆不足以闻也，独文乎哉！吾语亦不当闻也。吾闭口矣。”二子大惧，皆起立床下拜曰：“不敢他有问也，愿闻一言而已。先生称吾不解人间书，敢问解何书？请闻此而已。”道士寂然若无闻也，累问不应，二子不自得，即退就座。道士倚墙睡，鼻息如雷鸣，二子怛然失色，不敢喘。斯须，曙鼓冬冬，二子亦困，遂坐睡。及觉，日已上，惊顾觅道士不见，即问童奴，奴曰：“天且明，道士起出门，若将便旋然，奴怪久不返，即出到门觅，无有也。”二子惊惋自责，若有失者。

间遂诣余言，余不能识其何道士也。尝闻有隐君子弥明，岂其人耶？

韩愈序。

19. 祭十二郎文

年月日，季父愈，闻汝丧之七日，乃能衔哀致诚，使建中远具时羞之奠，告汝十二郎之灵：呜呼，吾少孤，及长，不省所怙，惟兄嫂是依。中年兄殁南方，吾与汝俱幼，从嫂归葬河阳。既又与汝就食江南。零丁孤苦，未尝一日相离也。吾上有三兄，皆不幸早世，承先人后者，在孙惟汝，在子惟吾。两世一身，形单影只。嫂尝抚汝指吾而言曰：“韩氏两世，惟此而已！”汝时尤小，当不复记忆，吾时虽能记忆，亦未知其言之悲也。

吾年十九，始来京城；其后四年，而归视汝；又四年，吾往河阳省坟墓，遇汝从嫂丧来葬；又二年，吾佐董丞相于汴州，汝来省吾，止一岁，请归取其孥；明年丞相薨，吾去汴州，汝不果来；是年，吾佐戎徐州，使取汝者始行，吾又罢去，汝又不果来。吾念汝从于东，东亦客也，不可以久；图久远者，莫如西归，将成家而致汝。呜呼，孰谓汝遽去吾而殁乎！

吾与汝俱少年，以为虽暂相别，终当久与相处，故舍汝而旅食京师，以求斗斛之禄，诚知其如此，虽万乘之公相，吾不以一日辍汝而就也。

去年孟东野往，吾书与汝曰：“吾年未四十，而视茫茫，而发苍苍，而齿牙动摇，念诸父与诸兄，皆康强而早逝，如吾之衰者，其能久存乎？吾不可去，汝不肯来，恐旦暮死，而汝抱无涯之戚也。”孰谓少者殁而长者存，强者夭而病者全乎！呜呼，其信然邪？其梦邪？其传之非其真邪？信也，吾兄之盛德而夭其嗣乎？汝之纯明而不克蒙其泽乎？少者强者而夭殁，长者衰者而存全乎？未可以为信也。梦也，传之非其真也，东野之书，耿兰之报，何为而在吾侧也？呜呼，其信然矣！吾兄之盛德而夭其嗣矣！汝之纯明宜业其家者，不克蒙其泽矣！所谓天者诚难测，而神者诚难明矣！所谓理者不可推，而寿者不可知矣！

虽然，吾自今年来，苍苍者或化而为白矣，动摇者或脱而落矣，毛血日益衰，志气日益微，几何不从汝而死也？死而有知，其几何离？其无知，悲不几时，而不悲者无穷期矣。

汝之子始十岁，吾之子始五岁，少而强者不可保，如此孩提者，又可冀其成立邪？呜呼哀哉！呜呼哀哉！

汝去年书云：“比得软脚病，往往而剧。”吾曰：“是疾也，江南之人常常有之。”未始以为忧也。呜呼！其竟以此而殒其生乎？抑别有疾而致斯乎？

汝之书，六月十七日也。东野云，“汝殁以六月二日”，耿兰之报无月日，盖东野之使者，不知问家人以月日，如耿兰之报，不知当言月日。东野与吾书，乃问使者，使者妄称以应之耳。其然乎？其不然乎？

今吾使建中祭汝，吊汝之孤与汝之乳母。彼有食可守，以待终丧，则待终丧而取以来；如不能守以终丧，则遂取以来。其余奴婢，并令守汝丧。吾力能改葬，终葬汝于先人之兆，然后惟其所愿。

呜呼，汝病、吾不知时，汝殁、吾不知日，生不能相养于共居，殁不能抚汝以尽哀，敛不凭其棺，窆不临其穴，吾行负神明而使汝天，不孝不慈，而不得与汝相养以生，相守以死，一在天之涯，一在地之角，生而影不与吾形相依，死而魂不与吾梦相接，吾实为之，其又何尤！彼苍者天，曷其有极！

自今以往，吾其无意于人世矣！当求数顷之田于伊颍之上，以待余年，教吾子与汝子，幸其成，吾女与汝女待其嫁，如此而已。

呜呼，言有穷而情不可终，汝其知也邪？其不知也邪？呜呼哀哉！尚飨。

20. 南阳樊绍述墓志铭

樊绍述既卒且葬，愈将铭之，从其家求书，得书号魁纪公者三十卷，曰樊子者又三十卷，春秋集传十五卷，表笺状策书序传记纪志说论今文赞铭凡二百九十一篇，道路所遇及器物门里杂铭二百二十，赋十，诗七百一十九，曰："多矣哉，古未尝有也！然而必出于己，不袭蹈前人一言一句，又何其难也！必出入仁义，其富若生蓄万物必具，海含地负，放恣横从，无所统纪，然而不烦于绳削而自合也。呜呼，绍述于斯术，其可谓至于斯极者矣！"

生而其家贵富，长而不有其藏一钱，妻子告不足，顾且笑曰："我道盖是也。"皆应曰然，无不意满。尝以金部郎中告哀南方，还言某师不治，罢之，以此出为绵州刺史。一年，征拜左司郎中，又出刺绛州。绵绛之人，至今皆曰"于我有德"。以为谏议大夫，命且下，遂病以卒。年若干。

绍述讳宗师。父讳泽，尝帅襄阳江陵，官至右仆射，赠某官。祖某官，讳泳。自祖及绍述三世，皆以军谋堪将帅，策上第以进。

绍述无所不学，于辞于声大得也，在众若无能者。尝与观乐，问曰何如？曰，后当然，已而果然。

铭曰：

惟古于词必己出，降而不能乃剽贼，后皆指前公相袭，从汉迄今用一律。寥寥久哉莫觉属，神徂圣伏道绝塞，既极乃通发绍述，文从字顺各识职，有欲求之此其躅！

21. 张中丞传后叙

元和二年四月十三日，初愈与吴郡张籍阅家中旧书，得李翰所为张巡传，翰以文章自名，为此传颇详密，然尚恨有阙者，不为许远立传，又不载雷万春事首尾。

远虽材若不及巡者，开门纳巡，位本在巡上，授之柄而处其下，无所疑忌，竟与巡俱守死成功名；城陷而虏，与巡死先后异耳。两家子弟材智下，不能通知二父志，以为巡死而远就虏，疑畏死而辞服于贼，远诚畏死，何苦守尺寸之地，食其所爱之肉，以与贼抗而不降乎？当其围守时，外无蚍蜉蚁子之援，所欲忠者国与主耳，而贼语以国亡主灭，远见救援不至，而贼来益众，必以其言为信，外无待而犹死守，人相食且尽，虽愚人不能数日而知死处矣，远之不畏死亦明矣，乌有城坏其徒俱死，独蒙愧耻求活，虽至愚者不忍为；呜呼，而谓远之贤而为之邪？

说者又谓远与巡分城而守，城之陷自远所分始，以此诟远，此又与儿童之见无异。人之将死，其藏腑必有先受其病者；引绳而绝之，其绝必有处，观者见其然，从而尤之，其亦不达于理矣。小人之好议论不乐成人之美如是者。如巡远之所成就，如此卓卓，犹不得免，其他则又何说！

当二公之初守也，宁能知人之卒不救，弃城而逆遁？苟此不能守，虽避之他处何益？及其无救而且穷也，将其创残饿羸之余，虽欲去，必不达，二公之贤，其讲之精矣。守一城，捍天下，以千百就尽之卒，战百万日滋之师，蔽遮江淮，沮遏其势，天下之不亡，其谁之功也！当是时，弃城而图存者，不可一二数，擅强兵坐而观者相环也，不追议此，而责二公以死守，亦见其自比于逆乱，设淫辞而助之攻也。

愈尝从事于汴徐二府，屡道于两府间，亲祭于其所谓双庙者，其老人往往说巡远时事云。

南霁云之乞救于贺兰也，贺兰嫉巡远之声威功绩出己上，不肯出师救。爱霁云之勇且壮，不听其语，强留之，具食与乐，延霁云坐。霁云慷慨语曰："云来时，睢阳之人不食月余日矣！云虽欲独食，义不忍，虽食且不下咽。"因拔所佩刀断一指，血淋漓，以示贺兰。一座大惊，皆感激为云泣下。云知贺兰终无为云出师意，即驰去。将出城，抽矢射佛寺浮图，矢着其上砖半箭，曰："吾归破贼，必灭贺兰！此矢所以志也。"愈贞元中过泗州，船上人犹指以相语。城陷，贼以刃胁降巡，巡不屈，即牵去，将斩之；又降霁云，云未应，巡呼云曰："南八！男儿死耳，不可为不义屈！"云笑曰："欲将以有为也，公有言，云敢不死！"即不屈。

张籍曰："有于嵩者，少依于巡，及巡起事，嵩常在围中。籍大历中于和州乌江县见嵩，嵩时年六十余矣。以巡初尝得临涣县尉，好学，无所不读，籍时尚小，粗问巡远事，不能细也。云巡长七尺余，须髯若神。尝见嵩读汉书，谓嵩曰：'何为久读此？'嵩曰：'未熟也。'巡曰：'吾于书读不过三遍，终身不忘也。'因诵嵩所读书，尽卷不错一字。嵩惊，以为巡偶熟此卷，因乱抽他帙以试，无不尽然。嵩又取架上诸书，试以问巡，巡应口诵无疑。嵩从巡久，亦不见巡常读书也。为文章，操纸笔立书，未尝起草。初守睢阳时，士卒仅万人，城中居人户亦且数万，巡因一见问姓名，其后无不识者。巡怒，须髯辄张，及城陷，贼缚巡等数十人坐，且将戮。巡起旋，其众见巡起，或起或泣。巡曰：'汝勿怖！死，命也。'众泣，不能仰视。巡就戮时，颜色不乱，阳阳如平常。远宽厚长者，貌如其心，与巡同年生，月日后于巡，呼巡为兄，死时年四十九。"

嵩贞元初死于亳宋间，或传嵩有田在亳宋间，武人夺而有之，嵩将诣州讼理，为所杀，嵩无子，张籍云。

22. 圬者王承福传

圬之为技，贱且劳者也。有业之，其色若自得者。听其言，约而尽。问之，王其姓，承福其名。世为京兆长安农夫。天宝之乱，发人为兵。持弓矢十三年，有官勋，弃之来归，丧其土田，手镘衣食，余三十年。舍于市之主人，而归其屋食之当焉，视时屋食之贵贱，而上下其圬之佣以偿之；有余，则以与道路之废疾饿者焉。

又曰："粟、稼而生者也，若布与帛、必蚕绩而后成者也，其他所以养生之具，皆待人力而后完也，吾皆赖之；然人不可遍为，宜乎各致其能以相生也。故君者，理我所以生者也，而百官者，承君之化者也。任有大小，惟其所能，若器皿焉。食焉而怠其事，必有天殃，故吾不敢一日舍镘以嬉。夫镘易能可力焉，又诚有功，取其直，虽劳无愧，吾心安焉。夫力易强而有功也，心难强而有智也。用力者使于人，用心者使人，亦其宜也。吾特择其易为无愧者取焉。嘻，吾操镘以入富贵之家有年矣，有一至者焉，又往过之，则为墟矣；有再至三至者焉，而往过之，则为墟矣。问之其邻，或曰："噫！刑戮也。"或曰："身既死而其子孙不能有也。"或曰："死而归之官也。"吾以是观之，非所谓食焉怠其事而得天殃者邪？非强心以智而不足，不择其才之称否而冒之者邪？非多行可愧，知其不可而强为之者邪？将富贵难守，薄功而厚飨之者邪？抑丰悴有时，一去一来而不可常者邪？吾之心悯焉，是故择其力之可能者行焉。乐富贵而悲贫贱，我岂异于人哉？"

又曰："功大者，其所以自奉也博；妻与子，皆养于我者也，吾能薄而功小，不有之可也。又吾所谓劳力者，若立吾家而力不足，则心又劳也。一身而二任焉，虽圣者不可能也。"

愈始闻而惑之，又从而思之，盖贤者也，盖所谓独善其身者也。然吾有讥焉，谓其自为也过多，其为人也过少，其学杨朱之道者邪？杨之道，不肯拔我一毛而利天下，而夫人以有家为劳心，不肯一动其心以蓄其妻子，其肯劳其心以为人乎哉？虽然，其贤于世之患不得之而患失之者，以济其生之欲，贪邪而亡道，以丧其身者，其亦远矣！又其言有可以警余者，故余为之传而自鉴焉。

23. 毛颖传

毛颖者，中山人也。其先明视，佐禹治东方土，养万物有功，因封于卯地，死为十二神。尝曰："吾子孙神明之后，不可与物同，当吐而生。"已而果然。明视八世孙䨲，世传当殷时居中山，得神仙之术，能匿光使物，窃姮娥，骑蟾蜍入月，其后代遂隐不仕云。居东郭者曰㕙，狡而善走，与韩卢争能，卢不及，卢怒，与宋鹊谋而杀之，醢其家。

秦始皇时，蒙将军恬南伐楚，次中山，将大猎以惧楚，召左右庶长与军尉，以连山筮之，得天与人文之兆。筮者贺曰："今日之获，不角不牙，衣褐之徒。缺口而长须，八窍而趺居。独取其髦，简牍是资，天下其同书。秦其遂兼诸侯乎？"遂猎。围毛氏之族，拔其豪，载颖而归，献俘于章台宫，聚其族而加束缚焉。秦皇帝使恬赐之汤沐，而封诸管城，号曰管城子。日见亲宠任事。

颖为人，强记而便敏，自结绳之代以及秦事，无不纂录；阴阳卜筮占相医方族氏山经地志字书图画九流百家天人之书，及至浮图老子外国之说，皆所详悉。又通于当代之务，官府簿书市井货钱注记，惟上所使。自秦皇帝及太子扶苏、胡亥、丞相斯、中车府令高，下及国人，无不爱重。又善随人意，正直邪曲巧拙，一随其人。虽见废弃，终默不泄。惟不喜武士，然见请亦时往。

累拜中书令，与上益狎，上尝呼为中书君。上亲决事，以衡石自程，虽宫人不得立左右，独颖与执烛者常侍，上休方罢。颖与绛人陈玄、弘农陶泓、及会稽褚先生友善，相推致，其出处必偕。上召颖，三人者不待诏，辄俱往，上未尝怪焉。后因进见，上将有任使，拂拭之，因免冠谢。上见其发秃，又所摹画不能称上意，上嘻笑曰："中书君老而秃，不任吾用。吾尝谓君中书，君今不中书邪？"对曰："臣所谓尽心者。"因不复召。归封邑，终于管城。

其子孙甚多，散处中国夷狄，皆冒管城，惟居中山者能继父祖业。

太史公曰："毛氏有两族：其一姬姓，文王之子，封于毛，所谓鲁卫毛聃者也。战国时有毛公毛遂。独中山之族，不知其本所出，子孙最为蕃昌。春秋之成，见绝于孔子，而非其罪。及蒙将军拔中山之豪，始皇封诸管城，世遂有名，而姬姓之毛无闻。颖始以俘见，卒见任使，秦之灭诸侯，颖与有功，赏不酬劳，以老见疏，秦真少恩哉！"

24. 送穷文

元和六年正月乙丑晦，主人使奴星结柳作车，缚草为船，载糗舆粻，牛系轭下，引帆上樯，三揖穷鬼而告之曰："闻子行有日矣，鄙人不敢问所涂，窃具船与车，备载糗粻，日吉时良，利行四方，子饭一盂，子啜一觞，携朋挚俦，去故就新，驾尘彍风，与电争先，子无底滞之尤，我有资送之恩，子等有意于行乎？"

屏息潜听，如闻音声，若啸若啼，砉欻嘎嘤，毛发尽竖，竦肩缩颈，疑有而无，久乃可明。若有言者曰："吾与子居，四十年余，子在孩提，吾不子愚。子学子耕，求官与名，惟子是从，不变于初。门神户灵，我叱我呵，包羞诡随，志不在他。子迁南荒，热烁湿蒸，我非其乡，百鬼欺陵。太学四年，朝齑暮盐，唯我保汝，人皆汝嫌。自初及终，未始背汝，心无异谋，口绝行语。于何听闻，云我当去，是必夫子信谗，有闲于予也。我鬼非人，安用车船，鼻齅臭香，糗粻可捐，单独一身，谁为朋俦？子苟备知，可数已不？子能尽言，可谓圣智，情状既露，敢不回避！"

主人应之曰："予以吾为真不知也耶？子之朋俦，非六非四，在十去五，满七除二，各有主张，私立名字，捩手复羹，转喉触讳，凡所以使吾面目可憎，语言无味者，皆子之志也。其名曰智穷：矫矫亢亢，恶圆喜方，羞为奸欺，不忍害伤；其次名曰学穷：傲数与名，摘抉杳微，高挹群言，执神之机；又其次曰文穷：不专一能，怪怪奇奇，不可时施，只以自嬉；又其次曰命穷：影与行殊，而丑心妍，利居众后，责在人先；又其次曰交穷：磨肌戛骨，吐出心肝，企足以待，寘我仇冤。凡此五鬼，为吾五患，饥我寒我，兴讹造讪，能使我迷，人莫能间，朝悔其行，暮已复然，蝇营狗苟，驱去复还。”

言未毕，五鬼相与张眼吐舌，跳踉偃仆，抵掌顿脚，失笑相顾。徐谓主人曰：“子知我名，凡我所为，驱我令去，小黠大痴。人生一世，其久几何，吾立子名，百世不磨。小人君子，其心不同，惟乖于时，乃与天通。携持琬琰，易一羊皮，饫于肥甘，慕彼糠糜。天下知子，谁过于予，虽遭斥逐，不忍子疏。谓予不信，请质诗书。”

主人于是垂头丧气，上手称谢，烧车与船，延之上座。

25. 杂说

龙嘘气成云，云固弗灵于龙也；然龙乘是气，茫洋穷乎玄间，薄日月，伏光景，威震电，神变化，水下土，汩陵谷，云亦灵怪矣哉！云、龙之所能使为灵也，若龙之灵，则非云之所能使为灵也，然龙弗得云，无以神其灵矣，失其所凭依，信不可欤？异哉，其所凭依，乃其所自为也。易曰，“云从龙”，既曰龙，云从之矣。

世有伯乐，然后有千里马。千里马常有，而伯乐不常有，故虽有名马，祇辱于奴隶人之手，骈死于槽枥之间，不以千里称也。马之千里者，一食或尽粟一石，食马者不知其能千里而食也；是马也，虽有千里之能，食不饱，力不足，才美不外见，且欲与常马等不可得，安求其能千里也？策之不以其道，食之不能尽其材，鸣之而不能通其意，执策而临之曰，“天下无马！”呜呼，其真无马邪？其真不知马也！

26. 获麟解

麟之为灵昭昭也，咏于诗，书于春秋，杂出于传记百家之书，虽妇人小子，皆知其为祥也。然麟之为物，不畜于家，不恒有于天下，其为形也不类，非若马牛犬豕豺狼麋鹿然，然则虽有麟，不可知其为麟也。角者，吾知其为牛，鬣者，吾知其为马，犬豕豺狼麋鹿，吾知其为犬豕豺狼麋鹿；惟麟也不可知，不可知，则其谓之不祥也亦宜。虽然，麟之出，必有圣人在乎位，麟为圣人出也。圣人者必知麟，麟之果不为不祥也。

又曰，麟之所以为麟者，以德不以形，若麟之出不待圣人，则谓之不祥也亦宜。

（二）柳宗元文选

1. 封建论

天地果无初乎？吾不得而知之也。生人果有初乎？吾不得而知之也。然则孰为近？曰，有初为近。孰明之？由封建而明之也。彼封建者，更古圣王尧舜禹汤文武而莫能去之，盖非不欲去之也，势不可也。势之来，其生人之初乎？不初，无以有封建，封建非圣人意也。彼其初，与万物皆生，草木榛榛，鹿豕狉狉，人不能搏噬，而且无毛羽，莫克自奉自卫。荀卿有言，必将假物以为用者也。夫假物者必争，争而不已，必就其能断曲直者而听命焉。其智而明者，所伏必众。告之以直而不改，必痛之而后畏，由是君长刑政生焉。故近者聚而为群，群之分，其争必大，大而后有兵有德，又有大者，众群之长又就而听命焉，以安其属，于是有诸侯之列，则其争又有大者焉。德又大者，诸侯之列又就而听命焉，以安其封，于是有方伯连帅之类，则其争又有大者焉。德又大者，方伯连帅之类又就而听命以安其人，然后天下会于一。是故有里胥而后有县大夫，有县大夫而后有诸侯，有诸侯而后有方伯连帅，有方伯连帅而后有天子。自天子至于里胥，其德在人者，死必求其嗣而奉之，故封建非圣人意也，势也。

夫尧舜禹汤之事远矣，及有周而甚详。周有天下，裂土田而瓜分之，设五等邦，群后布履星罗，四周于天下，轮运而辐集，合为朝觐会同，离为守臣扞城。然而降于夷王，害礼伤尊，下堂而迎觐者；历于宣王，挟中兴复古之德，雄南征北伐之威，卒不能定鲁侯之嗣；陵夷迄于幽厉，王室东徙，而自列为诸侯。厥后问鼎之轻重者有之，射王中肩者有之，伐凡伯诛苌弘者有之，天下乖盭，无君君之心。余以为周之丧久矣，徒建空名于公侯之上耳，得非诸侯之盛强，末大不掉之咎欤？遂判为十二，合为七国，威分于陪臣之邦，国殄于后封之秦，则周之败端，其在乎此矣。

秦有天下，裂都会而为之郡邑，废侯卫而为之守宰，据天下之雄图，都六合之上游，摄制四海，运于掌握之内，此其所以为得也。不数载而天下大坏，其有由矣。亟役万人，暴其威刑，竭其货贿，负锄梃谪戍之徒，圜视而合从，大呼而成群，时则有叛人而无叛吏，人怨于下而吏畏于上，天下相合，杀守劫令而并起，咎在人怨，非郡邑之制失也。

汉有天下，矫秦之枉，徇周之制，剖海内而立宗子，封功臣，数年之间，奔命扶伤而不暇，困平城，病流矢，陵迟不救者三代，后乃谋臣献画，而离削自守矣。然而封建之始，郡国居半，时则有叛国而无叛郡，秦制之得，亦以明矣。继汉而帝者，虽百代可知也。

唐兴，制州邑，立守宰，此其所以为宜也。然犹桀猾时起，虐害方域者，失不在于州而在于兵，时则有叛将而无叛州，州县之设，固不可革也。

或者曰："封建者必私其土，子其人，适其俗，修其理，施化易也。守宰者，苟其心思迁其秩而已，何能理乎？”余又非之。周之事迹，断可见矣：列侯骄盈，黩货事戎，大凡乱国多，理国寡，侯伯不得变其政，天子不得变其君，私土子人者，百不有一，失在于制，不在于政，周事然也。秦之事迹，亦断可见矣：有理人之制，而不委郡邑是矣，有理人之臣，而不使守宰是矣，郡邑不得正其制，守宰不得行其理，酷刑苦役，而万人侧目，失在于政，不在于制，秦事然也。汉兴，天子之政行于郡，不行于国。制其守宰，不制其侯王，侯王虽乱，不可变也，国人虽病，不可除也；及夫大逆不道，然后掩捕而迁之，勒兵而夷之耳。大逆未彰，奸利浚财，怙势作威，大刻于民者，无如之何。及夫郡邑，可谓理且安矣，何以言之？且汉知孟舒于田叔，得魏尚于冯唐，闻黄霸之明审，睹汲黯之简靖，拜之可也，复其位可也，卧而委之以辑一方可也，有罪得以黜，有能得以赏，朝拜而不道，夕斥之矣，夕受而不法，朝斥之矣。设使汉室尽城邑而侯王之，纵令其乱人，戚之而已。孟舒魏尚之术，莫得而施，黄霸汲黯之化，莫得而行。明谴而导之，拜受而退已违矣，下令而削之，缔交合从之谋，周于同列，则相顾裂眦，勃然而起，幸而不起，则削其半，削其半，民犹瘁矣，曷若举而移之以全其人乎？汉事然也。今国家尽制郡邑，连置守宰，其不可变也固矣。善制兵，谨择守，则理平矣。

或者又曰："夏商周汉，封建而延，秦郡邑而促。"尤非所谓知理者也。魏之承汉也，封爵犹建，晋之承魏也，因循不革，而二姓陵替，不闻延祚；今矫而变之，垂二百祀，大业弥固，何系于诸侯哉？

或者又以为"殷周圣王也，而不革其制，固不当复议也"，是大不然。夫殷周之不革者，是不得已也，盖以诸侯归殷者三千焉，资以黜夏，汤不得而废，归周者八百焉，资以胜殷，武王不得而易，徇之以为安，仍之以为俗，汤武之所不得已也。夫不得已，非公之大者也，私其力于己也，私其卫于子孙也。秦之所以革之者，其为制，公之大者也；其情私也，私其一己之威也，私其尽臣畜于我也。然而公天下之端自秦始。

夫天下之道，理安斯得人者也。使贤者居上，不肖者居下，而后可以理安。今夫封建者，继世而理；继世而理者，上果贤乎？下果不肖乎？则生人之理乱未可知也。将欲利其社稷，以一其人之视听，则又有世大夫世食禄邑，以尽其封略，圣贤生于其时，亦无以立于天下，封建者为之也。岂圣人之制使至于是乎？吾固曰非圣人之意也，势也。

2. 段太尉逸事状

太尉始为泾州刺史时，汾阳王以副元帅居蒲，王子晞为尚书，领行营节度使，寓军邠州，纵士卒无赖，邠人偷嗜暴恶者，率以货窜名军伍中，则肆志，吏不得问。日群行，丐取于市，不嗛，辄奋击，折人手足，椎釜鬲瓮盎盈道上，袒臂徐去，至撞杀孕妇人。邠宁节度使白孝德以王故，戚不敢言。

太尉自州以状白府，愿计事，至则曰："天子以生人分公理，公见人被暴害，因恬然，且大乱，若何？"孝德曰："愿奉教！"太尉曰："某为泾州，甚适少事，今不忍人无寇暴死，以乱天子边事，公诚以都虞候命某者，能为公已乱，使公之人不得害。"孝德曰："幸甚！"如太尉请。

既署一月，晞军士十七人入市取酒，又以刃刺酒翁，坏酿器，酒流沟中。太尉列卒取十七人，皆断头注槊上，植市门外。晞一营大噪，尽甲。孝德震恐，召太尉曰："将奈何！"太尉曰："无伤也，请辞于军。"孝德使数十人从太尉，太尉尽辞去；解佩刀，选老躄者一人，持马至晞门下。甲者出，太尉笑且入曰："杀一老卒，何甲也？吾戴吾头来矣！"甲者愕，因谕曰："尚书固负若属耶？副元帅固负若属耶？奈何欲以乱败郭氏！为白尚书，出听我言。"晞出见太尉，太尉曰："副元帅勋塞天地，当务始终；今尚书恣卒为暴，暴且乱，乱天子边，欲谁归罪？罪且及副元帅！今邠人恶子弟，以货窜名军籍中，杀害人，如是不止几日不大乱，大乱由尚书出。人皆曰尚书倚副元帅，不戢士，然则郭氏功名，其与存者几何？”言未毕，晞再拜曰：“公幸教晞以道，恩甚大，愿奉军以从。”顾叱左右曰：“皆解甲散还火伍中，敢哗者死！”太尉曰：“吾未晡食，请假设草具。”既食，曰：“吾疾作，愿留宿门下。”命持马者去，旦日来还。卧军中，晞不解衣，戒候卒击柝卫太尉。旦，俱至孝德所，谢不能，请改过。邠州由是无祸。

先是，太尉在泾州为营田官，泾大将焦令谌，取人田，自占数十顷，给与农曰：“且熟，归我半。”是岁大旱，野无草，农以告谌，谌曰：“我知入数而已，不知旱也。”督责益急，农且饥死，无以偿，即告太尉。太尉判状辞甚巽，使人求谕谌，谌盛怒，召农者曰：“我畏段某耶？何敢言我！”取判铺背上，以大杖击二十垂死，舆来庭中。太尉大泣曰：“乃我困汝。”即自取水洗去血，裂裳衣疮，手注善药，旦夕自哺农者，然后食。取骑马卖市谷代偿，使勿知。淮西寓军帅尹少荣，刚直士也。入见谌，大骂曰：“汝诚人耶！泾州野如赭，人且饥死；而必得谷，又用大杖击无罪者。段公，仁信大人也，而汝不知敬！今段公唯一马，贱卖，市谷入汝，汝又取不耻。凡为人傲天灾，犯大人，击无罪者，又取仁者谷，使主人出无马，汝将何以视天地！尚不愧奴隶耶！”谌虽暴抗，然闻言则大愧流汗，不能食，曰：“吾终不可以见段公！”一夕自恨死。

及太尉自泾州以司农征，戒其族过岐，朱泚幸致货币，慎勿纳。及过，泚固致大绫三百匹。太尉婿韦晤坚拒不得命。至都，太尉怒曰：“果不用吾言！”晤谢曰：“处贱，无以拒也。”太尉曰：“然，终不以在吾第。”以绫如司农治事堂，栖之梁木上。泚反，太尉终，吏以告泚，泚取视，其故封识具存。

3. 捕蛇者说

永州之野产异蛇，黑质而白章，触草木尽死，以啮人无御之者；然得而腊之以为饵，可以已大风挛踠瘘疠，去死肌，杀三虫。其始太医以王命聚之，岁赋其二，募有能捕之者，当其租入，永之人争奔走焉。

有蒋氏者，专其利三世矣。问之，则曰："吾祖死于是，吾父死于是，今吾嗣为之十二年，几死者数矣。"言之，貌若甚戚者。余悲之，且曰："若毒之乎？余将告于莅事者，更若役，复若赋，则何如？"蒋氏大戚，汪然出涕曰："君将哀而生之乎？则吾斯役之不幸，未若复吾赋不幸之甚也。向吾不为斯役，则久已病矣。自吾氏三世居是乡，积于今六十岁矣，而乡邻之生日蹙，殚其地之出，竭其庐之入，号呼而转徙，饥渴而顿踣，触风雨，犯寒暑，呼嘘毒疠，往往而死者相藉也。曩与吾祖居者，今其室十无一焉，与吾父居者，今其室十无二三焉，与吾居十二年者，今其室十无四五焉，非死则徙尔；而吾以捕蛇独存。悍吏之来吾乡，叫嚣乎东西，隳突乎南北，哗然而骇者，虽鸡狗不得宁焉；吾恂恂而起视其缶，而吾蛇尚存，则弛然而卧，谨食之，时而献焉，退而甘食其土之有以尽吾齿，盖一岁之犯死者二焉，其余则熙熙而乐，岂若吾乡邻之旦旦有是哉？今虽死乎此，比吾乡邻之死则已后矣，又安敢毒耶？"余闻而愈悲。

孔子曰："苛政猛于虎也。"吾尝疑乎是，今以蒋氏观之犹信。呜呼，孰知赋敛之毒有甚是蛇者乎！故为之说，以俟夫观人风者得焉。

4. 种树郭橐驼传

郭橐驼，不知始何名？病偻，隆然伏行，有类橐驼者，故乡人号之驼。驼闻之曰："甚善，名我固当。"因舍其名，亦自谓橐驼云。

其乡曰丰乐乡，在长安西。驼叶种树，凡长安豪富人为观游，及卖果者，皆争迎取养。视驼所种树，或移徙，无不活，且硕茂蚤实以蕃，他植者虽窥伺效慕，莫能如也。

有问之，对曰："橐驼非能使木寿且孳也，能顺木之天以致其性焉尔。凡植木之性，其本欲舒，其培欲平，其土欲故，其筑欲密；既然已，勿动勿虑，去不复顾。其莳也若子，其置也若弃，则其天者全，而其性得矣。故吾不害其长而已，非有能硕茂之也，不抑耗其实而已，非有能蚤而蕃之也。他植者则不然，根拳而土易，其培之也，若不过焉则不及；苟有能反是者，则又爱之太恩，忧之太勤，旦视而暮抚，已去而复顾，甚者爪其肤以验其生枯，摇其本以观其疏密，而木之性日以离矣。虽曰爱之，其实害之，虽曰忧之，其实仇之，故不我若也。吾又何能为哉！"

问者曰："以子之道，移之官理可乎？"驼曰："我知种树而已，理非吾叶也。然吾居乡，见长人者好烦其令，若甚怜焉，而卒以祸。旦暮吏来而呼曰："官命促尔耕，勖尔植，督尔获，蚤缲而绪，蚤织而缕，字而幼孩，遂而鸡豚，鸣鼓而聚之，击木而召之，吾小人辍飧饔以劳吏，且不得暇，又何以蕃吾生而安吾性耶？故病且怠若是，则与吾业者其亦有类乎？"问者嘻曰："不亦善夫！吾问养树，得养人术。传其事，以为官戒也。"

5. 宋清传

宋清，长安西部药市人也，居善药，有自山泽来者，必归宋清氏，清优主之。长安医工，得清药辅其方，辄易仇，咸誉清。疾病疕疡者，亦皆乐就清求药，冀速已，清皆乐然响应。虽不持钱者，皆与善药，积券如山，未尝诣取直。或不识，遥与券，清不为辞。岁终，度不能报，辄焚券，终不复言。市人以其异，皆笑之曰："清，蚩妄人也。"或曰："清其有道者欤？"

清闻之曰："清逐利以活妻子耳，非有道也。然谓我蚩妄者亦谬。

清居药四十年，所焚券者百数十人，或至大官，或连数州，受俸博，其馈遗清者，相属于户，虽不能立报，而以赊死者千百，不害清之为富也。清之取利远，远故大；岂若小市人哉，一不得直，则怫然怒，再则骂而仇也，彼之为利，不亦翦翦乎？吾见蚩之有在也。”

清诚以是得大利，又不为妄执，其道不废，卒以富。求者益众，其应益广，或斥弃沉废，亲与交视之落然者，清不以怠遇其人，必与善药如故，一旦复柄用，益厚报清。其远取利皆类此。

吾观今之交乎人者，炎而附，寒而弃，鲜有能类清之为者。世之言徒曰“市道交”，呜呼，清市人也，今之交，有能望报如清之远者乎？幸而庶几，则天下之穷困废辱得不死亡者众矣，市道交岂可少耶？或曰：“清非市道人也。”柳先生曰：“清居市，不为市之道，然而居朝廷，居官府，居庠塾，乡党，以士大夫自名者，反争为之不已，悲夫！然则清非独异于市人也。”

6. 蝜蝂传

蝜蝂者，善负小虫也。行遇物，辄持取，卬其首负之，背愈重，虽困剧不止也。其背甚涩，物积因不散，卒踬仆不能起。人或怜之，为去其负，苟能行，又持取如故。又好上高，极其力不已，至坠地死。

今世之嗜取者，遇货不避，以厚其室，不知为己累也，唯恐其不积，及其怠而踬也，黜弃之，迁徙之，亦以病矣；苟能起，又不艾，日思高其位，大其禄，而贪取滋甚，以近于危坠。观前之死亡不知戒，虽其形魁然大者也，其名人也，而智则小虫也，亦足哀夫！

7. 乞巧文

柳子夜归自外，夜有设祠者，餔饵馨香，蔬果交罗，插竹垂绥，剖瓜犬牙，且拜且祈，怪而问焉。女隶进曰：“今兹秋孟七夕，天女之孙，将嫔于河鼓，邀而祠者，幸而与之巧，驱去蹇拙，手目开利，组纴缝制，将无滞于心焉。为是祷也。”柳子曰：“苟然欤？吾亦有所大拙，倘可因是以求去之。”乃缨弁束衽，促武缩气，旁趋曲折，伛偻将事，再拜稽首称臣而进曰：

“下土之臣，窃闻天孙专巧于天，轇轕璇玑，经纬星辰，能成文章，黼黻帝躬，以临下民，钦圣灵，仰光耀之日久矣。今闻天孙不乐其独，得贞卜于玄龟，将蹈石梁，款天津，俪于神夫，于汉之滨。两旗开张，中星耀芒，灵气翕欻，兹辰之良。幸而弭节，薄游民间，临臣之庭，曲听臣言：臣有大拙，智所不化，医所不攻，威不能迁，宽不能容，乾坤之量，包含海岳，臣身甚微，无所投足，蚁适于垤，蜗休于壳，龟鼋螺蚌，皆有所伏，臣物之灵，进退唯辱。

仿佯为狂，局束为谄，吁吁为诈，坦坦为忝。

他人有身，动必得宜，周旋获笑，颠倒逢嘻，己所尊昵，人或怒之，变情徇势，射利抵巇，中心甚憎，为彼所奇，忍仇佯喜，悦誉迁随，胡执臣心，常使不移，反人是已，曾不惧疑，贬名绝命，不负所知。

抃嘲似傲，贵者启齿，臣旁震惊，彼且不耻，叩稽匍匐，言语谲诡，令臣缩恧，彼则大喜，臣若效之，瞋怒丛己，彼诚大巧，臣拙无比。

王侯之门，狂吠狴犴，臣到百步，喉喘颠汗，睢盱逆走，魄遁神叛，欣欣巧夫，徐入纵诞，毛群掉尾，百怒一散。

世途昏险，拟步如漆，左低右昂，斗冒冲突，鬼神恐悸，圣智危栗，泯焉直透，所至如一，是独何工，纵横不恤，非灭所假，彼智焉出？独啬于臣，恒使玷黜。

沓沓骞骞，恣口所言，迎知喜恶，默测憎怜，摇唇一发，径中心原，胶加钳夹，誓死无迁，探心扼胆，踊跃拘牵，彼虽佯退，胡可得旃，独结臣舌，喑抑衔冤，擘眥流血，一辞莫宣，胡为赋授，有此奇偏！

眩耀为文，琐碎排偶，抽黄对白，啽哢飞走，骈四俪六，锦心绣口，宫沉羽振，笙簧触手，观者舞悦，夸谈雷吼，独溺臣心，使甘老丑，嚚昏莽卤，朴钝枯朽，不期一时，以俟悠久，旁罗万金，不鬻敝帚，跪呈豪杰，投弃不有，眉矉额蹙，喙唾胸欧，大赧而归，填恨低首。

天孙司巧，而穷臣若是，卒不余畀，独何酷欤！敢愿圣灵悔祸，矜臣独艰，付与姿媚，易臣顽颜，凿臣方心，规以大圆，拔去呐舌，纳以工言，文词婉软，步武轻便，齿牙饶美，眉睫增妍，突梯卷脔，为世所贤，公侯卿士，五属十连，彼独何人，长享终天！”

言讫，又再拜稽首，俯伏以俟，至夜半不得命，疲极而睡，见有青褏朱裳，手持绛节，而来告曰：“天孙告汝，汝词良苦，凡汝之言，吾所极知，汝择而行，嫉彼不为，汝之所欲，汝自可期，胡不为之，而诳我为！汝唯知耻，谄貌淫辞，宁辱不贵，自适其宜，中心已定，胡妄而祈，坚汝之心，密汝所持，得之为大，失不污卑，凡吾所有，不敢汝施，致命而升，汝慎勿疑。”

呜呼，天之所命，不可中革，泣拜欣受，初悲后怿，抱拙终身，以死谁惕！

8. 憎王孙文

猿、王孙，居异山，德异性，不能相容。猿之德，静以恒，类仁让孝慈。居相爱，食相先，行有列，饮有序，不幸乖离，则其鸣哀，有难则内其柔弱者。不践稼蔬，木实未熟，相与视之谨，既熟，啸呼群萃，然后食，衎衎焉。山之小草木，必环而行，遂其植。故猿之居，山恒郁然。王孙之德，躁以嚣，勃诤号呶，唶唶强强，虽群不相善也。食相噬啮，行无列，饮无序，乖离而不思，有难，推其柔弱者以免。好践稼蔬，所过狼藉披攘，木实未熟，辄龁齧投注，窃取人食，皆知自实其嗛。山之小草木，必凌挫折挽使之瘁，然后已。故王孙之居，山恒蒿然。以是猿群众则逐王孙，王孙群众则齚猿，猿弃去，终不与抗。然则物之甚可憎，莫王孙若也。余弃山间久，见其趣如是，作憎王孙云。

湘水之悠兮，其上群山，胡兹郁而彼瘁兮，善恶异居其间。恶者王孙兮善者猿，环行遂植兮止暴残。王孙兮甚可憎！噫，山之灵兮，胡不贼旃！跳踉叫嚣兮，冲目宣断，外以败物兮，内以争群，排斗善类兮，哗骇披纷，盗取民食兮，私已不分，充嗛果腹兮，骄傲欢欣，嘉华美木兮硕而繁，群披竞啮兮枯株根，毁成败实兮更怒喧，居民怵苦兮号穹旻。王孙兮甚可憎！噫，山之灵兮，胡独不闻！

猿之仁兮，受逐不校，退优游兮，唯德是效。廉来同兮圣囚，禹稷合兮凶诛，群小遂兮君子违，大人聚兮孽无余。善与恶不同乡兮，否泰既兆其盈虚，伊细大之固然兮，乃祸福之攸趍。王孙兮甚可憎！噫，山之灵兮，胡逸而居！

9. 三戒 并序

吾恒恶世之人，不知推己之本，而乘物以逞，或依势以干非其类，出技以怒强，窃时以肆暴，然卒迨于祸。有客谈麋驴鼠三物，似其事，作三戒。

临江之麋

临江之人，畋得麋麑畜之。入门，群犬垂涎扬尾皆来，其人怒怛之，自是日抱就犬习示之，使勿动，稍使与之戏，积久，犬皆如人意。麋麑稍大，忘己之麋也，以为犬良我友，抵触偃仆益狎，犬畏主人，与之俯仰甚善，然时啖其舌。三年，麋出门外，见外犬在道甚众，走欲与为戏，外犬见而喜且怒，共杀食之，狼藉道上，麋至死不悟。

黔之驴

黔无驴，有好事者船载以入，至则无可用，放之山下。虎见之，庞然大物也，以为神，蔽林间窥之，稍出近之，慭慭然莫相知。他日驴一鸣，虎大骇远遁，以为且噬己也，甚恐。然往来视之，觉无异能者，益习其声。又近出前后，终不敢搏，稍近益狎，荡倚冲冒，驴不胜怒，蹄之。虎因喜，计之曰，“技止此耳！”因跳踉大㘎，断其喉，尽其肉乃去。噫，形之龙也类有德，声之宏也类有能，向不出其技，虎虽猛，疑畏卒不敢取，今若是焉，悲夫！

永某氏之鼠

永有某氏者畏日，拘忌异甚。以为己生岁直子，鼠，子神也，因爱鼠，不畜猫犬，禁僮勿击鼠，仓廪庖厨，悉以恣鼠不问，由是鼠相告，皆来某氏，饱食而无祸。某氏室无完器，椸无完衣，饮食大率鼠之余也。昼累累与人兼行，夜则窃啮斗暴，其声万状，不可以寝，终不厌。数岁，某氏徙居他州，后人来居，鼠为态如故。其人曰：“是阴类恶物也，盗暴尤甚，且何以至是乎哉！”假五六猫，阖门，撤瓦灌穴购僮罗捕之，杀鼠如丘，弃之隐处，臭（臭）数月乃已。呜呼！彼以其饱食无祸为可恒也哉！

10. 愚溪对

柳子名愚溪而居五日，溪之神夜见梦曰：“子何辱予，使予为愚耶？有其实者，名固从之，今予固若是耶？予闻闽有水，生毒雾厉气，中之者温屯沤泄；藏石走濑，连舻糜解；有鱼焉，锯齿锋尾而兽蹄，是食人必断而跃之，乃仰噬焉。故其名曰恶溪。西海有水，散涣而无力，不能负芥，投之则委靡垫没，及底而后止，故其名曰弱水。秦有水，掎汩泥淖，挠混沙砾，视之分寸，眙若睨壁，浅深险易，昧昧不觌，乃合清渭，以自彰秽迹，故其名曰浊泾。雍之西有水，幽险若漆，不知其所出，故其名曰黑水。夫恶弱，六极也，浊黑，贱名也，彼得之而不辞，穷万世而不变者，有其实也。今予甚清与美，为子所喜，而又功可以及圃畦，力可以载方舟，朝夕者济焉。子幸择而居予，而辱以无实之名以为愚，卒不见德而肆其诬，岂终不可革耶？”

柳子对曰：“汝诚无其实；然以吾之愚而独好汝，汝恶得避是名耶？且汝不见贪泉乎？有饮而南者，见交趾宝货之多，光溢于目，思以两手左右攫而怀之，岂泉之实耶？过而往贪焉，犹以为名，今汝独招愚者居焉，久留而不去，虽欲革其名，不可得矣。夫明王之时，智者用，愚者伏，用者宜迩，伏者宜远。今汝之托也，远王都三千余里，仄僻回隐，蒸郁之与曹，螺蚌之与居，唯触罪摈辱愚陋黜伏者，日骎骎以游汝，闯闯以守汝。汝欲为智乎？胡不呼今之聪明皎厉，握天子有司之柄，以生育天下者，使一经于汝，而唯我独处？汝既不能得彼，而见获于我，是则汝之实也。当汝为愚，而犹以为诬，宁有说耶？”

曰：“是则然矣，敢问子之愚，何如而可以及我？”柳子曰：“汝欲穷我之愚说耶？虽极汝之所往，不足以申吾喙，涸汝之所流，不足以濡吾翰，姑示子其略：吾茫洋乎无知，冰雪之交，众裘我絺，溽暑之铄，众从之风，而我从之火。吾荡而趋，不知太行之异乎九衢，以败吾车；吾放而游，不知吕梁之异乎安流，以没吾舟。吾足蹈坎井，头抵木石，冲冒榛棘，僵仆虺蜴而不知怵惕。何丧何得，进不为盈，退不为抑，荒凉昏默，卒不自克。此其大凡者也。愿以是污汝可乎？”

于是溪神深思而叹曰：“嘻！有余矣，是及我也！”因俯而羞，仰而吁，涕泣交流，举手而辞。一晦一明，觉而莫知所之。遂书其对。

11. 愚溪诗序

灌水之阳有溪焉，东流入于潇水，或曰冉氏尝居也，故姓是溪为冉溪；或曰可以染也，名之以其能，故谓之染溪。余以愚触罪，谪潇水上，爱是溪，入二三里，得其尤绝者家焉。古有愚公，今予家是溪，而名莫能定，士之居者犹龂龂然，不可以不更也，故更之为愚溪。

愚溪之上买小丘，为愚丘；自愚丘东北行六十步，得泉焉，又买居之，为愚泉；愚泉凡六穴，皆出山下平地，盖上出也。合流屈曲而南为愚沟；遂负土累石，塞其隘为愚池；愚池之东为愚堂；其南为愚亭；池之中为愚岛。嘉木异石错置，皆山水之奇者，以余故，咸以愚辱焉。夫水，智者乐也，今是溪独见辱于愚，何哉？盖其流甚下，不可以溉灌，又峻急多坻石，大舟不可入也，幽邃浅狭，蛟龙不屑，不能兴云雨，无以利世，而适类于余，然则虽辱而愚之可也。

宁武子邦无道则愚，智而为愚者也，颜子终日不违如愚，睿而为愚者也，皆不得为真愚；今余遭有道而违于理，悖于事，故凡为愚者，莫我若也。夫然，则天下莫能争是溪，余得专而名焉。

溪虽莫利于世，而善鉴万类，清莹秀澈，锵鸣金石，能使愚者喜笑眷慕，乐而不能去也。余虽不合于俗，亦颇以文墨自慰，漱涤万物，牢笼百态，而无所避之。

以愚辞，歌愚溪，则茫然而不违，昏然而同归，超鸿蒙，混希夷，寂寥而莫我知也。于是作八愚诗，纪于溪石上。

12. 永州韦使君新堂记

将为穹谷嵁岩渊池于郊邑之中，则必辇山石，沟涧壑，陵绝险阻，疲极人力，乃可以有为也。然而求天作地生之状，咸无得焉。逸其人，全其天，昔之所难，今于是乎在。

永州实惟九疑之麓，其始度土者，环山为城，有石焉翳于奥草，有泉焉伏于土涂，蛇虺之所蟠，狸鼠之所游，茂树恶木，嘉葩毒卉，乱杂而争植，号为秽墟。

韦公之来既逾月，理甚无事，望其地且异之：始命芟其芜，行其涂，积之丘如，蠲之浏如，既焚既酾，奇势迭出，清浊辨质，美恶异位；视其植则清秀敷舒，视其蓄则溶漾纡余；怪石森然，周于四隅，或列或跪，或立或仆，窍穴逶邃，堆阜突怒。乃作栋宇，以为观游。凡其物类，无不合形辅势，效伎于堂庑之下，外之连山高原林麓之崖，间厕隐显，迩延野绿，远混天碧，咸会于谯门之内。

已乃延客入观，继以宴娱。或赞且贺曰："见公之作，知公之志：公之因土而得胜，岂不欲因俗以成化？公之择恶而取美，岂不欲除残而佑仁？公之蠲浊而流清，岂不欲废贪而立廉？公之居高以望远，岂不欲家抚而户晓？夫然，则是堂也，岂独草木土石水泉之适欤？山原林麓之观欤？将使继公之理者，视其细，知其大也。"宗元请志诸石，措诸壁编，以为二千石楷法。

13. 游黄溪记

北之晋，西适豳，东极吴，南至楚越之交，其间名山水而州者以百数，永最善。环永之治百里，北至于浯溪，西至于湘之源，南至于泷泉，东至于黄溪东屯，其间名山水而村者以百数，黄溪最善。

黄溪距州治七十里，由东屯南行六百步至黄神祠。祠之上，两山墙立，如丹碧之华叶骈植，与山升降，其缺者为崖峭岩窟。水之中，皆小石平布。黄神之上，揭水八十步，至初潭，最奇丽，殆不可状。其略若剖大瓮，侧立千尺，溪水积焉。黛蓄膏渟，来若白虹，沉沉无声。有鱼数百尾，方来会石下。南去又行百步，至第二潭，石皆巍然临峻流，若颏颔龂齶。其下大石离列，可坐饮食。有鸟赤首乌翼，大如鹄，方东向立。自是又南数里，地皆一状，树益壮，石益瘦，水鸣皆锵然。又南一里至大冥之川，山舒水缓，有土田。始黄神为人时，居其地。

传者曰：“黄神王姓，莽之世也。莽既死，神更号黄氏逃来，择其深峭者潜焉。”始莽尝曰，“余黄虞之后也”，故号其女曰黄皇室主。黄与王声相迩，而又有本，其所以传言者益验。神既居是，民咸安焉，以为有道，死乃俎豆之，为立祠，后稍徙近乎民，今祠在山阴溪水上。

元和八年五月十六日既归为记，以启后之好游者。

14. 始得西山宴游记

自余为僇人，居是州，恒惴栗。其隙也，则施施而行，漫漫而游，日与其徒上高山，入深林，穷回溪，幽泉怪石，无远不到，到则披草而坐，倾壶而醉，醉则更相枕以卧，意有所极，梦亦同趣，觉而起，起而归，以为凡是州之山有异态者，皆我有也，而未始知西山之怪特。

今年九月二十八日，因坐法华西亭望西山，始指异之。遂命仆过湘江，缘染溪，斫榛莽，焚茅茷，穷山之高而止。攀援而登，箕踞而遨，则凡数州之土壤，皆在衽席之下。其高下之势，岈然洼然，若垤若穴，尺寸千里，攒蹙累积，莫得遁隐。萦青缭白，外与天际，四望如一。然后知是山之特出，不与培塿为类。悠悠乎与灏气俱而莫得其涯，洋洋乎与造物者游而不知所穷。引觞满酌，颓然就醉，不知日之入。苍然暮色，自远而至，至无所见而犹不欲归。心凝形释，与万化冥合，然后知吾向之未游，游于是乎始，故为之文以志，是岁元和四年也。

15. 钴鉧潭西小丘记

得西山后八日，寻山口西北道二百步，又得钴鉧潭，西二十五步，当湍而浚者为鱼梁，梁之上有丘焉：生竹树，其石之突怒偃蹇，负土而出，争为奇状者，殆不可数。其嵚然相累而下者，若牛马之饮于溪，其冲然角列而上者，若熊罴之登于山。丘之小不能一亩，可以笼而有之。问其主，曰“唐氏之弃地，货而不售”，问其价，曰“止四百”，余怜而售之。李深源元克己时同游，皆大喜出自意外。即更取器用，铲刈秽草，伐去恶木，烈火而焚之，嘉木立，美竹露，奇石显。由其中以望，则山之高，云之浮，溪之流，鸟兽鱼之遨游，举熙熙然回巧献技，以效兹丘之下。枕席而卧，则清冷之状与目谋，瀯瀯之声与耳谋，悠然而虚者与神谋，渊然而静者与心谋。不匝旬而得异地者二，虽古好事之士，或未能至焉。

噫，以兹丘之胜，致之沣镐鄠杜，则贵游之士争买者，日增千金而愈不可得。今弃是州也，农夫渔父过而陋之，价四百，连岁不能售，而我与深源克己独喜得之，是其果有遭乎？书于石，所以贺兹丘之遭也。

16. 至小丘西小石潭记

从小丘西行百二十步，隔篁竹，闻水声，如鸣佩环，心乐之。伐竹取道，下见小潭，水尤清冽，泉石以为底。近岸卷石底以出，为坻为屿为嵁为岩。青树翠蔓，蒙络摇缀，参差披拂。潭中鱼可百许头，皆若空游无所依。日光下澈，影布石上，佁然不动；俶尔远逝，往来翕忽，似与游者相乐。潭西南而望，斗折蛇行，明灭可见，其岸势犬牙差互，不可知其源。坐潭上，四面竹树环合，寂寥无人，凄神寒骨，悄怆幽邃，以其境过清，不可久居，乃记之而去。

同游者吴武陵龚古，余弟宗玄，隶而从者崔氏二小生，曰恕己，曰奉壹。

17. 袁家渴记

由冉溪西南水行十里，山水之可取者五，莫若钴鉧潭。由溪口而西，陆行可取者八九，莫若西山。由朝阳岩东南水行至芜江，可取者三，莫若袁家渴。皆永中幽丽奇处也。

楚越之间方言，谓水之反流为渴，音若衣褐之褐。渴上与南馆高嶂合，下与百家濑合。其中重洲小溪，澄潭浅渚，间厕曲折，平者深黑，峻者沸白，舟行若穷，忽又无际。有小山出水中，山皆美石，上生青丛，冬夏常蔚然。其旁多岩洞，其下多白砾，其树多枫柟石楠楩槠樟柚，草则兰芷，又有奇卉，类合欢而蔓生，轇轕水石。每风自四山而下，振动大木，掩苒众草，纷红骇绿，蓊葧香气，冲涛旋濑，退贮溪谷，摇飏葳蕤，与时推移。其大都如此，余无以穷其状。永之人未尝游焉，余得之不敢专也，出而传于世。其地世主袁氏。故以名焉。

18. 小石城山记

自西山道口径北，逾黄茅岭而下，有二道：其一西出，寻之无所得；其一少北而东，不过四十丈，土断而川分，有积石横当其垠。其上为睥睨梁欐之形；其旁出堡坞，有若门焉，窥之正黑，投以小石，洞然有水声，其响之激越，良久乃已。环之可上，望甚远，无土壤，而生嘉树美箭，益奇而坚，其疏数偃仰，类智者所施设也。

噫，吾疑造物者之有无久矣，及是，愈以为诚有。又怪其不为之于中州，而列是夷狄，更千百年不得一售其伎，是固劳而无用，神者傥不宜如是，则其果无乎？

或曰："以慰夫贤而辱于此者。"或曰："其气之灵，不为伟人而独为是物，故楚之南，少人而多石。"是二者，余未信之。

19. 寄许京兆孟容书

宗元再拜五丈座前：

伏蒙赐书诲谕，微悉重厚，欣踊恍惚，疑若梦寐，捧书叩头，悸不自定。伏念得罪来五年，未尝有故旧大臣肯以书见及者。何则，罪谤交积，群疑当道，诚可怪而畏也。是以兀兀忘行，尤负重忧，残骸余魂，百病所集，痞结伏积，不食自饱，或时寒热，水火互至，内消肌骨，非独瘴疠为也。忽奉教命，乃知幸为大君子所宥，欲使膏肓沉没，复起为人，夫何素望，敢以及此！

宗元早岁与负罪者亲善，始奇其能，谓可以共立仁义，裨教化，过不自料，勤勤勉励，唯以中正信义为志，以兴尧舜孔子之道，利安元元为务，不知愚陋不可力强，其素意如此也。末路孤危，厄塞臲兀，事既壅隔，狠忤贵近，狂疏缪戾，蹈不测之辜，群言沸腾，鬼神交怒；加以素卑贱，暴起领事，人所不信，射利求进者，填门排户，百不一得，一旦快意，更造怨讟。以此大罪之外，诋诃万端，旁午构扇，便为敌仇，协心同攻，外连强暴，失职者，以致其事，此皆丈人所闻见，不敢为他人道说，怀不能已，复载简牍。此人虽万被诛戮，不足塞责，而岂有赏哉？今其党与幸获宽贷，各得善地，无公事，坐食俸禄，明德至渥也，尚何敢更俟除弃废痼，以希望外之泽哉！年少气锐，不识几微，不知当否，但欲一心直遂，果陷刑法，皆自所求取得之，又何怪也。

宗元于众党人中，罪状最甚，神理降罚，又不能即死，犹对人言语，求食自活，迷不知耻，日复一日，然亦有大故：自以得姓来二千五百年，代为冢嗣，今抱非常之罪，居夷獠之乡，卑湿昏雾，恐一日填委沟壑，旷坠先绪，以是怛然痛恨，心骨沸热！茕茕孤立，未有子息，荒陬中少士人女子，无与为婚，世亦不肯与罪人亲昵，以是嗣续之重，不绝如缕。每当春秋时飨，孑立捧奠，顾眄无后继者，懔懔然欷歔惴惕，恐此事便已，摧心伤骨，若受锋刃，此诚丈人所共悯惜也。

先墓在城南，无异子弟为主，独托村邻；自谴逐来，消息存亡不一至，乡闾主守者固以益怠，昼夜哀愤，惧便毁伤松柏，刍牧不禁，以成大戾。近世礼重拜扫，今已阙者四年矣，每遇寒食，则北向长号，以首顿地，想田野道路，士女遍满，皂隶庸丐，皆得上父母丘墓，马医夏畦之鬼，无不受子孙追养者，然此已息望，又何以云哉？城西有数顷田，树果数百株，多先人手自封植，今已荒秽，恐便斩伐，无复爱惜。家有赐书三千卷，尚在善和里旧宅，宅今已三易主，书存亡不可知。皆付受所重，常系心腑！然无可为者，立身一败，万事瓦裂，身残家破，为世大僇，复何敢更望大君子抚慰收恤，尚置人数中耶？是以当食，不知辛咸节适，洗沐盥漱，动逾岁时，一搔皮肤，尘垢满爪，诚忧恐悲伤，无所告愬以至此也。

自古贤人才士，秉志遵分，被谤议不能自明者，仅以百数。故有无兄盗嫂，娶孤女云挝妇翁者，然赖当世豪杰，分明辨别，卒光史籍。管仲遇盗，升为功臣，匡章被不孝之名，孟子礼之；今已无古人之实而有其诟，欲望世人之明己，不可得也。直不疑买金，以偿同舍，刘宽下车，归牛乡人，此诚知疑似之不可辩，非口舌所能胜也。郑詹束缚于晋，终以无死；钟仪南音，卒获反国；步向囚虏，自期必免；范痤骑危，以生易死；蒯通据鼎耳，为齐上客；张苍韩信伏斧锧，终取将相；邹阳狱中，以书自活；贾生斥逐，复召宣室；倪宽摈死，后至御大夫；董仲舒刘向，下狱当诛，为汉儒宗；此皆瑰伟博辩奇壮之士，能自解脱。今以恇怯淟涊，下才末技，又婴恐惧痼病，虽欲慷慨攘臂，自同昔人，愈疏阔矣！

贤者不得志于今，必取贵于后，古之著书者皆是也。宗元近欲务此，然力薄才劣，无异能解，虽欲秉笔䙰缕，神志荒耗，前后遗忘，终不能成章；往时读书，自以不至觝滞，今皆顽然无复省录；每读古人一传，数纸已后，则再三伸卷，复观姓氏，旋又废失。假令万一除刑部囚籍，复为士列，亦不堪当世用矣！

伏惟兴哀于无用之地，垂德于不报之所，但以通家宗祀为念，有可动心者，操之勿失。虽不敢望归扫茔域，退托先人之庐，以尽余齿；姑遂少北，益轻瘴疠，就婚娶，求胤嗣，有可付托，即冥然长辞，如得甘寝，无复恨矣。

书辞繁委，无以自道，然即文以求其志，君子固得其肺肝焉。无任恳恋之至，不宣。

宗元再拜。

20. 与杨京兆凭书

月日，宗元再拜献书丈人座前：

役人胡要返命，奉教诲，壮厉感发，铺陈广大，上言推延贤隽之道，难于今之世，次及文章，末以愚蒙剥丧顿悴，无以守宗族复田亩为念，忧悯备极，不惟其亲密故旧是与，复有公言显赏，许其素尚而激其忠诚者，用是踊跃敬惧，类向时所被简牍，万万有加焉，故敢悉其愚，以献左右：

大凡荐举之道，古人之所谓难者，其难非苟一而已矣。知之难，言之难，听信之难。

夫人有有之而耻言之者，有有之而乐言之者，有无之而工言之者，有无之而不言似有之者。有之而耻言之者，上也，虽舜犹难于知之，孔子亦曰“失之子羽”，下斯而言知而不失者妄矣。有之而言之者，次也，德如汉光武，冯衍不用，才如王景略，以尹纬为令史，是皆终日号鸣大咤，而卒莫之省。无之而工言者，贼也，赵括得以代廉颇，马谡得以惑孔明，今之若此类者不乏于世，将相大臣闻其言而必能辨之者亦妄矣。无之而不言者，土木类也，周仁以重臣为二千石，许靖以人誉而致位三公，近世尤好此类以为长者，最得荐宠。夫言朴愚无害者，其于田野乡闾为匹夫，虽称为长者可也；自抱关击柝以往，则必敬其事，愈上则及物者愈大，何事无用之朴哉！今之言曰，某子长者，可以为大官，类非古之所谓长者也，则必土木而已矣。夫捧土揭木而致之岩廊之上，蒙以绂冕，翼以徒隶，趋走其左右，岂有补于万民之劳苦哉？圣人之道，不尽益于世用，凡以此也。故曰知之难。孔子曰："仁者其言也讱"，孟子病未同而言，然则彼未吾信，而吾告之，以士必有三间：是将曰彼诚知士欤？知文欤？疑之而未重，一间也；又曰，彼无乃私好欤？交以利欤？二间也；又曰，彼不足我而惎我哉，兹咈吾事，三间也。畏是而不言，故曰言之难。言而有是患，故曰听信之难。唯明者为能得其所以荐，得其所以听，一不至则不可冀矣。

然而君子不以言听之难而不务取士，士，理之本也。苟有司之不吾信，吾知之不舍，其必有信吾者矣。苟知之，虽无有司，而士可以显，则吾一旦操用人之柄，其必有施矣。故公卿之大任，莫若索士，士不预备而熟讲之，卒然君有问焉，宰相有咨焉，有司有求焉，其无所以应之，则大臣之道或缺，故不可惮烦。

今之世，言士者，先文章，文章，士之末也，然立言存乎其中，即末而操其本，可十七八，未易忽也。自古文士之多莫如今，今之后生为文希屈马者，可得数人，希王褒刘向之徒者，又可得十人，至陆机潘岳之比，累累相望，若皆为之不已，则文章之大盛，古未有也，后代乃可知之。今之俗耳庸目，无所取信，杰然特异者乃见此耳。丈人以文律通流当世，叔仲鼎列，天下号为文章家；今又生敬之，敬之、希屈马者之一也。天下方理平，今之文士，咸能先理，理不一断于古书老生，直趣尧舜大道，孔氏之志明而出之，又古之所难有也。然则文章未必为士之末，独采取何如耳。

宗元自小学为文章，中间幸联得甲乙科第，至尚书郎，专百官章奏，然未能究知为文之道；自贬官来无事，读百家书，上下驰骋，乃少得知文章利病。去年吴武陵来，美其齿少，才气壮健，可以兴西汉之文章，日与之言，因为之出数十篇书，庶几铿锵陶冶，时时得见古人情状；然彼古人亦人耳，夫何远哉！凡人可以言古，不可以言今，桓谭亦云，亲见扬子云容貌不能动人，安肯传其书？诚使博如庄周，哀如屈原，奥如孟轲，壮如李斯，峻如马迁，富如相如，明如贾谊，专如扬雄，犹为今之人笑，则世之高者至少矣。由此观之，古之人未始不薄于当世而荣于后世也。

若吴子之直，非丈人无以知之，独恐世人之才高者，不肯久学，无以尽训诂风雅之道，以为一世甚盛；若宗元者，才力缺败，不能远骋高厉，与诸生摩九霄，抚四海，夸耀于后之人矣，何也？凡为文以神志为主，自遭责逐，继以大故，荒乱耗竭，又常积忧，恐神志少矣。所读书随又遗忘。一二年来，痞气尤甚，加以众疾，动作不常，眊眊然骚扰，内生霾雾，填拥惨沮，虽有意穷文章，而病夺其志矣。每闻人大言，则蹶气震怖，抚心按胆，不能自止。又永州多火灾，五年之间，四为大火所迫，徒跣走出，坏墙穴牖，仅免燔灼，书籍散乱毁裂，不知所往，一遇火恐，累日茫洋，不能出言，又安能尽意于笔砚，矻矻自苦，以伤危败之魂哉，中心之悃愊郁结，具载所献许京兆丈人书，不能重烦于陈列。

凡人之黜弃，皆望望思得效用，而宗元独以无有是念，自以罪大不可解，才质无所入，苟焉以叙忧慄为幸，敢有他志！伏以先君禀孝德，秉直道，高于天下，仕再登朝，至六品官；宗元无似，亦尝再登朝至六品矣，何以堪此！且柳氏号为大族，五六从以来，无为朝士者，岂愚蒙独出数百人右哉！以是自忖，官已过矣，宠已厚矣。夫知足与知止异，宗元知足矣，若便止，不受禄位，亦所未能。今复得好官，犹不辞让，何也？以人望人，尚足自进，如其不至，则故无憾，进取之志息矣。身世孑然，无可以为家，虽甚崇宠之，孰与为荣。独恨不幸获托姻好，而早凋落，寡居十余年；尝有壹男子，然无一日之命，至今无以托嗣续，恨痛常在心目。孟子称“不孝有三，无后为大”，今之汲汲于世者，唯惧此而已矣。天若不弃先君之德，使有世嗣，或者犹望延寿命以及大宥，得归乡闾，立家室，则子道毕矣。过是而犹竞于宠利者，天厌之！天厌之！

丈人旦夕归朝廷，复为大僚，伏惟以此为念。流涕顿颡，布之座右，宗元再拜。不胜感激之至！

21. 与萧翰林俛书

思谦兄足下：

昨祁县王师范过永州，为仆言，得张左司书，道思谦蹇然有当官之心，乃诚助太平者也。仆闻之喜甚！然微王生之说，仆岂不素知耶？所喜者，耳与心叶，果于不谬焉尔。

仆不幸，向者进当臲卼不安之势，平居闭门，口舌无数，况又有久与游者，乃岌岌而操其间，其求进而退者，皆聚为仇怨，造作粉饰，蔓延益肆，非的然昭晰，自断于内，则孰能了仆于冥冥之间哉？

然仆当时，年三十三，甚少，自御史里行得礼部员外郎，超取显美，欲免世之求进者怪怒媢嫉，其可得乎？凡人皆欲自达，仆先得显处，才不能逾同列，名不能压当世，世之怒仆宜也。与罪人交十年，官又以是进，辱在附会，圣朝弘大，贬黜甚薄，不能塞众人之怒，谤语转移，嚣嚣嗷嗷，渐成怪民，饰智求仕者，更言仆以悦仇人之心，日为新奇，务相喜可，自以速援引之路，而仆辈坐益困辱，万罪横生，不知其端，伏自思念，过大恩甚，乃以致此，悲夫！人生少得六七十者，今已三十七矣，长来觉日月益促，岁岁更甚，大都不过数十寒暑，则无此身矣，是非荣辱，又何足道，云云不已，只益为罪，兄知之，勿为他人言也。

居蛮夷中久，惯习炎毒，昏眊重膇，意以为常；忽遇北风晨起，薄寒中体，则肌革惨懔，毛发萧条，瞿然注视，怵惕以为异候，意绪殆非中国人。楚越间声音特异，鴃舌啅噪，今听之怡然不怪，已与为类矣。家生小童，皆自然哓哓，昼夜满耳，闻北人言，则啼呼走匿，虽病夫亦怛然骇之。出门，见适州闾市井者，其十有八九，杖而后兴，自料居此，尚复几何？岂可更不知止，言说长短，重为一世非笑哉？读《周易·困卦》，至“有言不信，尚口乃穷也”，往复益喜曰：“嗟乎，余虽家置一喙以自称道，诟益甚耳。”用是更乐喑默，思与木石为徒，不复致意。

今天子兴教化，定邪正，海内皆欣欣怡愉，而仆与四五子者，独沦陷如此，岂非命欤？命乃天也，非云云者所制，余又何恨！独喜思谦之徒，遭时言道，道之行，物得其利，仆诚有罪，然岂不在一物之数耶？身被之，目睹之足矣，何必攘袂用力，而矜自我出耶？果矜之，又非道也。事诚如此，然居理平之世，终身为顽人之类，犹有少耻，未能尽忘。傥因贼平，庆赏之际，得以见白，使受天泽余润，虽朽枿败腐，不能生植，犹足蒸出芝菌，以为瑞物。一释废锢，移数县之地，则世必曰罪稍解矣；然后收召魂魄，买土一廛为耕甿，朝夕歌谣，使成文章，庶木铎者采取，献之法宫，增圣唐大雅之什，虽不得位，亦不虚为太平之人矣。此在望外，然终欲为兄一言焉。

宗元再拜。

22. 答韦中立书

二十一日宗元白：

辱书，云欲相师，仆道不笃，业甚浅近，环顾其中，未见可师者；虽尝好言论，为文章，甚不自是也。不意吾子自京师来蛮夷间，乃幸见取，仆自卜固无取；假令有取，亦不敢为人师；为众人师且不敢，况敢为吾子师乎？

孟子称“人之患在好为人师”，由魏晋氏以下，人益不事师。今之世，不闻有师，有辄哗笑之以为狂人；独韩愈奋不顾流俗，犯笑侮，收召后学，作师说，因抗颜而为师，世果群怪聚骂，指目牵引，而增与为言词，愈以是得狂名。居长安，炊不暇熟，又挈挈而东，如是者数矣。屈子赋曰：“邑犬群吠，吠所怪也。”仆往闻庸蜀之南，恒雨少日，日出则犬吠，予以为过言；前六七年，仆来南，二年冬，幸大雪，逾岭，被南越中数州，数州之犬，皆苍黄吠噬，狂走者累日，至无乃已，然后始信前所闻者。今韩愈既自以为蜀之日，而吾子又欲使吾为越之雪，不以病乎？非独见病，亦以病吾子。然雪与日，岂有过哉？顾吠者犬耳。度今天下不吠者几人？而谁敢衒怪于群目，以召闹取怒乎？

仆自谪过以来，益少志虑，居南中九年，增脚气病，渐不喜闹，岂可使呶呶者早暮咈吾耳，骚吾心，则固僵仆烦愦，愈不可过矣。平居望外遭齿舌不少，独欠为人师耳。抑又闻之，古者重冠礼，将以责成人之道，是圣人所尤用心者也。数百年来，人不复行。近有孙昌胤者，独发愤行之。既成礼，明日造朝，至外庭，荐笏言于卿士曰，“某子冠毕”，应之者咸怃然；京兆尹郑叔则怫然曳笏却立曰，“何预我耶？”廷中皆大笑。天下不以非郑尹而快孙子，何哉？独为所不为也。今之命师者大类此。

吾子行厚而辞深，凡所作，皆恢恢然有古人形貌，虽仆敢为师，亦何所增加也？假以仆年先吾子，闻道著书之日不后，诚欲往来言所闻，则仆固愿悉陈中所得者，吾子苟自择之，取某事，去某事则可矣。若定是非以教吾子，仆材不足而又畏前所陈者，其为不敢也决矣。

吾子前所欲见，吾文既悉以陈之，非以耀明于子，聊欲以观子气色，诚好恶何如也？今书来言者皆太过，吾子诚非佞誉诬谀之徒，直见爱甚，故然耳。

始吾幼且少，为文章，以辞为工，及长，乃知文者以明道，是固不苟为炳炳烺烺，务采色，夸声音，而以为能也。凡吾所陈，皆自谓近道，而不知道之果近乎远乎？吾子好道而可吾文，或者其于道不远矣。故吾每为文章，未尝敢以轻心掉之，惧其剽而不留也；未尝敢以怠心易之，惧其弛而不严也；未尝敢以昏气出之，惧其昧没而杂也；未尝敢以矜气作之，惧其偃蹇而骄也。抑之欲其奥，扬之欲其明，疏之欲其通，廉之欲其节，激而发之欲其清，固而存之欲其重，此吾所以羽翼夫道也。本之《书》以求其质，本之《诗》以求其恒，本之《礼》以求其宜，本之《春秋》以求其断，本之《易》以求其动，此吾所以取道之原也。参之谷梁氏以厉其气，参之《孟》、《荀》以畅其支，参之《庄》、《老》以肆其端，参之《国语》以博其趣，参之《离骚》以致其幽，参之太史以著其洁，此吾所以旁推交通而以为之文也。凡若此者，果是耶？果非耶？有取乎？抑无取乎？吾子幸观焉择焉，有余以告焉，苟亟来以广是道，子不有得焉，则我得矣，又何以师云尔哉？取其实而去其名，无招越蜀吠怪，而为外廷所笑，则幸甚！

宗元白。